DREAMBOOKS

DREAMBOOKS★

사 도 연 판 타 지 장 편 소 설

ORIGINAL FANTASY STORY & ADVENTURE

dream
books
드림북스

두 번 사는 랭커 31 집행자(執行者)

초판 1쇄 인쇄 2020년 10월 21일
초판 1쇄 발행 2020년 11월 4일

지은이 사도연
발행인 오영배
편집 편집부
일러스트 우문
표지·본문 디자인 오정인
제작 조하늬

펴낸 곳 (주)삼양출판사 · 드림북스
주소 서울시 강북구 도봉로 173
대표 전화 02-980-2112 팩스 02-983-0660
편집부 전화 02-987-9393 팩스 02-980-2115
블로그 blog.naver.com/dreambookss
출판등록 1999년 3월 11일 제9-00046호

ISBN 979-11-283-9988-6 (04810) / 979-11-283-9659-5 (세트)

드림북스는 (주)삼양출판사의 판타지 · 무협 문학 브랜드입니다.

ORIGINAL FANTASY STORY & ADVENTURE

사도연 판타지 장편소설

31

두 번 사는 랭커

| 집행자(執行者) |

dream
books
드림북스

목차

Stage 92.
'낮'과 '밤'

콰콰콰콰—

연우와 현인은 쉴 새 없이 부딪쳤다.

주먹을 이쪽으로 뻗는다 치면 연우가 스퀴테로 비스듬하게 쳐올리고, 반대로 연우가 검뢰로 목덜미를 찌르려 하면 현인이 강렬한 뇌기로 이뤄진 뇌벽세를 터뜨려서 공세를 뒤로 튕겨 냈다.

그럴 때마다 그들의 색으로 물든 칠흑이 쉴 새 없이 맞물리며 충돌에 충돌을 거듭했다.

마치 반대로 돌아가는 두 개의 톱니바퀴가 부딪치면서 강렬한 잡음을 내고 스파크를 튀기듯이, 칠흑은 이미 크게 누군가 손으로 한 번 휘저은 것처럼 혼란스럽기만 했다.

그야말로 한 치의 앞도 분간하기 힘들 정도로 치열한 백중세(伯仲勢).

파하하하! 이렇게까지 팽팽할 거라고는 전혀 생각도 못했는걸?

오랫동안 '나'를 지배해 왔던 저기 있는 '나'가 저런 모습을 보이는 것도 참으로 재미나군.

그래! 그렇게 싸워! 계속 싸우고 싸워서 둘 다 힘이 빠지란 말이야! 혹시 알아? 둘 다 체력이 바닥나서 꿀꺽할 수 있게 될지? 키키키킥!

그런 만찬이 있다면 욕심 많은 '나'들이 가만히 있지 않을 텐데?

뭐, 아무렴 어떤가! 어차피 여기서 죽어도 똑같이 자리에 있는 '나'의 일부인 것을!

이미 멀찍이 떨어져서 박수를 치며 웃고 떠드는 마성들

은 아주 재미있어 죽겠다는 투였다.

어차피 그들로서는 누가 이긴다고 한들, 똑같은 자아이니 오히려 '칠흑왕'이라는 군중 의식(群衆意識)이 강해질 거란 사실에 기뻐할 뿐이었다.

아니면 어부지리로 힘이 빠진 틈을 타 목덜미를 콱 깨물 수도 있는 것이고.

그들 모두가 운명 공동체라지만, 또 한편으로는 서로가 서로를 죽여 '하나'로 거듭날 기회만을 호시탐탐 노리던 사이가 아닌가?

그렇기에 칠흑왕의 자아들은 연우와 현인의 싸움도 그런 오랜 관습의 연장선이라고 생각했다.

누가 이긴다고 한들, 아무래도 상관없었다.

반면에 아직까지 독립적인 성향이 강한 연우는 칠흑을 자신의 발아래에 완전히 두고자 했고, 오랫동안 칠흑의 주 자아로서 군림해 왔던 현인은 자신의 자리를 내어 줄 생각 따윈 전혀 없어 보였다.

아니, 오히려 그는 이 기회에 연우를 완전히 칠흑으로 흡수하는 것은 물론, 겨우 다시 찾은 퀴리날레와 프네우마, 그리고 대적자까지 전부 한 번에 잡을 속셈이었다.

다만, 그것이 그리 쉽지는 않았다.

흠! '나' 의 아이들을 데려가는 것을 느끼긴 했다지만.

그들을 받아들이면서 이렇게까지 격을 끌어올리게 될 줄은 생각도 못 했어.

이래서야 나도 계속 뭔가를 숨기고 있기가 어렵지 않나.

현인은 연우와의 격전이 계속 이어지면서 끝내 제천류 오행공까지 드러내게 되자, 난감하다는 투로 활자를 내뱉었다.

여태껏 칠흑왕의 숙적이라 할 수 있는 천마의 기예를 자신이 숙지하고 있었단 사실은 끝까지 숨기려 했던 비밀이었으니까.

비밀병기라 할 수 있는 것을 굳이 드러낼 필요는 없다고 여겼었기 때문이었다.

하지만 연우는 그사이에 그에 필적할 정도로 강해진 상태였고, 검붉은 구비타라로 완성된 태극혜 반고검은 현인도 간담이 서늘하게 만들 정도였다.

때문에 꺼내지 않을 수가 없었으니.

현인은 아무래도 전력을 다하지 않으면 연우를 잡을 수 없겠단 생각에 신력을 더 크게 끌어 올려야만 했다.

휘휘휘휘!

현인을 뒤따르던 칠흑이 거대한 와류를 그리면서 그에게로 쏠려 들었다.

채채채챙!

연우는 검뢰팔극을 잇달아 뿌려 칠흑의 와류를 튕겨 내면서 인상을 구겨야만 했다.

'이 녀석.'

스퀴테를 통해 전해지는 감촉이 너무나 익숙했다.

유수행 역시나 제천류 오행공에 해당하는 기예였다.

거기다 칠흑을 한데 빨아들였다가 한꺼번에 폭발시켜 방사(放射)시키는 기예는 역시나 제천류에 해당하는 화염륜이었다.

'역시 그때 마지막으로 느꼈던 기질은 절대 잘못 느낀게 아니었어. 제천류 오행공…… 너무 친숙해!'

이로써 연우는 그동안 수수께끼로만 여겼던 현인의 정체를 완전히 깨달을 수 있었다.

칠흑의 자아이면서도 천마의 얼굴들처럼 제천류 오행공을 능숙…… 아니, 완벽하게 사용하고, 다른 마성들에 비해 비교적 체구도 왜소하다면 떠올릴 인물이 하나밖에 없지 않은가?

다만 의문이라면 어떻게 그놈이 칠흑왕의 자아가 될 수

있으며, 자신처럼 별다른 인과율을 쓰지 않고도 현신(現身)이 가능하냐는 것이었지만.

그런 것이야 나중에 언제든지 밝힐 수 있으니 그렇다 쳤다. 지금 당장은 어떻게든 놈을 잡을 방법을 찾아야만 했다.

현재 자신이 칠흑에서 차지한 비율은 딱 5할.

'밤'의 진정한 아버지로 인정받으면서 격을 올려 여러 자아들을 끌어들인 결과였다.

당연하지만, 현인도 정확하게 5할이니 이대로 계속 부딪친다고 해도 쉽게 승산이 나기 어려웠다.

다른 방법이 필요했다.

놈이 전혀 생각지도 못할 변수가 될 만한 방법이.

너도 나와 같은 생각인가 보구나.

그러던 그때, 현인이 스퀴테를 옆으로 밀치면서 그런 활자를 내뱉었다. 여전히 표정은 알 수 없었지만, 웃고 있는 게 분명했다.

이대로 계속 부딪쳐서야 결국 서로 힘만 빼놓을 뿐이지. 한낱 필멸자로 시작해 여기까지 도착한 것도…… 정말이지

대단하다고밖에 말할 수가 없어.

그러니 방법이 필요해. 이 판을 뒤집을 만한. 그렇지 않나?

하지만 나에게는 이런 방법이 있는데…… 그대에게는 어떤 방법이 있지?

그때, 현이이 한쪽 손바닥을 활짝 펼치더니 바로 옆에 있던 허공을 강하게 후려쳤다.

쩌걱!

그런 소리가 나며 허공에 균열이 퍼졌다.

그리고.

쩌거거걱—

균열은 삽시간에 칠흑을 따라 사방으로 뻗쳐 나갔다. 처음 이 세상에 칠흑이 쏟아지기 위해 공간이 열렸던 것처럼, 균열이 무너진 자리로 또 다른 칠흑이 어둑하게 모습을 드러냈다.

연우는 그것이 어쩐지 불길하게 느껴졌다.

하나하나가 칠흑의 파편처럼 느껴지면서도…… 어쩐지 전혀 다른 느낌을 품고 있었기 때문이었다.

그리고.

콰아아아!

거기서부터 온통 잿빛으로 뭉쳐진 군세(軍勢)가 이쪽으로 쏟아졌다.

『무, 뭐야, 저건?』

크로노스가 그걸 보고 충격에 젖은 목소리를 내뱉었다.

*   *   *

　['망신(亡神)의 군세'가 발동되었습니다!]
　[칠흑이 다른 색으로 물듭니다!]

『망신……? 그게 뭐지?』

아가레스는 연우와 현인의 대결을 지켜보다 말고, 갑자기 허공에 떠오른 메시지에 인상을 딱딱하게 굳혔다.

바알을 제외하면 르 인페르날에서도 가장 긴 삶을 살아왔던 그였기에 웬만한 지식을 머릿속에 담고 있다지만, '망신'이라는 단어는 처음 들어 보기 때문이었다.

물론, 연우와 정우 형제를 알고 난 뒤부터는 그런 일들이 연속적으로 벌어지긴 했다.

공포만을 부르던 타계의 정체, 칠흑왕과 천마의 관계,

'꿈' 혹은 '굴레'라 불리는 이 우주의 진실, '낮'과 '밤'으로 대변되는 영원의 전쟁, 그리고 그것을 기록해 뒀다는 계시록의 내용들……

하지만 그런 것들은 아는 이가 극히 드문 이면의 진실일 뿐.

저건 그런 것 따위가 아니었다.

신이었다.

악마였다.

용종이었고, 거인족이었다.

하나같이 초월을 이룬 개체들.

하지만 여기서 중요한 점은 과거형이란 점이었다.

현인이 칠흑을 부수며 끄집어낸 군세는 초월자의 모습을 하고 있었지만, 그 속은 텅 비어 있는 인형들이었다.

두 눈에는 초점이 전혀 잡혀 있질 않고, 죽은 사물에서조차 느껴지는 사념도 풍기질 않는 존재들.

자신을 잃은(亡) 신(神)이기에 망신(亡神).

아무래도 그렇게 보였다.

왕!

펜리르가 크게 짖었다. 그러면서 나지막이 으르렁 소리를 내는 것이, 상당히 화가 많이 난 듯 보였다.

그리고 그건 아가레스도 마찬가지였다.

『그렇게 말하지 않아도 안다. 아무래도 지난 '꿈'들에서 지우지 않고 모아 뒀던 모양인데.』

아가레스는 흉악하게 낯을 일그러뜨렸다.

『감히 숭고한 우리 악마들을 이딴 꼭두각시만도 못한 취급을 해? 죽여 버리겠다!』

아가레스는 수십 쌍에 달하는 날개를 한꺼번에 펼쳤다. 마기가 파문을 그리면서 퍼져 나간 자리, 원래의 모습으로 돌아온 그는 데리고 왔던 악마의 군세를 움직이기 시작했다.

그에 발맞춰 펜리르 역시 거대한 늑대의 형상으로 돌아와 가장 앞서서 이쪽으로 달려오던 망신에게로 와락 달려들었다.

크와아앙!

「우리들의 신께─!」

「승리를!」

「영광을!」

발데비히의 우렁찬 외침과 함께, 지난 십여 년간 '밤'과의 전쟁으로 이제 전투에 이골이 날 대로 난 망자 거인들이 뛰쳐나갔으며.

「가자꾸나.」

「흥! 품위 없이 매번 싸워 대기만 하는 건 칠흑에 있을 때나 나왔을 때나 똑같군.」

고룡 칼라투스의 말에 여름여왕은 콧방귀를 뀌다가도, 거대한 날개를 힘차게 위아래로 흔들면서 허공으로 높이 날아올라 망신의 군세에다 브레스를 강렬하게 뿌려 댔다.

「무엇. 들. 하느냐. 주인. 님. 의. 위광을. 보이. 지. 않고. 칠. 흑의. 진짜. 주인. 이. 누군지. 너희. 들이. 앞장. 서. 밝히어. 라.」

부의 명령에 따라 샤논, 한령, 레베카를 비롯한 망자들도 디스 플루토를 이끌며 앞으로 뛰쳐나갔다.

그 외에도 함께 따라왔던 다른 '낮'의 존재들까지 모두 망신의 군세를 향해 움직였으니.

두 개의 군세가 서로 맞물리면서 싸우는 광경은 보는 것만으로도 전율이 일 정도였다.

['낮(에로스)'이 환하게 밝아집니다!]

그렇게 되자, 정작 조바심이 나게 되는 건 '밤'이었다.

아. 버. 지. 를. 도. 와. 야.

하. 지. 만. 어. 느. 아. 버. 지.

여. 기. 전. 부. 아. 버. 지.
누. 굴. 택. 할.

우. 리. 아. 버. 지. 는. 저. 기.

선. 택. 이. 아. 닌.
진. 짜.

그들은 아주 잠깐 고민에 잠기긴 했지만, 곧 생각을 하나
로 모을 수 있었다.

이곳이 아무리 위대한 아버지의 품속이라고 한들, 자신
들이 아무 선택도 하지 않고 있는다면 결국 아버지의 의중
에서 뒷전으로 밀려날 수밖에 없다.

그래서야 아버지의 자식이라고 하기에도 부끄럽지 않은
가!

더구나 아버지의 권속이 저렇게나 많은 데야, 자신들이
우왕좌왕한다면, 추후에 있을 기침에 그 왕좌의 곁에 같이
서 있을 수 없을지도 몰랐다.

아. 버. 지. 의. 영. 광. 위. 해.

결국 선택 뒤에 행동은 빨랐다.

['밤(눅스)'이 어둡게 내려집니다!]

연우의 그림자가 길쭉하게 늘어나면서 그 속에 있던 타계의 신들이 대거 바깥으로 쏟아졌다.

['검은 풍요의 요신'이 '망신의 군세'에다 저주를 내립니다!]
['망신의 군세'가 집단 감염됩니다.]
[방어력이 저하되었습니다.]
[불발되는 공격의 수가 늘어납니다.]
……
['불결의 근원'이 '망신의 군세'에 불치병을 하사합니다!]
['망신의 군세'에게 부여되었던 불사의 권한이 사라졌습니다!]
……

불과 며칠 전까지만 해도 적대 관계였던 '낮'과 '밤'은 함께 손을 잡고 싸우고 있었다.

칠흑이라는 공통된 적을 앞에 두고서.

어리석은.

현인은 그런 광경을 보면서 기가 차다는 듯한 어투로 활자를 내뱉었다.

가장 오랜 세월 동안 칠흑왕의 자아로 살아왔던 그로서는 지금과 같은 광경이 이해가 되지 않을 수밖에 없었으니까.

연우는 자아들 중에서도 가장 최근에 나타난 자였다. 그런데도 어떻게 '밤'의 존재들이 그를 따르는지 이해가 되질 않았고, 칠흑왕의 자아라고 하면 응당 분노를 내뱉어야 할 '낮'이 함께하고 있는 이유도 당최 납득이 가질 않았다.

그렇기에 현인은 그런 그들을 두고 '어리석다'고 판단했지만, 그렇다고 저들 사이를 흔들어 놓을 뚜렷한 방법도 보이질 않았다.

정말이지 알 수가 없구나.

사실 현인으로서는 연우라는 존재부터가 예측 불가였지만.

집행자로 점찍어 두고 부릴 생각이긴 했다지만, 이렇게까지 '꿈'의 질서를 혼란케 한 존재는 여태 단 한 번도 없었기 때문이었다.

천마. 너는 대체 무슨 생각인 거지?

그렇게 작게 의문을 띄웠지만.

그와 별개로 현인은 여기서 자신이 질 거라고 생각하지 않았다.

그동안 그가 사라지는 '꿈'에서 하나둘씩 수집하듯이 모았던 망신의 군세는 아무리 죽이고 죽인다고 해서 줄어들 것이 아니었으니까.

차라리 이참에 불필요한 것들을 전부 지우고, 새롭게 시작하는 것도 나쁘진 않겠지.

'낮'과 '밤'으로 대변되던 기존의 질서를 지우고, 다시 '꿈'에서 깨어나자. 그토록 원하던 프네우마와 퀴리날레도 손에 넣었으니, 이번에야말로 두 번 다시는 깨지 않아도 될 '꿈'을 꾸게 될……!

하지만 현인의 그런 생각은 도중에 끊어져야만 했다.

['낮(에로스)'의 태양이 떠올랐습니다!]

뭐라고?

전혀 생각지도 못한 메시지.
현인의 얼굴이 저절로 다른 곳으로 홱 하고 돌아갔고.
피피피핑—
퍼퍼퍼펑!
허공 곳곳에 마법진들이 일제히 맺히더니, 수많은 빛줄
기들이 소나기처럼 쏟아지면서 단숨에 망신의 군세를 싹
쓸어버렸다.

〈빛의 파도〉
〈무차별 난사〉

모든 것이 명멸하는 칠흑 위.
정우가 우뚝 선 채로 현인을 내려다보고 있었다. 그 옆에
는 여전히 안색이 창백한 레아도 같이 서 있었다.
"오랜만이지, 새꺄?"

이런.

난감하게 되었군.

좌측에는 연우와 크로노스.

우측에는 정우와 레아.

네 가족이 동시에 풍기는 신력에 현인은 쓴웃음을 지어야만 했다.

그러던 그때.

짜아악!

"아악!"

정우는 등짝을 후려치는 매운(?) 손길에 화들짝 놀라 자기도 모르게 고개를 돌리고 말았다.

레아가 도끼눈을 뜬 채로 노려보고 있었다.

"엄마가 예쁜 말 쓰랬지!"

"아, 엄마! 그래도 이렇게 한껏 분위기 세우고 있는데……!"

"이게 대체 뭘 잘했다고 자꾸 말대꾸니?"

짝, 짝, 짜악!

"알았어요, 알았다구요! 그만 좀 때려요! 아아악!"

정우는 울상이 되어서 그만하라고 애원했지만, 레아의

매운 손은 도저히 멈출 기미를 보이지 않았다.

분명히 신격은 여전히 위태로우신 게 분명한데, 어떻게 이런 힘이 나시는 건지. 도통 이해할 수가 없었다.

하지만 정작 정우를 더 암담하게 만드는 건 따로 있었다.

『일어났나?』

"혀, 형?"

어기전성으로 전달되는 익숙한 목소리.

정우는 허리를 쭈뼛 세우면서 고개를 다른 쪽으로 돌렸고.

이쪽을 보면서 화사하게 웃고 있는 연우를 볼 수 있었다.

『마저 이야기할 거 있지, 우리?』

"……형, 사념체가 대신 한 대 맞았잖아. 그걸로 퉁 치면 안 될까?"

『어. 안 돼.』

"아니. 그것도 나잖아! 그러니까 그걸로 쌤쌤……!"

『어. 안 돼.』

"……."

단호박이라도 먹었나. 왜 저렇게 단호하게 자르는지 모르겠다.

『하여간 끝나고 보자.』

연우는 그 말만 남기고서 다시 스퀴테를 세게 움켜쥐고 현인 쪽으로 몸을 날렸다.

하아!

정우는 땅이 꺼져라 한숨을 내쉴 수밖에 없었다.

정말이지 대체 몇 년 전의 일을 가지고 이제 와서 저렇게 화풀이를 해대는 건지. 어째 나이를 저만큼 먹고, 칠흑왕의 자아로서 수많은 삶도 겪어 봤다면서 저렇게 속이 좁을 수 있는지 이해되지 않았다.

보통 저쯤 되면 대인배는 못 되더라도 소인배는 벗어나야 하는 거 아냐?

"……하여간 쫌생이."

『다 들린다.』

"다 들으라고 한 거거든!"

정우는 순간 움찔했지만, 이왕 이렇게 된 거 아예 뻔뻔하게 나가자는 생각으로 배에 잔뜩 힘을 주었다.

어차피 이러나저러나 결국 형한테 얻어맞는 건 확정이니, 손해 볼 거 없다는 식으로 나서는 게 훨씬 속 편했다.

원래 그렇게 하기도 했고.

『죽을래?』

"엄마! 형이 저한테 죽고 싶냐고 협박해요!"

정우는 내친김에 레아의 등 뒤로 쏙 숨었다.

레아의 도끼눈은 이제 연우에게로 향했다.

"연우, 너! 엄마가 말했지! 동생 그만 괴롭히라고! 엄마 없는 동안에도 그러고 다녔던 거니?"

『……그건.』

"하여간……! 엄마랑 아빠 없으면 이 세상에 서로 믿고 의지할 건 너희들밖에 없으니까 그렇게 잘 지내라고 타일렀는데, 정말! 말을 안 들어요!"

『…….』

"너희들, 대체 언제 철들 거니? 나이도 이제 서른이 넘었다는 애들이……!"

『저놈이 먼저 저 팔아서 그런 겁니다.』

"형이 자꾸 때리려고 하잖아요!"

"둘 다 조용 안 할래!"

『…….』

"……."

"하여간 이따 봐. 둘 다. 아주 혼날 줄 알아!"

연우와 정우는 똑같이 합죽이가 되고 말았다.

"하여간 다들 누굴 닮았는지 이리 싸워 대기나 하고!"

『어, 어어? 마누라, 그거 설마 나한테 하는 말 아니지?』

가만히 아들들이 혼나는 꼴을 재미나게 보고 있던 크로노스가 기겁하며 불쑥 끼어들었다.

물론, 레아의 도끼눈은 철없는 남편도 피해 갈 수 없었다.

"몰라서 물어?"

『…….』

"당신이 매번 이런 식이니까 애들도 똑같이 구는 거 아냐! 하여간 당신도 이따 봐."

자식들 때문에 졸지에 된서리를 맞게 된 크로노스가 앓는 소리를 냈지만, 레아는 절대 듣는 척도 하지 않았다.

개판이로군.

연우 가족들을 보고 있던 현인은 어이가 없다는 투로 활자를 쏟아냈지만.

그의 사념은 여전히 연우 가족에게로 단단히 고정되어 있었다.

집행자이자, 사왕이며 칠흑왕의 자아, 그리고 '밤'의 주인이기도 한 연우.

대적자이자, '낮'의 태양으로서 다시 떠오르기 시작한 정우.

올림포스의 신왕이었으며 프네우마의 후손으로서 '황'에 가장 근접했다고 평가받던 크로노스.

역시나 부부왕이었고, 퀴리날레의 권능을 고대신 이후로 가장 잘 해석했던 레아.

하나하나가 전부 과거에 우주를 떨쳐 울렸고, 현시대의 세계를 상징한다고 할 수 있는 존재들이었다.

현인이 가장 갖고 싶어 했지만, 반대로 그렇기에 저들이 한데 뭉치는 것만큼은 가장 경계하고 있었다.

골치가 아파질 게 분명했으니까.

가족이라는 것…… 혈육이라는 것……

대체 그게 무엇이기에 너희들은 이만큼이나, 없던 기적마저도 만들어 낼 수 있는 거지?

현인은 도저히 현 상황을 이해할 수가 없었다.

분명히 모든 계획은 완벽했다.

과거, 현재, 미래에 이르기까지. 인과율의 섭리를 벗어나 모든 것을 관측하고 조율하는 것이 가능한 그로서는 절대 저들이 빠져나갈 수 없는 덫을 만들어 놓았다.

피안(彼岸)을 만들기 위한 계획.

하지만 어째서 그 모든 계획들이 이렇게 깨지고 있는 거지……?

그로서는 혼란스러울 수밖에 없는 상황이었지만.

"모르겠으면."

[시간의 태엽이 맹렬하게 빨리 감기 됩니다!]

"알 때까지 두들겨 맞든가."

파앗!

연우의 공세는 다시 시작되고 있었다.

쿠릉, 쿠릉, 쿠르릉—

                    *   *   *

『……진짜 이따 보자.』

"엄마. 형이 저한테 이따 뒷골목으로 나오라는데요?"

『이 새끼가?』

"욕까지 하는데요?"

『야!』

"소리까지 지르는데요!"

정우는 연우가 협박하는 족족 그대로 레아에게 일러바쳤고, 그럴수록 연우의 가슴 속에서는 울화가 치밀어 올랐다.

물론, 여전히 레아의 도끼눈은 더 높이 올라갈 뿐이었고.

결국 연우는 더 이상 말을 길게 해 봤자 자신만 휘말릴 뿐이라고 여겼는지 부글부글 끓어오르는 속을 겨우 가라앉히면서 스퀴테를 휘둘렀다.

쿠르르릉! 어쩐지 방금 전보다 훨씬 강렬한 검뢰가 내리치는 것 같은 기분이 들었다. 위력도 더 강해진 것 같고.

아니, 공세의 분위기 자체가 조금 전과는 많이 달랐다.

오로지 공격 일변도였으니.

그전에는 공세의 여파로 '낮'이나 '밤'의 군세가 피해를 입지 않을까, 정우와 레아 등이 휘말리지 않을까, 조심스러워하는 태도가 역력했지만.

지금은 아니었다.

더 이상 후방을 걱정할 필요가 없었기 때문이었다.

정우가 있다는 것을 알고 있었으니까.

"하여간. 난 이럴 때나 부려먹지. 멋있는 건 지 혼자서 다 해요."

정우는 투덜거리면서도 하늘 날개를 더 크게 활짝 펼쳤다.

직접 말로 하지 않아도 알고 있었다.

연우가 자신에게 뭘 맡겼는지.

〈하늘 날개 ── 최대 출력〉

〈절대권능공간(絶對權能空間)〉

화아아!

하늘 날개가 휘영청 시린 빛을 발하면서 만통의 특성을
활짝 만개시켰다.

이 세계에 있는 섭리와 법칙이, 마치 손끝에 걸린 것처럼
하나둘씩 느껴졌다.

칠흑이…… 매만져졌다.

퀴리날레의 권능은 공간을 감지하고 조율하는 데 특화되
어 있었고, 이것이 만통 특성과 뒤섞이면서 권능에는 새로
운 속성이 추가되었다.

지배(支配).

정확하게는 조작(操作)이었다.

시전자가 가진 의념을 강제로 불어넣고, 공간을 구성하
는 섭리와 법칙을 강제로 조작하는 것이다.

흔히 신과 악마가 자신의 성역에서 가지는 위치와 무엇
이 다르냐고 할 수 있을 테지만, 범위적으로나 권한적으로
나 정우 쪽의 힘이 한층 우위에 있었다.

그가 지배하고 조작할 수 있는 공간에는 주인이 있는 타
인의 영역도 포함되기 때문이었다.

우르르르!

정우는 이를 바탕으로 칠흑이라는 공간을 '지배'하고 강제로 '조작'하고자 했다.

공간이 떨렸다.

칠흑이 울렸다.

마성들이 일제히 비웃음과 조롱을 던져 댔다.

키키키키킥.

잘도 미친 짓을 저지르려는 구나!

이제야 겨우 갓 퀴리날레의 격을 각성하고, 권능을 깨우쳤을 것이면서.

다른 것도 아니고 우리를 건드리려고 해?

보통 퀴리날레는 이성적이고 합리적인 사고를 하는 편이 아니었나? 이런 무모한 짓과는 거리가 멀었는데. 흠!

이런 쪽은 보통 프네우마 놈들 담당인데…… 피가 섞이더니 성향도 바뀐 건가?

이건 또 이것대로 재미있군.

하지만 마성들은 재미있다는 듯 정우가 하는 행동을 지켜보기만 할 뿐, 개입할 생각은 하지 않고 있었다.

해 볼 테면 해 보라는 듯.

아니면 이것도 현인이 극복해야 할 장애물이면 알아서 극복해 낼 것이라는 듯.

"괜찮…… 겠니?"

레아는 방금 전까지 철없는 아들들을 꾸짖던 엄한 어머니에서 걱정 가득한 어머니로 변해 있었다.

그녀로서는 정우가 무리를 하는 게 아닐까, 한계 이상으로 신력을 끌어 올리다 이전처럼 위험해지는 게 아닐까 걱정했지만.

"엄마야말로, 괜찮은 거 맞죠?"

정우는 한껏 여유로운 표정으로 레아를 돌아보았다.

그와 레아 사이에는 보이지 않는 실, 심령이 연결되어 있었다.

자신을 구하느라 신력을 전부 소모하고 말았던 레아가

흐트러지지 않도록, 정우가 직접 영혼을 연결하여 힘을 나눠 주고 있었다.

그가 잠에서 깨어나자마자 곧장 시행했던 일이었다.

"그래. 그러니까⋯⋯."

"저도 마찬가지예요. 그러니까 걱정 마세요."

정우는 가볍게 고개를 흔들고는 살짝 엷은 미소를 폈다.

"그래도 걱정되신다면 강론 좀 해 주실래요?"

"강⋯⋯ 론?"

"네. 어떻게 하면 이걸 더 잘 다룰 수 있는지 가르쳐 주세요. 형보단 그래도 제가 공부를 더 잘했잖아요?"

레아는 침음을 삼켰다.

그것이 아들의 배려임을 어찌 모를까.

이만큼 권능을 잘 발휘하고 있다는 사실은 퀴리날레의 권능에 이미 높은 이해도를 가지고 있다는 뜻. 그러니 크게 그녀에게 배울 것은 없을 것이다.

그런데도 가르쳐 달라는 건⋯⋯ 어머니의 걱정을 덜어 주고자 하는 갸륵한 마음씨였다.

그렇기에 레아는 무겁게 고개를 끄덕였다.

아들을 더 이상 걱정하지 않을 것이다. 대신에 퀴리날레의 뒤를 잇기로 마음먹었다면, 그가 알고 있는 게 절대 전부가 아니라는 것을 가르쳐 줄 생각이었다. 부모로서 자식의 본보기가 되진 못할망정, 벌써 뒤처지고 싶지는 않았다.

"잘 들으려무나."

그래서 레아는 자신이 그동안 머릿속에 저장하고, 정리하고, 해석하며, 발전시켰던 선조들의 지혜를 천천히 읊조렸다.

퀴리날레가 가진 깊이가 상당하다는 것을 알게 된 정우의 눈은 더욱 깊어지고.

화아아아!

그럴수록 그가 내뿜는 배광은 더 화려하게 빛났다.

['낮(에로스)'의 태양이 환하게 세상을 비춥니다!]

[퀴리날레에 대한 지식이 깊어졌습니다.]
[퀴리날레에 대한 지식이 깊어졌습니다.]
……
[공(空)의 의미를 깨달았습니다.]
[격이 상승합니다.]
[업이 쌓입니다.]

[신성을 추가 획득하여 완전한 초월을 이뤘습니다!]

……

[칭호가 '낮(에로스)'의 후계자에서 '낮(에로스)'의 주인으로 변경되었습니다!]

그리고 이를 바탕으로.

정우는 칠흑 곳곳으로 의념을 투사하면서 일대 공간을 장악하고, 자신의 입맛대로 조작하고자 했다.

왼손을 활짝 펼쳐 수평으로 놓았다.

[쿼리날레의 권능이 작동합니다!]

[특정 공간을 장악하였습니다.]

손끝에 무언가가 걸렸다.

철컥, 철컥, 철컥—

한순간.

끼이이이?

키에엑!

여태껏 연우 일행과 뒤엉켜서 치열하게 혼전을 벌이던 망신의 군세가 일제히 허리를 뻣뻣하게 세웠다.

『뭐지?』

무언가 상황이 이상하다는 것을 눈치챈 아가레스가 고개를 높이 들어 정우 쪽을 돌아보았고.

정우는 펼친 왼 손바닥을 그대로 아래로 내렸다.

마치 무언가를 누르듯이.

[장악한 공간에 '억압(抑壓)'의 성질이 부여되었습니다!]

그러자 망신의 군세가 일제히 덜덜 떨기 시작했다. 마치 그들에게만 막강한 중력이 부여된 것처럼!

움직임이 굼떠지고, 내뿜던 신력이 흐트러졌다.

망신의 군세가 모두 정우의 손끝에 걸린 것이다. 그리고 정우는 그것을 더 세게 누르기 시작했다.

[장악한 공간에 '억압'의 성질이 부여되었습니다!]

[장악한 공간에 '억압'의 성질이 부여되었습니다!]

……

두 번, 세 번, 네 번…….

권능이 계속 이어질수록 망신의 군세가 받는 압박은 더욱더 거세지며 끝끝내 행동이 전부 정지하는 수준에까지 다다르게 되었다.

그리고.

그 모습은 마치 언젠가 정우가 탑에서 보았던 누군가의 스킬과도 아주 비슷한 성질과 모양을 자랑하고 있었으니.

둥.

둥…….

어디선가 범종이 울리는 듯한 소리가 나는 것 같았다.

〈천마군림보〉

물론, 정우가 빚어낸 현상은 절대 올포원—비바스바트가 펼치던 천마군림보는 아니었다.

모습이나 결과가 비슷한 것일 뿐, 그 속에서 작동하고 있는 권능의 발현 과정은 전혀 달랐기 때문이었다.

하지만 정우가 올포원—비바스바트의 천마군림보에서 영감을 얻은 것은 사실이었다.

특정 공간에 막대한 무게를 실어 신병을 옴짝달싹하지 못하게 만들고, 나아가서 절대적인 지배력까지 행사하는 것.

언젠가 정우가 엘릭서를 얻기 위해 탑의 77층에 올랐을 때, 그는 올포원에게서 많은 영감을 얻을 수 있었다.

용마안으로 본 그의 세계는 자신이 딛고 있는 세계와 너무나 달랐던 것이다.

그리고 이제 그만한 위치에까지 오른 지금.

사념체가 쌓은 업과 영혼이 올린 격이 합쳐지며 대신격을 획득한 지금, 그는 자신의 방식대로 재해석한 천마군림보를 활용해 망신의 군세를 완전히 묶고자 했다.

[장악한 공간의 성질이 '구속(拘束)'으로 변경되었습니다!]

[구속의 성질이 만개합니다!]

……

['구속'의 성질이 '완전 지배(完全支配)'로 변경되었습니다!]

……

[성질이 더해집니다!]

[성질이 더해집니다!]

[쉬리날레의 권능이 화려하게 빛납니다!]

……

[구속력이 더 강해집니다!]

[해석할 수 없는 권능, '군림보'와의 유사성을 발견하였습니다!]

망신의 군세는 이제 더 이상 움직이지 못하는 수준에까지 이르고 말았으니.

몇몇은 압박을 버티지 못하고 위태롭게 흔들리다가 부서지기까지 할 정도였다.

『허!』

『군림…… 보가 따라 하는 게 가능한 거였다고? 천마의 혈육도 아니면서도?』

『아무리 '낮'의 태양이고, 퀴리날레의 후손이라고 해도, 이건 좀처럼……!』

['검은 풍요의 요신'이 혹시 천마가 나타난 게 아닌지 잔뜩 몸을 부풀리면서 경계합니다!]

['불멸의 근원'이 군림보를 펼친 대상에게 강한 적의를 드러냅니다!]

['춤추는 녹색 불길'이 저자는 우둔한 아버지의 동생이니 섣불리 건드려서는 안 될 거라고 충고합니다!]

......

['밤(녹스)'이 순간 적아를 구분하지 못하고 혼
란스러워합니다!]

'낮'의 존재들도, 지금 이 상황을 어떻게 해석해야 할지
몰라 당황하는 기색이 역력했다.

아무리 '낮'에 가담했다고 해도, 그리고 메타트론과 바
알의 유지를 안다고 해도, 그들로서 천마는 쉽게 용서하기
힘든 존재였다.

자유롭게 살아가던 그들을 탑에다 가두고, 아들로 하여
금 감시하게 만들었던 존재였으니까. 원수 중의 원수였던
셈이었다.

'밤'의 존재들도 마찬가지. 그들로서는 계속 우둔한 아
버지의 기상을 방해하고 잠에 빠뜨리기만 했던 천마에게
항상 원한을 품고 있었다.

그런 그를 상징하는 기예를 따라 한다?

당연히 이런저런 이유로 결심이 흔들릴 수밖에 없었다.

아니, 애당초 천마군림보가 저렇게 모방이 가능한 것인
지 의문스럽기까지 했다.

아무리 다른 프로세스를 사용했다고 해도, 저렇게 똑같

은 결과물을 보이는 건 경악할 만한 이야기였으니까!

그제야 그들은 모두 깨달을 수 있었다.

그동안 연우가 '재능충'이라며 툴툴대던 정우의 재능이 얼마나 대단한 것인지를.

그는 단순히 레아의 소울 코드(Soul Code)를 읽은 것으로 퀴리날레를 학습하여 스스로 격을 끌어올렸을 뿐만 아니라, 단순히 몇 번의 가르침을 받은 것만으로도 말도 안 되는 성취를 이루고 있었다.

『저런 미친 재능이라면…… 탑에 있을 시절에 그렇게 많은 피조물들로부터 질투를 샀던 것도 무리는 아니었던 건가?』

『정확하게는 애당초 '낮'의 태양이 머무를 무대가 탑이라는 좁은 곳이 아닌, 이러한 바깥 세계였단 거겠지!』

어쩌면 탑에 들어온 지 단 몇 년도 안 되는 사이에 마법에 깊게 통달하고, 이를 바탕으로 회중시계 속에 마련했던 시뮬레이션부터가 피조물의 수준으로는 말이 되지 않는 성과였던 것일지도 몰랐다.

하지만.

그들의 충격은 거기서 그치지 않았다.

[천마가 읽던 책을 덮으면서 유심히 아래를 살핌

니다.]

『……!』

『……!』

『……!』

탑을 직접 세우고도, 그것이 무너지는 것을 그냥 가만히
지켜만 보고 있었던 천마가.

아들이 죽는 광경을 보고 있으면서도 끝까지 모습을 내
비치지 않던 존재가.

그동안 어디서 무엇을 하고 있는지 전혀 알 수 없었던 작
자가 의지를 드러내고 있었다!

딱히 분위기가 반전되거나, 다른 기적이 빚어지거나 한
건 아니었다.

그저 메시지 한 줄만 떠올랐을 뿐이지만.

그것만으로도 칠흑 속에 있던 모든 존재들을 침묵에 잠
기게 만들기에는 충분했다.

[천마가 쓴웃음을 짓습니다.]

[천마가 제법이라고 말합니다.]

[천마가 이번 대적자는 꽤 기특하다고 말합니다.]

깊은 침묵이 흘렀다.

이것은 천마군림보를 모방했던 정우로서도 예상치 못했던 광경이라, 그 역시 잠시 멍하니 메시지를 보고 있을 수밖에 없었다.

[천마가 하지만 아직은 완전히 따라 하려면 멀었다고 말합니다.]

[천마가 그래도 아들을 이해해 준 것이 고맙다며, 오랜만에 일어난 것에 선물을 주겠다는 의사를 전달합니다.]

그리고.

[천마의 권능이 전해졌습니다!]

['군림보'의 성질이 더해집니다!]

[북두(北斗)와 칠성(七星)의 성질이 합쳐집니다.]

화아아!

정우의 손등 위로 국자 모양으로 그려진 일곱 개의 점이 연달아 찍혔다.

탐랑, 거문, 녹존, 문곡, 염정, 곡, 파군…….

북두칠성의 문신은 화려하게 빛을 발하면서 정우에게 막강한 신력을 불어넣었으니.

"……!"

한순간, 정우는 이대로 정신을 잃는 게 아닐까 하는 짙은 고양감과 성취감을 느낄 수 있었다.

그것은 사념체를 받아들이면서 한 차례 한계를 탈피했던 정우가, 다시 한번 더 한계를 벗어났다는 뜻이었다.

[격이 상승하였습니다!]
[격이 상승하였습니다!]
……

[현재 상태: 광화(光華)]

[천마의 가호가 따릅니다!]
[당신에게 '새로운 칭호: 대적자(對敵者)'가 수여
되었습니다.]

정우는 한순간 손끝에 걸렸던 반발력이 확 낮아지는 느낌을 받을 수 있었다. 천마의 가호가 더해지면서 공간을 다루는 솜씨가 훨씬 나아진 것이다.

아니, 정확하게는 군림보를 흉내 내던 것에서 이제는 그 것을 '직접' 펼칠 수 있는 수준에까지 이르게 되었으니.

비록 올포원이나 천마가 사용하는 군림보에는 미치지 못 할망정, 그에 준하는 권능은 손에 넣은 것이나 마찬가지였 다.

'어째서 날……?'

정우는 천마에게 인정받았단 사실이 기쁘면서도, 한편으 로는 위화감에 젖어야만 했다.

형인 연우는 천마의 대척점에 놓였다고 할 수 있는 칠흑 왕의 일부다. 그런데 그에 반하는 힘을 자신에게 쥐여 주었 다는 것은…… 그리고 원래대로라면 올포원에게 갔어야 할 힘이 자신에게 주어졌다는 것은…… 대체 무엇을 의미하는 걸까?

하지만 정우의 생각은 거기서 그쳐야만 했다.

천마가 무슨 노림수를 두었던 간에, 결국 그 힘을 사용하 는 것은 자신이었다.

자유의사가 따르는 한 그것을 어떻게 사용할지 결정하는 것은 자신이지 않겠는가!

예전이나 지금이나.

정우는 자신의 운명이 타인에 의해 조종당하는 것이 너 무나도 싫었다.

그래서 정우는 오른손에도 똑같이 신력을 부여했다. 퀴리날레의 권능이 장착되면서 손끝에 새로운 공간이 걸렸다. 손등에 박힌 칠성의 문장이 다시 화려한 빛을 토해 냈다.

[새로운 공간을 장악합니다!]
[해당 공간에 '부유(浮遊)'의 성질이 부여되었습니다!]

『이거……?』
『그런가? 이번엔 우리에게 반대로 힘을 주려는 건가?』

에. 로. 스. 가. 힘. 을. 주. 는.

천. 마. 의. 힘.

받. 아. 도. 되. 나.

'낮'이며 '밤'의 모든 존재들은 눈을 크게 떴다. 망신의 군세와 다르게 자신들을 둘러싼 공간은 한결 가벼워졌기 때문이었다. 신력이 다른 어느 때보다 맹렬하게 돌아가고 있었다.

적군은 억압하고, 아군에게는 힘을 실어 주는 것이다.

그렇게 되자 여태 알게 모르게 칠흑에 감염되어 있던 '낮'과 '밤'의 존재들은 좀 더 수월하게 자신들의 권능을 터뜨리면서 망신의 군세를 압박할 수 있었고.

쿠쿠쿠쿠—

망신의 군세는 차차 뒤로 떠밀려 나기 시작했다.

그들이 왔던 칠흑의 균열 너머로 되돌려 보내려는 것이다.

말도 안 되는……!

현인도 그 광경을 보고, 처음으로 경악성을 토해 냈다.

아무리 천마가 수호를 하고 있다고 해도, 군림보가 허락되었다고?

한평생 천마와 직접 대적을 해왔던 현인으로서는 기가 찰 노릇이었다.

아무리 대적자라고 해도 이렇게까지 노골적으로 가호를 받는 경우는 거의 없었으니까.

만약 가호를 받을 수 있었더라면, 지난 '꿈'들의 양상도 많이 달라지지 않았을까?

천마는 피조물들의 자유의사를 존중했고, 세계가 자신들과 같은 절대자들의 손에 좌지우지되는 것을 달가워하지 않는 성격이었다.

그런데 자신의 모든 것이라 할 수 있는 군림보까지 내어 주었다는 건…… 현인의 상식으로 도저히 이해가 되지 않는 거였다.

하지만 그러거나 말거나.

[시계의 태엽이 맹렬하게 빨리 감기 됩니다!]

이런……!

퀴리날레인지 군림보인지 모를 공간 장악은 정우에 의해 이미 시전된 상태였고.

여기에 연우가 프네우마의 권능까지 더하면서 칠흑을 둘러싼 절대 시간마저 빨라지게 만드니, 굼떴던 속도에도 탄력이 붙었다.

[프네우마가 '시(時)'와 '주(宙)'의 성질을 드러냅니다!]

[퀴리날레가 '공(空)'과 '우(宇)'의 성질을 드러
냅니다!]

[씨줄과 날줄이 엮였습니다!]

씨줄과 날줄. 옷감을 짤 때 두 개의 실이 가로와 세로로
엮이면서 쫀쫀한 기질을 형성하듯, 우주라는 옷감을 짜기
위해서는 시간이라는 씨줄과 공간이라는 날줄을 필요로 한
다.

그리고 그것을 각각 신위로 두어 상징하던 곳이 바로 프
네우마와 퀴리날레였으니.

'꿈'을 구성하는 가장 중요한 요소가 바로 그 둘이라 할
수 있었다.

현인을 비롯한 칠흑왕의 자아들이 프네우마와 퀴리날
레의 손실을 가장 안타까워했던 것도 바로 이 때문이었
다.

'꿈'과 '굴레'의 중심축이라 할 수 있는 두 가지가 없어
서야, 그들이 꾸는 '꿈'은 반쪽짜리에 불과했으니까.

결국 천마가 원하는 대로 계속 되풀이만 할 뿐이었다.

그런데 이 두 가지가 엮여서는 현인에게 대항한다. 그리
고 이제 여태 조용하던 천마가 딱 한 수를 놓았다.

여태껏 현인이 설계하고 운영했던 판의 핵심을 정확하게 찌르는 절묘한 수를.

천마……! 여태 숨기고 있던 게 바로 이런 거였나?

현인은 분노에 찬 활자를 내뱉었다.

여태껏 무슨 일이 벌어져도 감정적으로 동요를 잘 보이지 않던 그였지만, 지금만큼은 절대 그럴 수가 없었으니까.

씨줄과 날줄이 모두 저쪽으로 넘어갔다. 그리고 그것이 각각 뛰어난 힘을 발휘하며 그를 적대하고 있다. 이것보다 더 위험한 칼날은 없었다.

그리고 현인이 아무리 칠흑을 운영하고 굴려도, 악착같이 달라붙는 연우를 떨어뜨리지 않고서야 할 수 있는 것은 아무것도 없었다.

무엇보다.

연우와 정우, 두 쌍둥이 형제가 보이는 합은 아주 대단했다. 어떻게든 막으려고 해도, 판의 흐름이 마치 톱니바퀴가 굴러가듯이 너무나 자연스럽게 굴러가니 도저히 손을 쓸 새가 없었던 것이다.

결국 망신의 군세는 계속 밀리고 밀리면서 원래 있던 균열까지 다다르고 말았고.

현인이 부리던 칠흑도 점차 폭풍우를 만난 바다처럼 격
랑을 일으키다가 계속 무너지고, 떠밀리기를 반복했다.

현인의 손이 점차 어지러워지던 그때.

[시계의 태엽이 최대의 속도로 빨리 감기됩니
다!]

파앗!

한순간, 연우가 현인 앞에서 모습을 감췄다. 아니, 정확
하게는 너무 빨리 움직인 데다가, 현인이 정우 쪽으로도 정
신이 팔려 있는 나머지 아주 잠깐 동안 놓쳤다는 표현이 옳
았다.

그리고 연우가 나타난 곳은 바로 현인의 뒤쪽이었으니.

흡!

현인이 뒤늦게 연우를 감지하고 몸을 그쪽으로 돌렸을
때는 이미 연우가 차갑게 웃으면서 녀석의 가슴팍에다 스
퀴테를 꽂아 넣고 있는 중이었다.

"그동안 많이 해 먹었으니 이제 좀 뒈지지?"

퍼억!

스퀴테의 뾰족한 칼날이 현인의 몸을 관통하여 바깥쪽으로 튀어나왔다.

[죽음의 태엽이 제일 빠른 속도로 감깁니다!]

위이이잉—
어디선가 보이지 않는 태엽이 감기는 소리와 함께.

[해당 대상에게 '죽음'이 강제 이식되었습니다!]
['아사(餓死)'가 실행됩니다.]
['갈사(渴死)'가 실행됩니다.]
['독사(毒死)'가 실행됩니다.]
['동사(凍死)'가 실행됩니다.]
……

츠츠츠—
스퀴테가 찔린 자리를 중심으로, 얼룩덜룩한 검은색 그림자가 빠른 속도로 퍼져 나갔다.

정말이지…….

정말이지, 말도 안 되는 짓을 잘도 계속 저지르는군.

현인은 자신의 가슴팍을 가르고 들어간 스퀴테를 보면서 어이가 없다는 투로 활자를 내뱉었다.

상처 부위가 곪아서 썩다가도 메말라 갈라지거나, 악취가 나고 태워지고 얼어붙는 등, 다양한 죽음들이 번갈아 찾아왔다가 사라졌다.

애당초 죽음이라는 개념 자체도 칠흑에서 비롯된 것.

그런 것을 도리어 근원에게 먹인 꼴이었으니, 이게 말이 되는 짓이냐고 할 수 있겠지만.

문제는 그 말도 안 되는 짓이 정말 눈앞에서 빚어지고 있다는 점이었다.

현인을 완전히 소멸의 길로 몰아갈 정도는 아니었으나, 보이지 않는 손길로 그를 잡아끄는 죽음의 손길은 불쾌하기 이를 데가 없었다.

그렇기에 그 순간, 현인은 이제 연우를 완전히 인정할 수밖에 없었다.

그동안은 자신이 유용하게 부릴 수 있는 패, 혹은 어떻게든 동생과 가족들을 구해 보겠다며 아등바등하던 귀여운 존재…… 그런 것으로밖에 비치지 않았지만.

이제는 자신과 어깨를 완전히 나란히 하고 있었다.

물론, 그런 걸 깨닫기엔 이미 너무 늦은 뒤였지만.

울컥!

현인의 입가로 생각되는 부분에서 피 같은 것이 쏟아졌다.

그 역시 칠흑으로 이뤄진 존재였지만, 상당한 타격을 입었음을 확실하게 보여 주는 것이었다.

당연히 그 광경을 지켜보고 있던 '낮' 과 '밤' 의 모든 존재들은 충격에 젖을 수밖에 없었다.

"칠흑의 중심이 당해……?"

『정말이지 말도 안 되는 짓이 연달아 벌어지고 있군! 흠!』

아. 버. 지. 가. 아. 버. 지. 를.

찔. 러.

그. 럼. 아. 버. 지.

정. 해. 진. 건. 가.

['낮(에로스)'의 존재들이 칠흑왕의 주 자아에게 상처를 입힌 칠흑왕의 자아에게 경악을 내뱉습니다!]

['밤(녹스)'의 존재들이 그럼 진짜 우둔한 아버지
가 누군지 확실하게 가려진 건지 의문을 드러냅니
다!]

그러던 그때.

"아…… 니야."

정우의 목소리가 사위를 갈랐다.

억지로 쥐어짜 내는 듯하지만, 막대한 신력이 담겨 있어
그들의 귀에 너무나 선명하게 들리는 목소리.

"아직 안 끝났으니까, 다들 정신 차려!"

['낮(에로스)'의 존재들이 태양의 외침에 정신을
차리고 다시 망신의 군세를 밀어붙이기 시작합니
다!]

['밤(녹스)'의 존재들이 우둔한 아버지를 바라봅
니다!]

정우는 공간을 다루고 있었기에 확실하게 알 수 있었다.

아무리 죽음이 이식되었다고 한들, 현인을 완전히 처치
했다고 하기에는 힘들다는 것을.

오히려 지금이 더 위험할 수도 있는 것이었다.

아니나 다를까.

그래. 천마. 그대가 그리고 있는 그림이 뭔지는 알 수 없어도, '나'가 거기에 휘말려 당하고 있는 건 확실해.

하지만 '나' 역시 호락호락하지 않다는 것을 모르지는 않을 텐데 말이야.

피안(彼岸).

그곳은 어떻게든 만들어야 하지 않겠나.

그런 활자들이 튀어나오는 것과 동시에.
현인의 눈두덩이로 생각되는 부위에서 시커먼 안광이 치솟았다.

[해당 대상으로부터 역으로 '혼란(混亂)'이 강제
전이되었습니다!]

『큭……! 역시 뭔가 있을 거라고 생각은 했는데, 정말 엿같은 게 있긴 있었구나.』

크로노스는 자신의 검체(劍體)를 따라 스멀스멀 기어 올라오는 칠흑을 보면서 악다문 소리를 냈다.

겉보기에는 연우가 부리는 것과 똑같은 칠흑으로 보이지만, 전혀 다른 색(色)을 띤 칠흑.

애당초 본질도 달랐다.

그리고 그 속에 담긴 성질은 '혼란'이었다.

미몽과 혼돈, 무질서 등을 끌어내는 아주 근본적인 개념. 현인이 연우를 상대할 때면 항상 풀어내던 힘이기도 했다.

죽음이 해당 대상을 무너뜨린다면, 혼란은 모든 것을 허물어서 덧없게 만들어 버린다.

신격, 신화, 신성…… 아무리 위대하게 만든 것들이라 하여도, 그런 모든 것들은 어차피 '꿈'에서 깨고 나면 전부 덧없이 사라질 모래성 같은 것들이 아니던가.

현인은 바로 그런 성질들을 완전히 개념화시키고, 자신의 주 속성으로 삼았다. 연우가 죽음을 자신이 가진 권능의 뿌리로 두듯, 혼란이 현인에게 그런 근본에 해당했다.

당연히 이런 혼란의 속성은 다른 자아들에게도 아주 유효하게 먹혔다.

'나'라는 군집체로 묶여 있다고 한들, 그들 역시 개별적인 의사를 갖고 있는 존재들. 그렇게 허망하게 사라지고 싶은 마음 따위 없었다. 그동안 현인에게 복종했던 것도 전부 그런 이유 때문이었다.

그런데 바로 그런 혼란이 연우에게 고스란히 옮아 왔다.

원래대로라면 압도적인 힘의 격차를 갖고 있는 게 아니고서야 신력을 강제로 주입한다는 건 절대 있을 수 없는 일이었지만.

문제는 연우가 스퀴테와 합일을 이루고 있다는 점이었다.

그가 스퀴테를 통해 현인에게 직접 상해를 가하고 신력을 불어넣었듯.

현인도 똑같은 통로로 연우에게 신력을 밀어 넣고 있는 셈이었으니.

이건 어찌 보면 힘겨루기에 가깝다고 봐야 할지도 몰랐다.

　　[죽음의 태엽이 가장 빠른 속도로 돌아갑니다!]
　　[죽음이 계속 이식되는 중입니다.]
　　[최대 출력으로 인해 과열되기 시작합니다.]
　　[주의! 태엽의 날이 급속도로 마모되기 시작합니다. 손상의 정도가 상당합니다. 휴식 뒤에 재사용할 것을 권고합니다.]
　　[주의! 마모의 정도가 심각한 수준에 이르렀습니

다. 태엽의 사용을 중단할 것을 권고합니다.]

　……

　[경고! 내구도가 바닥났습니다. 과열로 인해 죽음의 태엽이 망가지기 시작합니다!]

　[혼란의 침범이 급속도로 이뤄지는 중입니다.]
　[신격이 위태롭게 흔들립니다.]
　[신성이 위태롭게 부서집니다.]
　[신위가 위태롭게 요동칩니다.]
　……

　[경고! 혼란이 신령의 깊숙한 지점에까지 이르렀습니다. 품고 있던 칠흑을 침해하려 합니다.]
　[경고! 칠흑이 혼란에 젖을 시에 자격이 위험해질 수 있습니다!]
　……

　[경고! 혼란의 침해를 계속 방관할 시, 칠흑왕의 자아로서의 힘을 상실할 수 있습니다! 그럴 시, 칠흑 속을 유영하게 될 가능성이 아주 큽니다! 어서 자리를 이탈할 것을 권고합니다!]

　치직, 치치직—

치이이익!

연우의 신체가 노이즈라도 잔뜩 낀 것처럼 위태롭게 흔들렸다. 팔이 부서졌다가 새롭게 복구되고, 얼굴이 다른 형체가 되었다가 원 상태로 돌아왔다. 그가 있던 자리로 본체인 거마신룡도 몇 번씩이나 나타났다가 사라지기를 반복하고 있었다.

'연우'라는 존재를 구성하고 있던 모든 요소들이 강제로 흔들리고 있다는 증거였다.

누가 먼저 서로의 속성에 잡아먹히게 될지.

한번 확인해 보는 것도 나쁘진 않겠지?

현인은 여전히 덤덤한 말투로 활자를 내뱉고 있었지만, 그 아래에는 스산함이 깔려 있었다.

나…… 는.

원래 칠흑이었으면서 완전한 칠흑이라 할 수 없는, 세계에서도 가장 밑바닥에 있었던 아귀(餓鬼)였음이니.

그런 내가 여기까지 올 수 있었던 이유가, 뭐라고 생각하나?

하하하.
현인은 그렇게 소리 없는 웃음을 터뜨리고 있었다.

그러니 예전에 그러했던 것처럼, 그대도 같이 먹어 버리면 좀 나아지겠지.

[해당 대상이 '죽음'에 중독되었습니다!]
[해당 대상으로부터 '혼란'의 저주를 받았습니다!]

현인은 스퀴테를 꽉 쥐었다. 그리고 자신의 몸 안쪽으로 확 잡아당겼다.

푸우욱. 그런 끔찍한 느낌이 났지만, 녀석은 전혀 아랑곳하지 않는 눈치였다. 아니, 오히려 더 즐거워하고 있었다.

스퀴테가 더 깊숙하게 연결되면 연결될수록. 자신의 속성도 연우에게 더 많이 주입할 수 있을 테니까.

치직, 치이이익—

현인의 신체도 똑같이 노이즈가 꼈다.

두 사람 사이로 감돌던 칠흑이 이제는 마구잡이로 뒤엉키면서 서로 달랐던 색도 이제 구분이 거의 없어질 정도였다.

연우의 두 눈도 차갑게 빛났다.

아귀였다고?

그 역시 무언가를 잡아먹는 데는 절대 뒤지지 않았다.

['하데스의 식령검'이 존재를 포식하는 중입니다!]

[영혼석(오만·식욕·색욕)이 깨어나 기승을 부립니다!]

……

['죽음'과 '혼란'이 뒤섞입니다!]

[신격이 뒤섞입니다.]

[신성이 뒤섞입니다.]

[신앙이 뒤섞입니다.]

……

[존재가 뒤섞이고 있습니다!]

[칠흑을 구분 지을 수 없습니다. 자아가 합쳐지고 분열되고 있는 중입니다.]

『연우야!』

크로노스는 애타는 목소리로 아들의 이름을 불렀다. 중간에서 매개체로 쓰이는 그 역시 날이 점차 무뎌지면서 존재가 위태롭게 흔들리고 있었지만, 신력 싸움에 몰두 중인 아들이 너무 안타깝기 그지없었다.

그래서 합일을 해제하라고 말하고 싶었다. 그럼 자신만 손해를 보는 선에서 끝날 테니까. 분명히 그의 그런 생각은 연우에게도 똑같이 전해졌을 터였다.

하지만 연우는 전혀 그런 말을 들을 생각이 없는 듯 보였다.

콰콰콰콰!

이거 생각보다 아주 끈질긴걸?

우리에게도 기회가 주어지려나?

여러 마성들도 흥미진진하게 연우와 현인의 싸움을 지켜보았다. 여차하면 바로 튀어 나갈 기세였다.

저 둘 중 누군가 이겨도, 혹시 완전히 뒤섞인다고 하여도 결국에는 지칠 수밖에 없는 상황.

어부지리를 취하기에 너무나 좋았다.

도저히 헤아릴 수도 없을 만큼 많은 시선들이 겹겹이 쌓일 때 즈음.

콰아앙!

['망신의 군세'를 전부 되돌리는 데 성공했습니다!]
['낮(에로스)'의 주인이 권능, '절대권능공간'을 활용해 '망신의 군세'가 칠흑으로 쏟아질 수 없게 균열을 차단하였습니다!]

엄청난 폭음과 함께 망신의 군세를 전부 균열 밖으로 밀어내는 데 성공했다는 메시지가 떠올랐다.

"형!"

정우가 시선을 재빨리 연우와 현인이 있는 쪽으로 돌렸다.

['절대권능공간'이 새롭게 발동되었습니다!]
[칠성의 힘이 더해집니다.]
[천마의 가호가 따릅니다.]

정우는 마치 미닫이문을 좌우로 열듯이, 양손으로 허공을 짚고 그대로 크게 좌우로 벌렸다.

왼손에는 연우가, 오른손에는 현인이 걸렸다. 그것을 일일이 분해한다는 생각 따윈 하지 않았다. 두 신력이 섞여도 너무 혼탁하게 섞여 있었으니까. 연우에게도 현인의 색이 너무 많이 묻었고, 현인에게도 연우의 색이 너무 많이 심어진 상태였다.

그렇기에 정우는 두 사람을 확실하게 구분 지을 수 있는 정체성만을 남겨 둔 채로, 그대로 다시 떨어뜨리고자 했다.

찌지지직!

마치 종이가 찢어지는 듯한 소리가 나는 것 같았다. 노이즈가 잔뜩 껴서 이제는 형체조차 알아보기 힘들었던 연우와 현인이 결국 서로에게서 튕겨 나고, 뒤섞이던 칠흑도 강제로 찢겨 나갔다.

"……큽!"

연우는 상당히 지친 얼굴로 현인을 노려봤다. 아무리 강제로 떼어 놓았어도, 그의 체내에서는 여전히 서로 다른 성질을 가진 칠흑이 요란하게 싸워 대고 있는 중이었다.

그리고 그건 현인도 마찬가지였는지, 지친 투로 활자를 뱉고 있었다.

정말이지…… 힘들군.

이렇게까지 끈질길 거라고는 생각도 못 했는데. 어떻게 그렇게 먹히고 먹혔는데도 여전히 정체성을 유지할 수 있는 거지?

물론, 아무리 의문을 드러내도, 연우는 아무 대답도 하지 않았다.

뭐, 그게 그대에게는 당연한 일이겠지만.

그나저나.

아무래도 우리를 더 힘들게 만들 것 같은 놈들이 저기 잔뜩 있는 것 같은데. 어떻게 할 거지?

연우는 인상을 찌푸리면서 이제는 아예 노골적으로 살의를 뿌려 대는 다른 마성들을 돌아보았다.

키키키키킥.

이거. 이거.

어. 너무 탐나는 과실이 두 개나 생겼는데?

기괴한 웃음소리와 함께.

여태 잠자코 있던 마성들이 하나둘씩 일어나기 시작했다.

여태껏 연우와 현인의 눈치를 가만히 살피고만 있던 녀석들이었지만.

그런 녀석들이 한꺼번에 들고일어나니 단번에 분위기가 반전되다시피 하고 말았다.

통일되지 않은 색의 칠흑들이 중구난방으로 날뛰고 있다지만, 오히려 그렇기 때문에 더 흉포하게 보였다.

가다듬어지지 않은 기세들이 오로지 연우와 현인에 대한 식탐만을 품고 있었으니까.

맛난 과실. 맛난 과실……

둘 다 뭐 해? 여태 한 것처럼 서로 치고받고 싸워 대지 않고. 응?

그래. 우리는 신경 쓰지 말고. 어서. 응?

물론, 그런 말에 멍청하게 넘어갈 연우와 현인이 아니었다.

호랑이가 사라진 산에서는 여우가 왕의 행세를 한다는 말은 들었다지만.

아직 두 호랑이가 아직 완전히 쓰러진 것도 아닌데, 이렇게 노골적으로 적의를 드러낸다?

내가 어지간히도 '나'에게 우습게 보였나 보군.

현인은 어이가 없다는 투로 활자를 내뱉었다.

평상시에는 그와 시선도 제대로 마주치지 못하는 놈들이, 지금은 기세가 등등해져서는 군침을 흘려 대는 꼴이 퍽 우스웠던 것이다.

하지만 그는 그런 놈들을 이해했다.

칠흑왕의 자아라는 것들은 보통 얄팍한 본능과 욕망밖에 남지 않은 존재들이었다.

원래는 매번 '꿈' 마다 강한 증오와 한을 품고 있어 집행자로서 칠흑의 선택을 받았던 것들이 전신(前身)이라고는 하지만.

칠흑에 완전히 귀속되고 나서부터는 정체성을 서서히 잃어 가다가, 결국 마지막까지 품고 있던 원념만이 본능으로 남아 버린 것이 마성이었다.

그들에게는 이제 더 이상 '세월'이라는 것이 존재하지 않게 된 데다가, 그들이 살았던 터전도 완전히 사라졌고, 또한, 어떤 새로운 염원을 품는다고 한들 자유의사가 진행될 수가 없으니 자연스레 정체성이 제거되고 마는 것이다.

연우가 수없이 겨뤘던 마성이, 칠흑왕의 자아들이 하나같이 기괴한 웃음을 내뱉으며 추악한 태도만을 보였던 것도 전부 그런 이유 때문이었다.

오히려 원래의 정체성을 잃지 않고 여기까지 꾸역꾸역 올라온 연우가 이레귤러일 뿐이었다.

그 외에 또 다른 이레귤러를 꼽으라 한다면…… 현인, 그 자신밖에 없지 않을까?

아니, 오히려 잘된 것인가. 다시 찍어 눌러야 기어오르지 않겠지.

현인은 차갑게 중얼거리면서도 연우의 눈치를 살피는 것을 잊지 않았다.

이래서야 싸움이 삼파전으로 번질 수 있었다.

누구 하나가 뒤를 잡혀서야 된통 당할 수도 있는 일.

더군다나 현인도 계속 체내에서 죽음의 개념이 난동을 피우고 있는 까닭에 몸 상태가 그리 좋질 못했다.

죽음의 개념이 그의 칠흑을 계속 좀먹어 가고 있었으니까.

거기다 '아귀다툼'이 있은 뒤, 연우와 칠흑이 이리저리 뒤섞이면서 정체성에도 결여된 부분이 드문드문 보였다.

아마도 이식된 죽음을 완전히 떨쳐내기 위해서는 상당한 시간이 필요할 듯한데…….

문제는 마성들이 집단으로 덤벼들어서야 그런 시간을 벌기가 힘들다는 점이었다.

그래서 현인은 연우에게 아주 잠깐 동안 휴전을 제안할 생각이었다.

그 역시 자신과 비슷한 증상을 겪고 있을 테니, 다른 자아들에게 뜯어 먹힐 위험에 처할 바에는 일단 그놈들을 다 찍어 누르고 다시 자신과 결판을 내고 싶겠지.

칠흑의 세계에서는 이따금 서열 정리도 아주 중요하니까.

현인이 생각하기로는 그것이 분명 확실한 합리적인 판단이었다.

그리고 그런 현인의 생각은 사념을 통해 연우에게도 고스란히 전달되었다.

어떻게 직접 활자나 메시지를 쓰지 않아도, 그들은 칠흑이라는 클라우드를 공유하고 있는 존재이기 때문에 그런 제안을 건네는 건 그리 어렵지 않았다.

다만, 여기서 현인이 한 가지 착각한 점이 있었다.

칠흑에 완전히 자리를 잡아 이곳에서 주 자아로서의 위치를 계속 유지해야 하는 자신과 다르게.

연우에게 칠흑이란 어디까지나 필요에 의해 쓰는 수단과 도구에 불과하다는 것.

"아니. 여기서 나는 뒤로 빠지지."

뭐?

현인이 황당하다는 활자를 쏟으면서 황급히 연우 쪽으로 고개를 돌렸을 때.

이미 연우는 스퀘테를 수직으로 크게 내리치고 있었다.

"여기서 당장 승부를 보는 것도 좋겠지만, 이쪽은 가족의 안전이 우선이라. 굳이 위험에 휘말리게 하고 싶지는 않거든."

촤아악!

어디선가 그런 소리가 나는 것 같았다.

칠흑이…… 찢어지고 있었다.

끝도 없이 무한하게 이어져 있던 칠흑이, 각각 연우와 현인이 있는 곳을 중심으로 중간이 뚝 잘린 채 벌어졌다.

　　[칠흑의 세계가 양단되었습니다!]

　　[두 개의 색으로 분리됩니다.]

　　[경고! 칠흑왕의 내부가 크게 요동치고 있습니다. 강한 충격에 유의하십시오!]

　　[경고! 클라우드가 위태롭게 흔들리고 있습니다. 완전한 분리가 이뤄지지 않을 시, 붕괴의 위험이 따를 수 있습니다.]

　　[경고! 칠흑이 강제로 찢기고 있습니다. 에너지의 유실이 생길 수 있습니다. 주의하십시오.]

　　[경고! 칠흑이……]

　　……

이런!

현인은 그제야 연우의 노림수가 무엇인지를 깨닫고 뒤늦게 아차 싶었다.

애당초 연우가 노렸던 건, 동생과 어머니의 구조가 아니었던가. 현인의 등장은 어디까지나 그의 계획에 포함되지 않은 이벤트였을 뿐.

그런 상황 속에서 연우가 굳이 당장 현인과 결착을 낼 필요는 없는 것이다.

다른 자아들도 개떼처럼 달려들어서야, 오히려 가족이며 권속들만 위험해질 뿐이니까.

더군다나 연우는 칠흑에 완전히 종속되어 이곳에 완전히 억류되어 있어야만 하는 현인과는 달랐다.

여전히 거마신룡이라는 본체를 따로 두고 있고, 여전히 유예 중인 자신의 '꿈'이 있으니 언제든 그곳으로 내뺄 수도 있는 것이다.

치료는 바로 거기서 해도 될 테지.

그런 뒤에 다시 돌아와 지친 상태로 있는 현인과 다른 마성들을 노린다면, 오히려 그의 입장에서는 완벽한 어부지리인 셈이었다.

자리를 잠시 비워 둔 것에 의해 내쫓기는 것도 걱정 없었다.

이미 칠흑의 절반을 죽음의 개념으로 물들인 지금, 연우를 내쫓을 수 있는 자아는 아무도 없었다.

잠시 여기서 빠진다고 해도, 절대 그는 손해를 보는 게 없는 것이다.

반면에.

현인은 잃을 것이 많아도 너무 많았다.

설마, 이런 걸 노리고……?

현인은 차갑게 웃는 연우의 표정을 보면서 애당초 마성들을 끌어오는 것이 전부 연우의 계산하에 있었다는 것을 깨달을 수 있었다.

현인은 이대로 연우를 보내서는 안 된다는 생각에 그쪽으로 칠흑을 뻗었다.

하지만 그사이에 이미 연우를 둘러싼 칠흑은 저만치 아래로 뚝 떨어져 간격이 크게 벌어진 뒤였고.

키킥! 키키키키킥! 먹을 거다, 먹을 거!

맛있는 현인! 배가 터지도록 먹어도 계속 먹을 수 있을 것 같은 현인!

내 배 속으로 들어와!

무슨 소리를 하는 거야. 내 배 속으로 들어와야지! 내가…… 내가! 맛있게 먹어 줄 테니 이리 와!

마성들이 군침을 흘리면서 일제히 현인에게로 달려들었다. 그들로서도 둘을 한꺼번에 상대하는 것보다 힘이 다 빠진 현인만 노리는 게 더 낫다고 판단되었기에, 집요하게 그에게 달라붙었다.

연우에게 닿으려던 칠흑은 날아가는 족족 다른 자아들에 부딪히면서 방향이 꺾이거나 소멸했다.

그리고 마성들이 덕지덕지 달라붙는 통에 현인의 칠흑은 더 이상 연우에게로 이어지지 못하고…… 계속 쉴 새 없이 쏟아지는 자아들을 상대하는 쪽으로 방향을 꺾어야만 했다.

이 빌어먹을 것들이!

여태껏 무슨 일이 벌어져도 침착하게 굴던 현인의 포커페이스가 처음으로 무너진 순간이었다.

*　　　*　　　*

[칠흑의 완전한 분리가 이뤄지고 있습니다!]

[클라우드에 강한 충격이 가해지고 있습니다. 여파에 주의하십시오.]

[클라우드가 강제로 분리되고 있습니다. 데이터 손실의 우려가 있으니 원본을 확인하십시오.]

[클라우드에…….]

……

쿠쿠쿠쿠……!

칠흑의 분리.

여태껏 단 한 번도 벌어지지 않았던 특이한 상황에 모든 이들이 경악성을 내뱉었다.

『푸하하하! 칠흑왕에게 이딴 엿을 먹이다니! 정말이지 차연우, 너는……! 정말이지 탐이 날 수밖에 없구나! 미치지 않고서야, 어찌 이런 생각을 할 수 있는 거지!』

아가레스는 쉬지 않고 파안대소를 터뜨렸다.

광기마저 섞여 있는 웃음.

광기를 신위로 두고 있는 그로서는 이런 연우의 정신 나간 짓거리들이 재미있기만 할 뿐이었다.

여태껏 이와 비슷한 전적이 한두 번이 아니었다고는 하지만, 그래도 여태껏 그들이 칠흑왕이라고 생각했던 주 자아에게 이런 엿을 먹일 줄이야!

아. 버. 지. 아. 버. 지.

이. 제. 둘.

'밤' 의 존재들도 이런 사실에 조금 놀라워하면서도, 연우에게 여러 생각이 있겠거니 하고 여기면서 아무렇지 않게 그림자 속으로 되돌아갔다.

오히려 그들은 내심 지금과 같은 상황을 아주 재미있어하는 눈치였다.

여태껏 아무런 변화도 자극도 없었던 허무한 세계에서만 살다가, 처음으로 '유희' 라 할 수 있는 것을 즐겼으니 아주 즐거웠던 것이다.

['춤추는 녹색 불길'이 아버지는 정말 위대하시다고 외칩니다!]
['불멸의 근원'이 이것은 아버지의 승리가 확실하

니 기념으로 노래를 불러 보겠다고 말합니다!]

['검은 풍요의 요신'이 돼지 먹따는 소리 낼 생각
말라며 자신이 한 곡 뽑겠다고 다툽니다!]

......

오히려 그들은 자신들을 품은 연우가 현인을 떨쳐내고
승기를 거머쥔 것이나 다름없으니, 기뻐하기도 했다.

그리고.

[천마가 수많은 '꿈'과 '굴레'의 반복 속에서도
단 한 번도 이뤄지지 않았던 특별한 상황에 크게 웃
음을 터뜨립니다.]

[천마가 집행자이지만 기존의 집행자와 전혀 다
른 행동을 보이는 새로운 칠흑왕의 자아를 신기한
눈으로 바라봅니다.]

천마도 차례로 메시지를 보내왔다.

연우는 어디인지는 몰라도, 직접 눈으로 보고 있지 않아
도 천마와 시선이 닿은 것 같다는 생각이 들었다.

대체 그는 무슨 생각일까?

여전히 그의 의중이 궁금하기만 했다.

[천마가 읽던 책을 다시 활짝 펼칩니다.]

그리고 천마의 메시지는 다시 거기서 끊어졌다.

[현재 떨어져 나간 칠흑은 총량의 약 49.6%입니다.]

[손실률 0.4%]

[오차 범위 ±0.1532%]

['꿈'의 내구도가 오차 범위 내에 걸쳐져 있고, 기존 자아의 존립이 위태로워져 유예가 지속됩니다.]

[하지만 '꿈'의 내구도가 한없이 떨어졌습니다. 강한 충격이 가해질 시 말소가 이뤄질 수 있으니 유의하십시오.]

……

[절반에 가까운 칠흑을 획득한 것으로 확인되었습니다. 칠흑을 온전히 자신의 색으로 물들이는데 가까워졌습니다.]

[칭호가 '칠흑왕의 대체 자아'로 변경되었습니다.]

휘휘휘!

온통 칠흑색으로 가득했던 세상이 소용돌이를 그리면서 연우의 그림자 안으로 잠겨 들었다.

그리고 다시 연우가 눈을 떴을 때.

그와 정우 등은 원래 떠나왔던 장소, '낮'과 '밤'의 경계선상에 돌아와 있었다.

이전과 다른 점이 있다면, 이제 '밤'의 구역은 완전히 사라져 보이질 않는다는 점이었다.

"후우……!"

"겨우 돌아왔나?"

'낮'의 존재들은 무사히 칠흑에서 탈출하고, 정우와 레아까지 구했단 사실에 크게 환호를 터뜨리고 있었다.

정우 역시 마찬가지.

오랜 잠에서 깨어난 듯, 잠시 멍한 표정이 되었다가 곧 개운한 얼굴이 되어 있었다.

이 공기.

이 느낌.

사념체나 영혼으로 있을 때는 전혀 느끼지 못했던 수많은 감각들이 손끝에서 느껴지고 있었다.

정말…… 살아 있구나.

정우는 그런 생각에 순간 울컥하는 심정이 되고 말았다.

그런 그를 레아가 힘껏 끌어안았다.

이 순간.

정우는 마치 일곱 살 난 어린아이가 된 기분이 들었다.

"엄…… 마."

"울고 싶으면 울렴. 억지로 참는 건 좋지 않단다. 그동안 고생했으니까, 속 시원하게 우는 것도 괜찮아."

정우는 레아의 가슴에 얼굴을 묻었다. 실컷 울라고 하셨지만, 차마 그래도 다른 사람들에게 꼴사나운 모습은 보여 주고 싶지 않았다.

"우리…… 돌아온 거 맞죠?"

"그래. 맞는 것 같구나."

"집에 돌아갈 수 있어요."

"그래. 그러니까 다들 돌아가자."

레아는 담담하게 고개를 끄덕였다.

그토록 네 가족이 바라던 순간이 드디어 찾아왔으니까. 레아는 한편으로 올림포스에 두고 온 다른 자식들도 보고 싶은 마음이 컸다. 자식들 간에 반목이 심했다던데…… 어떻게 하면 화해시켜 줄 수 있을지도 생각해 봐야 했다. 한없이 비뚤어졌을 제우스도 달래야만 했고.

하지만 두 모자의 생각은 길게 이어지지 못했다.

다른 한쪽.

똑같이 웃고 있을 줄로만 알았던 연우와 크로노스가 딱딱하게 굳은 표정으로 있었으니까.

『현인과 네가 서로 뒤섞이고 있을 때, 우연찮게 네가 그동안 숨기고 있던 속내를 보게 되었다. 아버지로서 자식의 일기장을 몰래 훔쳐본 것 같아 미안하지만, 이것만큼은 묻고 싶구나.』

정확하게는 크로노스가 연우에게 화를 내고 있었다.

『대체 무슨 생각을 하고 있는 거냐, 아들아?』

Stage 93.
집행자(執行者)

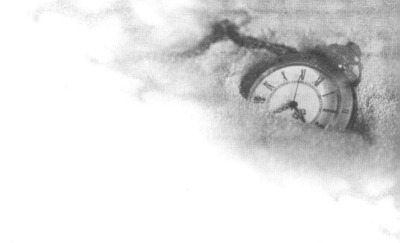

려의 무덤으로 향하는 어느 동굴 속.

"……쿨럭!"

이블케가 좁고 길쭉한 통로를 잘 걷다 말고 갑자기 두 눈을 부릅뜨더니 심하게 각혈했다.

"으음?"

『왜 그러는 거지?』

나란히 따라 걷던 우마왕과 통천교주가 인상을 찡그리면서 그쪽으로 시선을 돌렸다.

치칙, 치지지직!

이블케라는 '존재'를 이루고 있던 신체(神體)에 잔뜩 노이즈가 끼는 것이 보였다.

격이 흐트러지고 있다는 의미.

덕분에 그 속에 있는 소울 코드까지 어느 정도 읽힐 정도였다.

순간, 우마왕의 눈이 가늘게 좁혀졌다.

여태껏 그가 봤던 이블케라는 존재는 온통 수수께끼로 가득했던 인물.

태초 때부터 존재하면서 눈에 차는 이가 거의 없다시피 하는 그로서도 도저히 깊이를 헤아리기가 힘든 존재였다.

화신(化身).

본체는 전혀 다른 곳에다 두고, 의념만을 이 세상에 투영시키는 그릇인 건 확실했다. 그런데 문제는 그 뒤에 있는 본체가 어떤 형태인지가 보이지 않는다는 점이었다.

'천마의 얼굴이라 하였지만…… 또 이상한 건 그 아이의 냄새가 전혀 풍기지 않는단 말이지.'

우마왕은 한때 천마가 '천마'라는 이름을 얻기 전에 인연을 맺고, 짧게나마 가르침도 주었던 적이 있었다.

그가 시그니처 스킬로 잘만 쓰고 다니는 '군림보'부터가 애당초 자신이 부리던 우보(牛步)에서 파생된 것이 아니었던가.

그러니 천마가 수많은 전생과 환생들을 두고, 그들이 비록 같은 영혼은 공유할지언정 서로 저마다 다른 인격과 목표, 그리고 정체성을 가지고서 각기 따로 움직인다는 것쯤은 잘 알고 있었다.

하지만 그래도 최초의 불꽃지기이자 등대지기였던 '효마(曉魔) 려(黎)'에서부터 시작된 존재의 고유 특성까지 완전히 사라지는 건 아니었다.

그런 면에서 이블케에게는 그런 고유 특성이 전혀 느껴지질 않았다.

마치 그에게서 려와 천마의 고유성을 '고의로' 제거하기라도 한 듯한 모습에 가깝다고 할까?

그래서 무채색에 가까웠다.

존재라면 누구나 가질 법한 특징을 아무것도 담고 있지 않은 빈 그릇……

그러면서도 탄탄한 그릇.

그리고 그 안쪽에 담고 있는 내용물은 무엇인지 좀처럼 감이 잡히질 않았다.

이 뜻은 단 하나.

전혀 다른 곳에 본체를 두고서 정체를 꽁꽁 숨기고 있다는 것이었다.

격도 아주 높아 웬만한 '눈'으로는 절대 읽을 수도 없는 까마득한 존재.

'어쩌면 칠흑…… 그것일 수도 있는 것이고.'

천마의 얼굴이 칠흑왕의 힘을 가지고 있다?

이것만큼 어불성설도, 모순도 없겠지만.

어쩌면 가능할지도 모르는 일이었다.

그런 것이 아니면 자신이 가진 눈으로 읽을 수 없다는 게 말이 안 될 테니까.

여하튼 우마왕으로서도 당장 이블케의 정확한 정체는 알 수 없는 상태.

지금도 전략상 이유 때문에 이블케와 손을 잡고 있는 것이지만, 그래도 그와 일부러 거리를 두고 있던 차였는데.

갑자기 잘 걷다 말고 저렇게 무너질 기미를 보인다?

그 의미는 단 하나.

'보이지 않는 곳에 있는 본체가 큰 타격을 입은 모양이로군.'

어쩌면 이블케라는 존재를 붕괴시킬 만큼 큰 위협을 맞은 건지도 모르겠다…… 그런 생각이 들었다.

『재미난 얼굴이로군.』

그리고 그건 통천교주도 같은 생각이었는지 손으로 턱을 쓰다듬으며 음흉하게 웃고 있었다.

여차하면 그를 덮치기라도 할 기세.

그녀에게도 이블케는 아주 흥미로운 존재였으니, 붙잡아 둘 수 있다면 이것저것을 재미있게 실험해 볼 수 있을 것 같았다.

그녀를 이 '꿈'으로 불러들이게 만든 배경인 비마질다라와 관련해 심문할 것도 있었고.

그런데도 우마왕과 통천교주가 섣불리 나서지 않는 것은 이블케가 존재는 흐트러질지언정, 두 눈빛만큼은 여전히 예리했기 때문이었다.

더군다나 그의 그림자 속에서 흉흉하게 눈을 뜨고 있는 여러 짐승들의 냄새도 같이 풍겨 나왔으니.

크르르르!

이런 좁은 곳에서 저런 것들과 드잡이질을 해서는 다 같이 무너지는 동굴에 깔리기 십상이었기에, 둘은 굳이 생각을 행동으로 옮기진 않았다.

물론, 그들만 한 존재들이 고작 생매장을 걱정하는 것은 아니었지만, 려의 무덤이 붕괴되어서는 절대 안 되는 일이었으니까.

그러다.

"후우……!"

이블케는 길게 한숨을 내쉬었다.

존재를 흔들어 놓던 노이즈도 다시 잠잠해진 상태였다.

하지만 우마왕과 통천교주는 이미 눈치채고 있었다.

이블케를 구성하고 있던 요소들 중 상당수가, 절반에 가까운 힘이 갑자기 어디론가 쑥 빠져나갔다는 것.

전에는 얼마나 높은지 짐작하기도 힘들 만큼 까마득하게만 보였던 그의 격이, 몇 단계나 낮아진 것으로 보였던 것이다.

물론, 그렇다고 해도 여전히 일반적인 초월자들은 헤아리기조차 힘들 만큼 높은 수준이었지만.

그것만으로도 우마왕은 그동안 알 수 없었던 이블케의 배경이 어딘지 정확하게 읽을 수 있었다.

'칠흑이라! 허! 설마 했지만, 진짜였을 줄이야?'

우마왕으로는 기가 찰 따름이었다.

이 작디작은 고블린은 대체 어떤 사연을 품고 있어서 천마의 얼굴이라는 운을 타고났으면서도, 칠흑왕에게 귀의를 하고 만 것일까?

'아니…… 이 정도라면 귀의를 한 정도가 아니라 자아쯤은 될 터인데. 천마의 얼굴이자, 칠흑왕의 자아인 존재라. 참으로 해괴망측한 존재로군.'

우마왕은 기가 차다는 듯이 너털웃음을 터뜨리고 말았

다.

"허……!"

물론, 통천교주도 이블케가 누군지를 읽은 눈치였다.

다만, 눈빛은 제법 날카로웠다.

그녀도 한때 힘을 취해 칠흑왕을 좇았던 전적이 있었으니까.

그녀가 신위로 두고 있는 것이 꿈인 게 바로 그 증거였다.

"오효효! 아무래도 제가 두 분께 영 좋지 않은 모습을 보여 드렸나 보군요."

이블케는 예의 웃음기 가득한 미소를 지었다. 힘을 상당수 유실했는데도 불구하고, 그는 흐트러지는 기색 하나 보이지 않았다.

"괜찮은가?"

"오효효. 무엇을 말씀이신지요?"

"지금 쓰고 있는 가면 말일세. 금이 적지 않게 간 것 같은데, 그렇게 계속 두어도 괜찮은지 물은 걸세."

이블케는 아주 잠깐 말없이 웃었다.

우마왕의 표현이 이보다 정확할 수 없다고 여겼기 때문이었다.

가면.

본래의 정체를 숨기기 위해 이런 그릇을 두고 있으니, 썩 틀린 말은 아닌 셈이었다. 실제 인격이나 말투도 이와 많이 다르기도 했고.

"걱정해 주셔서 감사합니다."

"딱히 걱정하는 건 아닌데 말일세. 안으로 들어가다가 자네 때문에 자칫 변고라도 당했다간 골치가 이만저만이 아니라서 말일세."

"오효효효. 그 또한 걱정하지 않아도 됩니다."

이블케는 한쪽 입꼬리를 크게 말아 올렸다.

비록 다 잡은 퀴리날레와 프네우마를 눈앞에서 놓치고, 도리어 발목이 묶이면서 상당수의 칠흑을 놓쳐야만 했기에 속이 들끓고 있다지만.

그에게는 그만의 방법이 다 따로 있었다.

자꾸만 미꾸라지처럼 도망친다면, 그럴 수 없도록 기존의 판을 다 뒤집어서 한곳에다 몰아넣으면 될 일이었다.

"이미 그 부분에 대해서는 손을 써 두었으니까 말이죠."

＊　　　＊　　　＊

『아들아. 묻지 않느냐.』

"……."

『제발 대답을 해 주면 안 될까?』

계속되는 크로노스의 추궁에도 불구하고.

연우는 입을 꾹 다문 채로 여전히 아무 말도 하지 않고 있었다.

두 부자지간의 분위기가 워낙에 흉흉한 탓에, 정우나 레아도, 그리고 다른 권속 등도 차마 거기에 끼어들 엄두를 내지 못했다.

『차연우!』

결국 크로노스는 크게 호통을 치고 말았다.

한평생 쌍둥이 아들들에게 미안한 마음을 가지고 있었기에. 특히 연우에게는 마음의 빚을 잔뜩 지고 있었기에. 연우가 얼마나 큰 고생을 하고 있는지 잘 알고 있었기에. 크로노스는 되도록 그를 혼내지 않으려 했다.

잘못된 길을 가고 있어도 바로 돌아올 거라고 생각했고.

잠에서 깨어난 뒤로 이따금 도저히 속을 짐작할 수 없는 일들을 저지를 때마다, 걱정하는 마음으로 보긴 했어도 절대 거기에 대해서 다그친 적이 없었다.

어쨌거나 여태껏 잘 살아왔던 아들이었으니, 이번에도 잘 헤쳐 나갈 것이라고 믿었기 때문이었다.

하지만.

이번만큼은 절대 아니었다.

크로노스가 연우와 합일을 이룬 채로 보았던 그의 속내
는.

연우가 현인과 이리저리 존재가 뒤섞이면서 얼핏 드러났
던 계획은 너무나 끔찍한 것이었다.

『정말 칠……!』

크로노스는 크게 소리를 치려다 말고, 레아와 정우의 걱
정에 찬 시선이 그들에게로 향해 있는 것을 보고 연우만 들
을 수 있도록 메시지를 보냈다.

[크로노스에게서 메시지가 도착했습니다.]

[메시지: 저를 생각을 하고 있었던 거냐고 묻잖
아! 대답해, 차연우!]

"……."

하지만 연우는 여기에 대해 계속해서 아무 말도 하지 않
았다.

『……하아. 맞나 보구나.』

순간, 잔뜩 올라갔던 크로노스의 어깨가 아래로 축 가라
앉았다. 짜증과 분노, 슬픔과 연민이 얼굴 위로 잔뜩 스쳐
지나갔다.

그리고.

아들이 이런 업을 쥐게 만든 스스로에 대한 환멸이 어리고 말았다.

사실 따지고 보면, 연우의 노림수란 그리 어려운 게 아니었다.

　—이 '꿈'이 다시는 종말의 위협에 노출되지 않도록…… 칠흑왕, 그 자체가 되어서 영원한 잠에 드는 것.

칠흑왕이 깨어났을 때 이 세계란 '꿈'은 완전히 저물고 만다. 그리고 천마가 다시 칠흑왕을 재우며 새로운 '꿈'이 시작된다. 사실도, 기억도, 존재도 전부 처음부터 시작되는 '꿈'이. 종말 뒤에 창조가 오는 것이다.

연우는 바로 그런 위협을 없앨 생각이었다. 잠에서 깨지 않으면 절대 종말이 찾아오지 않을 테니까. 그럼 이 '꿈'은 영원토록 이어지게 된다.

그 '꿈'에는 더 이상 '밤'의 위협도 없을 것이고, '낮'의 혼란도 없을 것이다.

모두가 평온하고 평안한 세계.

가족들이 더 이상 고생하지 않고 행복할 수 있는 세계.

그것을 위해서라면.

연우는 자신의 희생 따원 얼마든지 감내할 자신이 있었다.

여태 그러하였듯이, 그는 여전히 목표를 위해서라면 자신의 목숨 따원 도구처럼 여겼으니까.

그리고 크로노스는 그런 생각들을 모두 읽어 들였기에 슬픔에 빠질 수밖에 없었다.

이게 전부 다 부모인 자신이 못났기에 벌어진 일이 아니던가.

『너는…… 그것이 이뤄진다고 해서 우리가 정말 모두 행복할 거라고 생각하는 거냐? 그런다고 해서 정말 우리가 좋아할……!』

"그건 걱정하지 않으셔도 됩니다."

『지금 그 말을 하는 게 아니잖아!』

"……."

연우가 잠에 들고 나서 곧장 하려는 일도 뭔지 알고 있었다.

소멸(消滅).

그 존재 자체가 모든 이들의 기억 속에서 사라지고, 이 '꿈'에 있었다는 사실조차도 없던 것으로 만들려는 거겠지.

그런다면 사람들은 그를 기리거나 슬퍼하지 않을 테니까.

도저히 말도 안 되는 짓이었지만.

칠흑왕쯤 된다면 그 정도쯤은 쉽게 해낼 수 있을 터였다.

『하아! 정말 어떻게 된 게⋯⋯!』

크로노스는 손으로 얼굴을 덮고 말았다.

더 이상 연우를 다그치는 소리는 없었다.

하지만.

"⋯⋯."

"⋯⋯."

"⋯⋯."

그런 침묵이 보고 있던 이들에게는 더 무겁게 다가왔다.

그러던 그때.

"⋯⋯아버지."

정우가 조심스레 다가왔다. 그도 바보가 아니었다. 연우가 무슨 말도 안 되는 짓을 저지르려 하다가 발각되었다는 것쯤은 쉽게 알 수 있었다.

그래서 그것이 무엇이냐며 딱딱한 표정으로 다가가 물으려 했고.

바로 그때.

콰아아앙!

갑자기 저만치서 들린 폭음에 모든 이들의 시선이 똑같이 그쪽으로 돌아갔다.

원래 '낮'의 진영이 있던 곳.

['올림포스'와 '말라흐'가 전쟁을 개시하였습니다!]

그리고 갑자기 떠오른 메시지에 모두가 두 눈을 크게 떴다.

* * *

연우 일행이 나타나기 직전.

올림포스와 말라흐의 신경전은 팽팽하게 이뤄지고 있었다.

아니, 정확하게는 말라흐의 일방적인 시비에 가까웠다.

"우스운데?"

"뭐?"

"사라졌던 주신이 돌아왔다고 해서 희희낙락하는 꼴이라니. 그 모습이 우습다고 말하는 것이다. 정말 우리가 알던 그 여장부가 맞는지 의심스러울 정도로군."

아테나는 비웃음을 머금고 노골적으로 시비를 거는 미카엘을 보면서 인상을 딱딱하게 굳혔다.

녀석을 유심히 잘 살펴보라던 연우의 목소리가 떠올랐다. 무엇을 꾸미고 있을지 모른다던 말.

"무슨 말이 하고 싶은 거지?"

"아니. 그냥 그렇다고. 딱히 놀리려거나 하는 그런 뜻은 아니었는데. 아무래도 우리 아테나 님의 심기를 불편케 했나 보군. 미안해."

미카엘은 아테나가 신력을 개방하자 어깨를 으쓱하면서 모른 척 시치미를 뚝 잡아뗐다.

그럴수록 아테나의 낯은 더더욱 바짝 굳었다.

사실 '밤'과 전쟁을 치르는 와중에도 아테나는 미카엘과 사이가 그리 좋지 못했다. 아니, 단순히 좋지 않은 정도가 아니라 몇 번은 사생결단을 낼 뻔한 적도 있을 정도로 관계가 험악했다.

천계에서도 워낙에 유명한 사실이지만, 미카엘은 원래 싸움개였다.

강자를 만나면 무조건 싸움을 걸고 보는 존재. 그리고 자신보다 약자라고 판단이 되면 한없이 아래로 취급하는 안하무인으로도 유명했다.

만약 메타트론이 중간에서 목줄을 쥐고 있지 않았더라면 진즉에 여러 사회들로부터 미움을 사 객사를 당해도 이상하지 않았을 거라는 말까지 나돌 정도였으니.

하지만 탑이 붕괴되면서 메타트론이 소멸을 면치 못하고, 더 이상 그를 제지할 만한 수단이 없어지고 난 뒤부터는 상황이 전혀 달라졌다.

메타트론의 유지가 있어 '밤'과의 전쟁에 집중하고는 있다지만, 같은 '낮' 진영의 동료들과도 갈등을 계속 빚어 댔기 때문이었다.

아니, 메타트론의 유지를 빌미로 '밤'과 전쟁을 치르는 것도 사실은 그저 싸움개의 본능을 여과 없이 드러낼 수 있는 장소가 이곳밖에 없어서일지도 모르겠다는 생각이 들 정도였다.

여하튼 그렇게 미카엘과 반목하는 인물 중 가장 적개심이 강한 존재가 바로 아테나였다.

언제나 엄격한 군율과 기강을 중요시하는 그녀로서는 자율을 빙자해 쓸데없는 분란만 일으키는 미카엘과 선천적으로 맞지 않는 부분이 많았기 때문이었다.

그래도 되도록 다른 사회에 크게 관여하고 싶지 않아 최근에는 그쪽으로 시선도 주지 않고 있었는데.

이제는 아예 대놓고 시비를 거니, 아테나로서도 짜증이 단단히 났던 것이다.

애당초 연우가 그런 말을 남기지 않았더라도, 아테나는 미카엘에겐 늘 신경이 곤두서 있던 차였다.

"미카엘."

"왜 그러시나?"

미카엘은 유들유들하게 웃었지만, 곧 아테나가 던진 말에 인상이 굳고 말았다

"열등감을 그런 식으로 표출하면 기분이 좋나?"

"……뭐?"

"추하다고. 그렇게 남을 깎아내리는 방식으로 자신의 자존감을 채우려는 거. 나도 대단하다, 나도 너희와 같은 눈높이다, 그런 식으로 아등바등하면서 소리친다고 네 가치가 높아질 것 같아?"

"이년이 뚫린 입이라고……!"

"네가 아무리 잘났다고 소리쳐 봤자, 너를 루시엘과 동급으로 취급해 줄 사람은 아무도 없어."

"……!"

루시엘. 미카엘에게 있어 트라우마나 마찬가지인 존재가 언급된 순간, 그를 둘러싼 신력의 성질이 확 바뀌었다.

투기에서 살기로.

그만큼 루시엘, 혹은 루시퍼라는 이름이 그에게 주는 무게는 아주 컸다.

그러나 아테나의 독설은 계속 쏟아졌다.

"네가 루시엘에게 열등감 가지고 있던 거, 우리가 설마 모르고 있었을 거라고 생각하는 건 아니지?"

쌍둥이 형제로 태어났지만, 메타트론의 선택을 받아 대

천사로 거듭났던 그와는 다르게 평생 비루한 곳에서 등대지기로만 살아야 했던 루시엘.

하지만 그는 태초의 불을 삼키면서 '새벽을 가져오는 여명'이라는 루시퍼가 되었고, 천계를 송두리째 태울 만한 힘을 손에 넣었다.

비록 여러 신과 악마들이 달라붙으면서 날개가 꺾이긴 했다지만, 당시 천계가 받은 피해는 모르는 이가 없을 정도로 어마어마했었다.

그리고 당시 루시엘의 심장에다 직접 칼을 쑤셔 넣은 존재가 바로 미카엘이었다.

알려지기로 미카엘은 천계의 평화와 안전을 위해 눈물을 삼키며 쌍둥이 형제의 가슴에다 칼을 꽂았다고 하지만.

루시엘의 날개가 꺾이던 장소에 있었던 신과 악마들은 모두 진실을 알고 있었다.

미카엘이 당시에 차갑게 웃고 있었다는 것을.

그때까지 무시하기만 하던 루시엘이 크게 명성을 떨치자, 여기에 열등감을 느낀 미카엘이 중재를 하겠다는 핑계로 다가가 그를 직접 찔렀던 것이었다.

그러니 올림포스를 대표해 그 자리에 있었던 아테나는 미카엘의 본성에 대해서 누구보다 잘 알고 있었고.

지금 저 비뚤어진 면모나 행동 등이 전부 얄팍한 자존심을 세우기 위한 어린애 같은 짓임이 훤히 보였다.

그래도 여태 거기에 대해서 굳이 거론하지 않았던 건, 자존심 강한 미카엘의 체면을 건드려 봤자 시끄러워지기만 할 뿐이라고 여겨서였다.

하지만 저렇게 적대적인 모습을 보인다면 이야기는 전혀 달라졌다.

"뚫린 입이라고…… 다 똑같은 입인 줄 아느냐?"

미카엘이 신경을 날카롭게 세우자, 그의 뒤편에 서 있던 대천사들도 일제히 날개를 높이 세워 올렸다.

올림포스 신들도 마찬가지.

똑같이 신력을 개방하면서 팽팽한 대치를 이뤘다.

['말라흐'가 가호, '권선징악(勸善懲惡)'을 개방합니다!]
['올림포스'가 가호, '칠흑과 뇌신의 군세'를 개방합니다!]

[두 신의 사회가 서로에게 창칼을 겨눕니다!]
['낮(에로스)'의 진영이 분열될 조짐을 보입니다!]

"우습구나! 칠흑왕의 사도였고, 이제는 자아가 되어 버린 작자를 주신으로 삼는 곳이 아직도 '낮'의 칭호를 가지고 있다는 것이. 따지고 보면 언제 '밤'으로 전향해서 우리에게 창칼을 겨누어도 전혀 이상하지 않은 곳일 텐데 말이야."

미카엘이 조소를 터뜨리면서 말을 이어 나갔다.

"소멸한 우라노스가 알게 된다면 좌절하고 말겠어. 원래 '낮'의 주축이 되었던 자신의 사회가 이렇게 비루한 '밤'의 앞잡이가 되었다는 것을 알게 된다면 말이지."

올림포스뿐만 아니라, 연우까지 곧 '밤'으로 넘어가는 게 아니냐는 힐난에 가까운 말이었지만.

"그거 아나, 미카엘?"

아테나는 여전히 냉소를 지우지 않고 있었다.

"주둥이 좀 닥쳐. 입 냄새 나니까. 찐따 냄새가 여기까지 난다고."

"이년이 기어코……!"

아테나의 말마따나 자존심이 강한 미카엘에게 그런 조소는 절대 용납할 수 없는 것이었으니.

미카엘은 얼굴이 대추처럼 붉게 달아오른 채로 뭐라 노호성을 터뜨리려고 했다.

그러던 그때.

'음?'

미카엘이 갑자기 인상을 굳히더니 고개를 번쩍 위로 들었다.

누군가에게 갑자기 연락이라도 받은 듯한 모습.

'뭘 하는 거지?'

아테나가 미심쩍은 눈치로 그를 바라보는데, 미카엘은 전혀 아랑곳하지 않고 누군가와 긴밀하게 통신을 나눴다.

한참 진지한 표정으로 대화를 나누는 것 같더니 곧 환하게 웃으면서 이쪽으로 시선을 돌렸다.

순간.

"……!"

오싹!

아테나는 자기도 모르게 뒤로 한 발자국 물러서고 말았다.

미카엘의 눈빛이…… 어딘지 모르게 날카로워져 있었다.

마치 맛있는 먹이를 눈앞에 둔 포식자라도 된 듯한 모습.

연우의 수석 사도인 아테나에게 절대 보일 수 없는 여유가 지금 그에게서 잔뜩 묻어나 있었다.

무언가가, 있는 게 분명했다.

"……그렇지 않아도 할까 말까 타이밍만 재고 있던 차였는데. 그렇게 말씀하시니 잘 알겠습니다. 이제 더 이상은 숨길 게 없다, 이 말씀이시지 않습니까?"

아테나는 본능적으로 재빨리 아이기스를 뽑아 허공에다 둘러쳤다.

"그럼 이참에 시작하죠."

미카엘이 통신을 마치면서 한쪽 입술 끝을 비틀었다.

그러자 기다렸다는 듯이 메시지가 한 줄 떠올랐다.

['밤(녹스)'이 저물기 시작합니다!]

'뭐?'

전혀 생각지도 못한 내용.

아테나가 한쪽으로 고개를 돌렸다.

'밤'의 영역이 서서히 사라지고 있었다. 마치 검은 휘장을 아래로 잡아당긴 것처럼, 칠흑이 빠른 속도로 한곳으로 빨려 들어갔다. 그 속에 맺혀 있던 타계의 신들까지 몽땅 끌려가는 게 보일 정도였다.

우—

우우— 우—

그리고 그 자리에 나타난 것은 바로 연우였으니. 아테나는 연우가 원했던 대로 '밤'을 전부 접수했다는 사실을 깨달았지만, 어쩐지 마냥 기뻐할 수만 없었다.

미카엘에게서는 전혀 반대되는 현상이 빚어지고 있었기 때문이었다.

['밤(녹스)'이 새롭게 피어나기 시작합니다!]

"그럼 이제 연기는 그만두고, 본론으로 들어가 볼까?"

미카엘의 주변으로 섬스러운 서광이 사그라지고, 대신에 칠흑이 불길하게 일렁였다. 그리고 그가 품에서 무언가를 꺼내 입안에 털어 넣었다.

그 순간, 아테나는 허리를 쭈뼛 세웠다.

미카엘이 삼키는 것이 무엇인지 자세히 보지 않아도 곧바로 알 수 있었으니까!

'영혼석!'

어째서 녀석에게 그런 것이 있는지는 알 수 없었지만, 한 가지만큼은 분명했다.

미카엘이 영혼석을 삼켰을 경우, 아주 위험해진다는 것!

미카엘은 영혼석의 원주인이었던 루시엘의 쌍둥이였다. 그렇다면 영혼의 파장이 누구보다 잘 맞을 게 분명했다.

쾅!

쌔애액—

그래서 아테나는 곧장 지면을 거세게 박찼다. 아홉 겹의 아이기스가 빠른 속도로 회전하면서 뱅그르르 춤을 추고, 한 손에 쥔 검에서 검뢰가 튀어 올랐다.

파지지직!

콰르르릉—

검고 붉은 검뢰가 금방이라도 폭발할 것처럼 이글거리다 단숨에 사위를 갈랐다.

['올림포스'와 '말라흐'가 전쟁을 개시하였습니다!]

"좋군!"

미카엘은 웬만한 신격도 부딪치는 순간 소멸할 수밖에 없을 것 같은 권능 앞에서도 여유롭게 웃음을 터뜨리더니, 자신의 체구보다도 훨씬 큰 언월도를 고쳐 쥐면서 거칠게 위로 쳐올렸다.

언월도의 표면에 적힌 'Quis ut Deus(누가 하느님 같으랴)?' 라는 문구가 어느 때보다도 화려한 휘광을 토해 냈다.

그가 언제나 신의 이름을 외치며 징벌을 가할 때 들고 다니는 애병, '몽생미셸'이 주선석—절제(Temperantia)의 성질과 융합을 이뤘다.

폭발적으로 솟구친 화염이 검뢰와 부딪치면서 하늘을 따라 번개가 사방팔방으로 뻗쳐 나갔다.

마치 말세라도 찾아온 게 아닐까 싶을 정도로 숨 막히는 광경과 함께.

츠츠츠—

미카엘의 머리 위에서는 분명히 연우의 그림자 속으로 빨려 들어갔던 '밤'이 재생성되고 있었다.

['밤(녹스)'이 만연하게 피어납니다!]

비록 기존의 '밤'에 비하면 색도 옅고, 크기도 작았지만.

그래도 미카엘이 '밤'을 일으켰다는 사실은 모든 이들을 충격으로 빠뜨리고 있었다.

아무리 그동안 말썽을 많이 일으켜도, 같은 진영의 동료라고 생각했던 존재였으니까. 실제로 그가 나서서 처치했던 타계의 신들도 꽤나 있었다.

하지만 그것이 전부 거짓이었음이 밝혀지고, 영혼석까지 완전히 삼킨 지금 이야기는 완전히 달라진 것이니.

어둑하게 깔린 칠흑 아래.

우—

우우우—

어느새 칠흑에 완전히 감염되어 눈에 초점을 잃은 대천
사들이 우울한 귀곡성을 내면서 올림포스에게로 달려들었
다.

['밤(눅스)'의 축복과 가호가 '말라흐'에게 내립
니다!]

*　　　*　　　*

저. 것. 우. 리. 아. 냐.

다. 른. 눅. 스.

다. 른. 냄. 새.

아. 버. 지.

오. 해. 마. 시. 길.

연우는 자신들과는 전혀 무관하다며 소리치는 타계의 신들을 보면서 미카엘이 일으킨 '밤'이 현인…… 이 '꿈'에서는 이블케라 부르는 존재가 내린 것이란 걸 단박에 알아차릴 수 있었다.

'다른 자아들 때문에 한동안은 정신이 없을 거라 여겼더니, 그새 숨겨 뒀던 다른 패를 꺼낸 건가?'

그래도 설마하니 메타트론의 충복이자, 말라흐의 이인자였던 미카엘을 포섭해 뒀을 줄이야.

둘이서 결탁한 게 탑에서부터였는지, 아니면 연우가 잠에 드는 동안이었는지는 당장 알 수 없었다.

하지만 확실한 건 두 가지.

하나는 현인—이블케와의 싸움이 아직 끝나지 않았다는 것.

또 다른 하나는.

'칠흑을 상당수 내게 뺏긴 만큼 이전처럼 어렵지 않을 거란 것. 이 '꿈'의 주인이 누군지 보여 주지.'

때마침 써먹기에 괜찮은 존재들도 있지 않은가.

"누가 진짜 '밤'인지 보여 주어라."

그 말이 끝나기 무섭게.

끼아아아—

우우우—

그림자가 지면을 따라 확 번지면서 '밤'의 존재들이 잇달아 튀어나와 말라흐를 뒤덮었다. 녀석들이 무슨 생각을 하고 있는지는 알 수 없어도, 완전한 '밤'을 거스를 수는 없을 터였다.

"이따 마저 이야기하시죠."

연우는 크로노스와 이야기를 나누다 말고, 다른 '밤'이 피어나자 곧장 그림자를 움직이면서 그쪽으로 움직였다.

『연우야, 연……!』

크로노스가 다급하게 아들의 이름을 불렀지만, 연우는 이미 축지를 밟고 있었다.

보통 이런 일이 있으면 크로노스를 무조건 대동하던 그였지만, 지금은 그럴 생각도 없어 보였다.

싸늘하다 못해 차갑기만 한 태도.

하지만 여태껏 아들의 여러 면모를 보아 왔던 아버지는 알고 있었다.

그것이 아들이 뭔가를 숨기고 싶어 할 때에 보이는 모습이라는 것을.

『너…… 정말로……!』

크로노스는 그런 아들이 못내 안타까워서 아무 말도 이을 수가 없었다.

화가 나면서도 슬펐다. 그리고 아버지가 되고서도 아무

것도 해 주지 못하는 자신의 못난 모습이 너무나 한탄스럽기만 했다.

그래도 어떻게든 설득을 해야겠지. 그런 생각을 하면서 크로노스가 움직이려는데.

"아버지."

별안간 그의 옆으로 정우가 조용히 다가왔다.

크로노스는 저도 모르게 허리를 쭈뼛 세우고서 고개를 그쪽으로 돌렸다.

정우가 굳은 얼굴을 하고 있었고, 레아는 저만치 뒤에서 안절부절못하는 모습으로 이쪽을 보고 있었다.

'내 실수야.'

크로노스는 자신도 모르게 손으로 얼굴을 덮었다.

이런 일일수록 다른 가족들이 알아차릴 수 없도록 아주 조용히 처리해야 했건만.

한순간 감정적 동요가 너무 큰 나머지 크게 소리를 쳤던 것이 후회스럽기만 했다.

"형이 무슨 생각을 하고 있는지 말씀해 주세요."

크로노스는 아주 잠깐 모른 척 시치미를 떼 볼까 하는 생각을 했다.

되도록 정우와 아내에게는 말하고 싶지 않았으니까.

하지만 정우의 강렬한 눈빛을 본 순간, 그는 더 이상 잡아낄 수 없으리란 것을 직감하고 말았다.

용마안. 아니, 혜안(慧眼)을 깨우친 두 눈이 단단히 자신에게로 고정되어 있었다.

거짓을 말한다면 곧바로 알아차릴 것이다.

그리고 어떻게든 사실을 말하라면서 다그칠 게 분명했다.

더군다나 저 눈빛은…… 타인을 위해서 얼마든지 자신을 희생할 각오를 한 이의 것이었다.

크로노스가 가족을 위해서. 레아가 아들들을 위해서. 연우가 정우를 위해서 그러했듯이.

정우도 연우를 위해서라면 무엇이든지 할 수 있을 것 같았다. 저런 경우에는 절대 거짓말을 할 수 없었다.

결국.

『……하아!』

크로노스는 깊게 한숨을 내쉬면서 천천히 입을 열었다.

정우의 두 눈이 크게 요동쳤다.

*　　　*　　　*

['밤(눅스)'이 찬란하게 덮쳐 옵니다!]
['밤(눅스)'이 음울하게 피어납니다!]

[두 개의 '밤(녹스)'이 충돌합니다!]

'밤'과 '밤'이 거세게 부딪치는 광경은 보는 이로 하여금 소름이 끼치게 만들었다.

하지만 연우는 저쪽의 '밤'은 얼마 가지 못하고 무너지리라 생각하고 있었다.

여기에 현인이 직접 재림을 했거나, 이블케가 있다면 또 모를까.

그와 결탁한 한낱 수족에 불과한 미카엘이 아무리 '밤'을 피워 대 봤자 한계가 있을 수밖에 없기 때문이었다.

하지만 미카엘은 자신이 진짜 천 년 전의 루시엘이라도 되는 것처럼 마구잡이로 날뛰고 있었다.

"파하하하! 그래! 이거지, 바로 이거고 말고!"

절제의 돌을 삼킨 미카엘의 신력은 확실히 웬만한 창조신이나 주신 급보다도 더 우위에 해당했다.

애당초 미카엘이 메타트론보다도 더 강한 힘을 지니기도 했지만, 영혼석과의 상성이 너무나 잘 맞아 잠재력이 폭발할 듯이 터져 나오고 있기 때문이었다.

거기다 '밤'으로 전향을 하면서 얻게 된 칠흑의 힘까지 풍겨 대고 있는 지금.

미카엘은 세상 모든 것을 다 가지기라도 한 것처럼 힘에 완전히 도취된 상태였다.

쉴 새 없이 불길이 떨어졌다. '밤'의 선봉 역할을 맡았던 타계의 신들이 줄줄이 튕겨 나가거나 사냥당했다. 올림포스와 아테나도 미카엘의 불벼락을 일일이 튕겨 내기에 바빴다.

더군다나 부유령처럼 미카엘의 주변을 뱅글뱅글 맴도는 대천사들의 힘도 결코 만만치 않았으니.

우리엘과 라파엘 등은 분명히 올림포스와 사사건건 척은 지어도, 메타트론의 유지를 잇고자 하는 성향이 강했었다.

하지만 그들은 저도 모르게 영혼이 전부 현인에게 제물로 바쳐진 상태였고, 신력이 충만한 육체는 망신의 군세를 떠받치기 위한 도구로 쓰이고 있었다.

[신의 사회, '말라흐'가 집단 감염되었습니다!]
['말라흐'의 현재 상태는 '망신 접신'입니다.]

하지만.

아무리 그렇다고 해도, 혼세팔신이 출현하고 난 뒤부터는 이야기가 완전히 달라졌다.

['검은 풍요의 요신'이 이 잡것들은 대체 무엇이
냐는 의문을 드러냅니다.]

['춤추는 녹색 불길'이 크게 신경 쓸 필요 없다며
모두 불살라서 아버지의 양분으로 삼으면 그만이라
고 대답합니다.]

['불결의 근원'이 그 말이 아주 옳다면서 저쪽
'밤(녹스)'의 영역을 침범합니다.]

꾸우웅—

미카엘과 말라흐는 처음엔 우위를 보이는가 싶었지만,
전투의 양상은 점차 변해 갔다. 불결의 근원을 시작으로 혼
세팔신이 거침없이 권능을 뿌려 대기 시작했다. 마치 쓸데
없는 쓰레기들을 옆으로 치우는 것처럼.

"푸하하! 그런다고 달라질 줄 아느……!"

미카엘은 자신이 피운 '밤'을 무시하고 무작정 돌진만
하려는 멍청한 타계의 신을 보면서 비웃음을 던졌다.

그런다고 해서 쉽게 무너지면 '밤'이라고 할 수 있을까.
저것들은 힘만 강할 뿐이지, 생각이나 사고는 전혀 할 줄
모르는 멍청이들이나 다름없다. 그렇게 생각하고 있었다.

감염된 대천사들이 줄줄이 폭죽처럼 터져 나가기 전까지
는.

퍼퍼퍼펑—

"이, 이게 무슨……?"

순간, 미카엘의 얼굴에 당혹감이 어렸다.

이렇게나 손쉽게 말라흐가 밀려날 거라고는 전혀 생각도 못 했기 때문이었다.

물론, 그 역시 '밤'과 타계의 신들이 얼마나 강한 존재인지를 아주 잘 알고 있었다.

아무리 '낮'의 진영이 십 년 내내 미친 듯이 싸워 댔어도, 단 한 차례도 '밤'을 상대로 우위를 점해 본 적이 없었으니까.

미카엘이 결국 '낮'을 버리고 '밤'으로 전향하겠다고 마음을 먹게 된 계기도 바로 그 때문이었으니까.

'낮'의 다른 놈들은 연우가 언젠가 깨어나 그들을 구해 줄 것이라 믿어 의심치 않고 있었지만, 미카엘은 애당초 그것을 믿지 않고 있었다.

설사 그가 깨어난다고 해도 '밤'을 물리칠 수 있을지 어떨지 어떻게 안단 말인가?

반면에 '밤'으로 완전히 넘어갈 수 있다면 이야기는 달라졌다.

타계의 신들이 보이는 무자비한 힘을 자신도 가질 수 있게 되는 것이니까. 머뭇거릴 이유가 전혀 없었다.

'그런데 어째서……!'

문제는 미카엘이 얻은 그 힘이, 영혼석을 삼키고 나면 더 강해질 줄 알았던 그 힘이, 정작 연우 앞에서는 속수무책이라는 점이었다.

정말 같은 '밤'이 맞나 의심이 들 정도로.

'밤'의 정수라 할 수 있을 녹스의 주인이 된 것이, 이제는 현인이 아닌 연우라는 사실을 모르기에 생긴 패착이었다.

콰르르릉!

연우는 허공에다 손을 가볍게 흔들었다.

[검뢰가 빗발칩니다!]

[검뢰가 빗발칩니다!]

……

['검붉은 구비타라'가 만연합니다!]

타계의 신들이 진군하고, 검뢰가 빗발치면서 말라흐를 송두리째 밀어냈다. 그리고 그 뒤를 샤논 등의 디스 플루토가 점령군처럼 전진하자 모든 것이 빠른 속도로 연우의 영역으로 넘어왔다.

"이런, 제길! 제기라아알! 대체 뭘 하는 거야!"

미카엘이 고래고래 비명을 질러 댔지만, 그로서는 빗발치는 검뢰를 막아 내는 게 고작이었다.

절제의 돌을 삼키고 나면 이기지는 못하더라도, 어떻게든 할 수 있을 것만 같았는데……!

그는 그제야 비로소 자신과 연우 사이에는 어떤 수를 써도 절대 건널 수 없을 격차가 존재한다는 사실을 깨달을 수 있었다.

자신을 꼬드겼던 이블케가 거짓말을 속삭였다는 것까지도.

'이블케 놈……! 날 속였어!'

콰르르릉!

콰르르, 콰르릉—

아무래도 이블케는 단순히 조금이라도 연우의 발목을 잡을 수단이 필요했던 것뿐인 것 같았다.

하지만 그것을 알고 상황을 되돌리기에는 너무 늦은 뒤였으니.

연우가 쏟아 내는 검뢰가 계속 강해지고 있었다.

콰르르릉!

그러다 갑자기 머리 위로 떨어지는 검뢰를 보고, 미카엘은 몽생미셸로 겨우 그것을 떨쳐 낼 수 있었다.

'크읔!'

하지만 그 한 방으로 인해 몽생미셸은 전체에 균열이 퍼져 신물로서의 기능을 완전히 상실해 버렸고, 절제의 돌이 마구 뿜어 대던 마력도 출력이 한계를 넘고 말아 잠시 기능이 정지했다.

단 한 방으로 미카엘을 거의 무력화하다시피 한 것이다.

그런 말도 안 되는 상황에 미카엘은 한순간 전의가 완전히 꺾이고 말았고.

"한눈을 팔면 안 좋지 않아?"

별안간 아테나가 불쑥 눈앞에서 나타나면서 검을 휘둘렀다.

역시나 그처럼 칠흑이 잔뜩 응축된 검이었다. 다른 점이 있다면, 연우의 절대적인 가호가 뒤따라 신력이 그 어느 때보다도 훨씬 크게 개방된 상태라고 해야 할까.

콰아아앙!

결국 미카엘은 절제의 돌을 삼킨 것에 대한 충분한 보정 효과도 누려 보지 못한 채, 아테나의 공격을 막아 내기에 급급해하며 밀려나는 신세로 전락하고 말았다.

'고작 이게 끝은 아닐 텐데?'

다만, 연우로서는 이블케가 파놓은 함정치고는 너무 허술하다는 생각에 미간을 좁히고 말았다.

단순히 자신의 발목을 잡는 것만으로, 영혼석과 미카엘이라는 패를 버리기엔 너무 낭비라고 생각되어서였다.

'일단은 저놈부터 처치하고 이블케가 있을 곳으로 넘어가야겠어.'

연우는 어차피 크로노스에게 모든 계획을 들킨 이상, 조금이라도 빨리 이블케를 잡으러 가야겠단 생각밖에 들지 않았다.

어차피 가족은 모두 되찾았고, '밤'도 모두 회수했으며, 격도 현인—이블케와 동등한 수준으로까지 끌어올렸다.

다른 자아들과 다투느라 아직 상처가 다 낫지 않았을 이블케를 잡아 남은 칠흑까지 마저 흡수하는 게 여러모로 좋을 것 같았다.

이블케가 려의 무덤이라는 곳에서 대체 무슨 꿍꿍이를 갖고 있는지도 알아내고, 먼저 선수도 쳐야 하지 않겠나.

무엇보다.

'정우가 아버지한테서 모든 사실을 듣게 되면 골치가 아파져. 그러니까 서둘러야……!'

내친김에 빠르게 움직일 생각을 하고서, 연우가 미카엘의 목을 빠르게 치기 위해 검결지(劍結指, 주먹에서 검지와 중지만 편 상태)를 짚으며 허공에다 휘두르려는데.

피피피핑!

갑자기 허공에서부터 수십 개로 분리되어 날아오는 빛의 화살들이 보였다.

'이예!'

연우는 그 화살들의 주인이 누군지 알아차리고 낯빛을 잔뜩 구겼다.

브라함을 죽였던 그놈이었다!

콰르르릉—

채채채챙!

검뢰를 허공에다 뿌리자, 거미줄 모양으로 뇌기가 퍼져 나가면서 빛살들을 전부 허공에서 격추시켰다.

그런 와중에 이예가 조용히 바닥에 착지했다.

"오랜만이로군."

이예는 제 딴에는 반갑다며 손을 흔들며 인사했지만.

쐐애액!

이미 그보다 먼저 연우가 먼지구름을 가르면서 이쪽으로 몸을 날리고 있었다.

"이런! 말도 없이 다짜고짜 손찌검인가? 못 보던 새에 많이 격해졌군."

[7차 용체 각성]

[권능 전면 개방]

[하늘 날개]

연우는 검고 붉은 불의 날개를 활짝 펼치면서, 용의 비늘로 전신을 뒤덮다시피 한 모습으로 검뢰를 가득 뿌렸다.

"뭐, 단순히 싸우자는 것이라면 나도 나쁠 건 없지. 이블케가 되도록 아주 오랫동안 자네의 발목을 붙잡아 달라고 부탁해서 말이야."

이예는 그럴 줄 알았다는 듯 등에 매단 화살통에서 두 개의 소증(素矰, 빛의 화살)을 꺼내 마치 단검처럼 쥐면서 검뢰를 가르고, 연우와 육탄전을 시작했다.

퍼퍼퍼펑!

연우와 이예는 그 자리에서 연쇄 충돌을 벌였다. 주먹과 주먹이 부딪치고, 권능과 권능이 충돌했다.

신력이 파문을 그리면서 사방팔방으로 뻗쳐 나가는 가운데.

['낮(에로스)'의 주인이 강림합니다!]

별안간 그들 사이로 정우가 하늘 날개를 활짝 펼친 모습으로 수직 낙하했다.

자칫 잘못 휘말렸다간 퀴리날레의 권능에 속박이 될 것
같아, 연우와 이예는 서로를 크게 밀어내면서 멀찍이 떨어
졌다.

콰아앙!

"퀴리날레의 새로운 후손이 제법 매서울 테니 주의하는
게 좋다고 그러더니. 그게 바로 그쪽인가 보지?"

"듣보잡 새끼는 빠져."

정우는 살벌한 눈으로 이예를 한껏 노려보다가, 연우 쪽
으로 시선을 홱 돌렸다.

"형! 형이 그런다고 해서 내가 좋아할 줄 알았……!"

"네 뒤에 있는 놈."

정우가 얼굴이 시뻘겋게 달아오른 채로 버럭 소리를 지
르려 했지만, 연우는 차분한 태도로 정우의 말허리를 자르
면서 저만치 뒤에 선 이예를 가리키며 말했다.

"브라함을 죽인 놈이다."

"……!"

정우의 시선이 다시 이예 쪽으로 돌아갔다.

정우의 두 눈에는 온갖 감정이 스쳐 지나갔다.

브라함.

그에게는 온통 그리움으로 가득한 이름.

처음 정우가 '진짜' 차정우로서 눈을 떴을 때 가장 먼저 느꼈던 감정은 행복이었다.

드디어 애타게 찾던 가족들과 다시 만날 수 있게 되었으니까.

아버지와 어머니뿐만 아니라, 이제 딸인 세샤의 얼굴을 이 손으로 직접 만질 수 있다는 사실이 너무 기뻤다.

그전까지는 아무 감촉도 느낄 수 없는 사념체의 손끝으로만 세샤를 만져야만 했으니까.

하지만.

그런 뒤에 찾아온 감정은 허탈함이었다.

스승이자, 그에게는 장인이 되는 브라함이 없다는 것을 알게 되었으니까.

그가 있었더라면.

그가 제자이자 사위인 정우가 깨어나고, 드디어 재회할 수 있게 되었다는 것을 알게 되었더라면 어떤 표정을 지었을까.

아마도 웃지 않았을까?

정우는 그렇게 생각했다.

비록 겉으로는 무뚝뚝해서 표현이 서툰 영감님이었지만.

그래도 속에 담긴 잔정은 아주 많았으니까.

그런데…….

'브라함의 원수라고?'

정우는 눈을 크게 떴다.

이전 수준을 훨씬 넘어선 용마안이 이예를 직시했다.

기존의 용마안이 단순히 상대에 얽힌 진실을 꿰뚫는다면, 퀴리날레의 권능이 더해진 새로운 용마안은 존재와 존재를 둘러싼 공간의 정보까지 모두 읽어 들일 수가 있었다.

　

　['퀴리날레의 마안(魔眼)'이 목표물을 분석합니다!]

　[파악된 내용은 아래와 같습니다.]

　[이름: 이예.]

　[직급: 전(前) 천교의 대장군. 현(現) 트리니티 원더. '시의 바다' 소속. 이블케의 주구(走狗).]

　[신위: 달.]

　[목표: 알 수 없음.]

　……

　

"무슨 수를 쓰고 있는지는 몰라도, 나를 분석이라도 하고 있나 보군?"

이예는 살짝 흥미가 감도는 얼굴로 정우를 보면서 웃었다.

하지만 그럴수록.

정우의 표정은 딱딱하게 굳었다.

마침 지나가는 한 줄의 문구가 그의 눈에 들어왔기 때문이었다.

　　[……비밀을 지키기 위해 목격자인 브라함을 처치…….]

브라함을 처치했다.

그 하나의 문구면 충분했다.

파앗!

〈하늘 날개 ― 최대 출력〉

〈절대권능공간〉

정우는 하늘 날개에 신력을 최대로 쏟아 넣었다. 배광이 눈부시게 쏟아진다 싶더니, 곧 자취를 감춘 그가 이예 앞에 등장했다.

차아앙!

"말도 없이 기습전이라니. 형제가 어찌 이리도 닮았는지."

이예는 어느새 두 개의 소중을 교차시키며 정우가 내려친 검을 막고서 한쪽 입술 끝을 비틀었다.

다짜고짜 공격을 가한 것에 대한 힐난이었지만.

정우는 전혀 아랑곳하지 않고 연속적으로 움직였다.

'빛의 파도'를 잔뜩 머금은 드래곤 슬레이어가 쉴 새 없이 원호를 그렸다.

차차차창!

콰쾅! 콰르르—

정우는 오로지 이예를 죽이겠다는 일념 하나뿐이었다.

이예가 탑을 최초로 세운 트리니티 원더이니, 자신을 인정해 주었던 천마의 오른팔이니 하는 것들은 전혀 중요하지 않았다.

그저 아난타의 아버지이자 세샤의 외할아버지인 브라함의 원수를 갚는 것.

그리고 브라함이 들었다던 비밀이 무엇인지 밝혀내는 것.

그것이 전부였다.

['낮(에로스)'의 태양이 다른 어느 때보다 크게 빛을 드러냅니다!]

[북두와 칠성의 가호가 따릅니다!]

"흠! 군림보라. 좀처럼 쉽지 않군. 지호 녀석, 필요할 때
는 전혀 움직이질 않더니 꼭 이럴 때는 빠르단 말이지."

이예는 움직이는 족족 자신을 구속하려 드는 군림보의
느낌에 미간을 살짝 좁혔다.

그의 장기는 민첩하고 기민한 움직임에 있는데, 자꾸 발목
이 붙잡히니 정우에게 따라잡힐 수밖에 없었기 때문이었다.

특히 정우가 자랑하는 화력은 그로서도 도저히 무시할
수가 없는 수준이었으니.

여기서 연우가 정우와 협공을 하려 든다면 정말 위험해
질 것 같았다.

"……그럴 수야 없지. 아내를 과부로 만들 수는 없는 노
릇이니."

어차피 그가 이곳에 나타난 이유는 연우 등의 발목을 묶
기 위함이 아니었나.

그렇다면 굳이 패를 숨겨 둘 필요가 없었다.

이예는 왼손에 있던 소중을 정우에게로 냅다 던졌다. 가
까이 접근을 시도하려던 정우가 황급히 고개를 옆으로 돌
리자, 그 틈을 타 이예는 한순간 빈 왼손을 활짝 펼쳐 허공
을 거세게 후려쳤다.

콰직!

공간이 깨졌다. 균열이 삽시간에 허공을 따라 잔뜩 퍼져 나가면서 사이사이로 칠흑이 피어올라, 미카엘이 미리 열어 두었던 '밤'에 닿았다.

['밤(녹스)'의 영역이 한껏 넓어집니다!]

[대규모 강림이 이뤄집니다!]

그리고 일제히 검은 벼락이 떨어졌다.

콰릉, 콰르릉!

우르르—

[사라진 '꿈345,147,832,335'의 대적자가 모습을 드러냅니다!]

[사라진 '꿈65,459,304,596'의 대적자가 얼굴을 비칩니다!]

[사라진 '꿈12,312,778'의 대적자가 거대한 몸집을 일으킵니다!]

……

[시스템 오류.]

[시스템 오류.]

[이번 '꿈'에서 절대 정보를 읽어 들일 수 없는 존재들이 대규모로 출현하고 있습니다! 인과율에 강한 과부하가 걸립니다!]

[경고! 해당 공간에 주어지는 영압(靈壓)의 세기가 허용치를 훨씬 초과하였습니다! 해당 좌표가 함몰됩니다! 공간의 붕괴는 자칫 대형 블랙홀을 부를 수 있습니다!]

[경고! 정보를 읽어 들일 수 없는 존재들의 대규모 출현으로 인해 해당 공간의 법칙이 붕괴되고 있습니다! 서둘러 해당 이레귤러 혹은 바이러스를 제거하십시오! 그렇지 않을 시, 종말의 위험이 찾아올 수 있습니다!]

[경고! 해당 공간에 적용되는 시스템의 메모리가 부족합니다! 서버와 클라이언트 간에 연결된 네트워크의 정보 처리 속도가 한없이 낮아집니다!]

……

['춤추는 녹색 불길'이 어떻게 옛 '꿈'의 잔재들이 있을 수 있는지에 대해 고개를 갸웃거립니다.]

['검은 풍요의 요신'이 불쾌한 얼굴들을 보고 짜증을 느낍니다.]

['불결의 근원'이 아무래도 뜯겨 나간 다른 아버지가 남긴 존재들인 것 같다고 말합니다.]

['검은 풍요의 요신'이 그 존재는 아버지일 수가 없다고 강하게 항의합니다!]

['불결의 근원'이 미안하다고 잘못을 인정합니다.]

['춤추는 녹색 불길'이 이것은 자신들을 우롱하는 처사라고 말합니다. 저들뿐만 아니라, 가짜 아버지에게도 응징을 가해야 한다고 의견을 내놓습니다.]

['멸망을 노래하는 자'가 저들에게 빗나갔던 멸망을 다시 내려 주어야겠다고 강한 의사를 밝힙니다.]

......

['밤(눅스)'의 혼세팔신이 사라진 '꿈'의 존재들에게 강한 적의를 드러냅니다!]

혼세팔신을 위시한 '밤'의 모든 존재들은 여러 짐승들을 보자마자 촉각을 곤두세웠다.

그들로서는 당연히 오래전에 '꿈'과 함께 소멸한 줄로만 알았던 것들이 나타난 것이니 황당할 수밖에.

짐승이란 그들이 살던 '꿈'에서 대적자로 활동했던 이들이었고, 때문에 당연히 '밤'의 존재들과도 적대 관계일 수밖에 없었다.

모든 '꿈'을 기억하는 '밤'의 존재들로서는 꽤씸한 존재들인 셈.

그런데.

그런 존재들이 감히 '밤'이라는 이름을 달고 활동한다?

그것도 자신들이 여태 아버지라고 생각했던 칠흑왕의 주자아가 부리고 있다?

당연히 배신감을 느낄 수밖에 없었고, 그런 감정들은 자연스레 분노로 이어지고 말았다.

그리고 한편으로는 그들의 사고 한편에 남아 있던 현인에 대한 미안한 감정이 완전히 말소되기도 했다.

짐승들과 혼세팔신이 크게 뒤엉켰다.

웬만한 행성들보다도 훨씬 큰 크기를 자랑하는 놈들이 전력을 드러내면서 싸우는 모습은 괴기하기까지 했다.

[시스템 오류.]

[시스템 오류.]

이미 시스템은 그들이 빚어내는 현상을 분석하는 걸 포기까지 했다.

「홍홍홍! 정말이지 개판이 따로 없네용! 그럼 그럴 때일수록 토끼판으로 만들어 줄 수밖에 없겠어용! 귀엽고 깜찍한, 토끼 펀치—!」

한쪽에서는 라플라스가 우락부락한 구릿빛 근육을 잔뜩 드러내면서 열심히 뛰어다녔다.

평소라면 거기에 대해서 뭐라고 한 마디씩 쏘아붙일 만한 존재들도, 하나같이 싸움에 집중하느라 그쪽에 신경 쓸 겨를이 전혀 없었다.

문제는.

이예가 일으킨 소요가 거기서 그치지 않았다는 점이었다.

　[신의 사회, '올림포스'의 본영에 사라진 '꿈'의 대적자들이 대거 출몰합니다!]
　[악마의 사회, '르 인페르날'의 본진에 사라진 '꿈'의 대적자들이 대규모 강림을 시도합니다!]
　[악마의 사회, '니플헤임'의 본궁에 사라진 '꿈'의 대적자들이 모습을 비치고자 합니다!]

[천계 곳곳에서 대규모 전쟁이 벌어지고 있습니다!]

마치 '밤' 뿐만 아니라, '낮' 에 가담한 자들과도 이참에 완전한 전쟁을 치르겠다는 듯, 여태 숨겨 뒀던 모든 전력을 드러내고 있었다.

『뭐라고?』

왕! 왕왕!

아가레스로서는 당혹스러울 수밖에 없는 메시지였다.

현재 르 인페르날의 대성역에는 만약을 대비한 최소한의 전력만을 남기고, 전부 이곳으로 대동해 온 상태.

만약 여기 나타난 수준의 짐승들이 그쪽에도 나타난다면 쑥대밭이 될 수밖에 없었다.

그나마 니플헤임은 펜리르만 나와 있을 뿐, 로키를 비롯한 주요 전력은 대성역에 남아 있어서 상황이 나은 편이었지만 그쪽도 위험하긴 매한가지였다.

『아가레스 님!』

『이대로 여기에 있으면 위험합니다! 어서 되돌아가야……!』

『명령을 내려 주십시오!』

동마왕군을 비롯해 르 인페르날의 마왕들이 일제히 다급

하게 메시지를 보내왔다.

아가레스는 인상을 잔뜩 구기면서 그들에게 버럭 소리를 질렀다.

『흔들리지 마라! 지금 우리가 흔들리는 것이야말로 저들이 노리는 것임을 왜 모르는 거냐, 이 멍청한 것들아!』

마치 자신의 명령을 조금이라도 거스른다면 당장 찢어 죽이겠다는 듯이, 아가레스는 살기를 가득 담아 으르렁거렸다.

『대성역에 남은 할파스가 어련히 알아서 잘할 테니 다들 경거망동하지 마라. 조금이라도 이탈할 기미가 보이는 놈은 그 자리에서 모가지를 뽑아 선악과의 재료로 만들어 주마.』

『……!』

『……!』

『……!』

『알았나?』

『보, 복명!』

『아, 알겠습니다!』

『며, 며, 명심하겠습니다!』

마왕들은 허겁지겁 고개를 끄덕이면서 다시 전쟁에 몰두해야만 했다.

이전 수장이었던 바알이 압도적인 카리스마로 그들을 휘어잡았다면, 아가레스는 광기 어린 폭력성으로 그들을 찍어 눌렀다.

더군다나 친위대인 동마왕군은 절대적인 충성심으로도 유명한바. 아가레스의 명령을 허투루 들었다간 정말 소멸을 면치 못할 것 같았기에, 그들은 명령을 따를 수밖에 없었다.

도망친다거나, 르 인페르날을 탈퇴한다는 선택지도 없었다. 아가레스는 어떻게든 끝까지 쫓아와 목을 뽑아 버리고도 남을 위인이었으니까.

결국 말을 따르는 수하들을 보면서.

아가레스는 속으로 깊은 한숨을 내쉬었다.

하지만 그는 이런 협박이 단순한 미봉책에 불과하다는 것을 잘 알고 있었다.

애당초 악마라는 것들은 위계질서가 강하다고 해도, 결국엔 각자의 욕심과 이권을 가장 우선시하는 놈들이었으니까.

만약 대성역이 망가지면서 조금이라도 자신들의 터전이 엉망이 될 소지가 보인다면, 어떻게 반응을 보일지 알 수 없었다.

『당장 종말을 유도하기라도 하겠다는 건가……!』

정말 그럴 생각이었다면, 애당초 탑이 붕괴하기 전에 그랬으면 됐을 텐데, 왜 굳이?

아가레스가 봤을 때, 여태껏 그가 봤던 이블케란 존재는 절대 종말을 바랄 위인이 아니었다.

아니, 바란다고 해도, 당장 지금 이를 실행할 리가 없었다. 정확히 무엇인지는 알 수 없으나, 그에겐 다른 목적이 있으니. 이블케는 그걸 먼저 이루고 나서 종말을 결행할 위인이었다.

그런데도 이런 위험한 수를 내던졌다.

짐승들을 이렇게 대거 출몰시키면 '꿈'이 영압을 버티지 못하고 붕괴할 우려가 큰데도 불구하고.

그렇다는 건……?

'그만큼…… 다급하게 쫓기고 있단 뜻인가?'

어쩌면 그게 정답일지도 모르겠단 생각이 들었다.

이블케는 연우로부터 칠흑의 상당수를 빼앗긴 상태. 절대적인 지지층이었던 '밤'도 연우에게로 돌아섰다. 아직까지 판세는 그에게 좀 더 유리하게 놓여 있다지만, 그마저도 언제 뒤집힐지 모른다. 연우에게 위협을 당하고 있는 상황이란 뜻이었다.

그러니 이블케로서는 연우에게 더 쫓기기 전에 목적을 수행하고 싶을 테지.

여기서 조금이라도 더 빼앗겼다간 그땐 정말 어떻게 될지 알 수 없으니.

'그 목적이라는 건, 아마도 려의 무덤인지 뭔지 하는 곳에서 뭔가를 찾는 것일 테고……!'

그래서 이블케가 위험한 도박 수를 던진 게 분명했다.

연우가 더 이상 쫓아오지 못하게 발목을 묶기 위해서. 그가 바라는 것이 '꿈'의 유예인 만큼, 절대 '꿈'이 위험에 빠지도록 만들지 않을 테니까 말이다.

연우가 이래저래 짐승들을 내쫓고 위험을 수습하는 동안, 이블케는 목적을 빠르게 완수하려는 것이겠지.

'그렇게 언제나 자신만만하고 여유롭기만 하던 이블케를 이렇게까지 궁지로 몰아넣다니. 허!'

탑의 최고 관리자로서 여태 신과 악마들을 수도 없이 우롱했던 이블케가 아니었나. 그런 녀석을 당혹스럽게 만드는 연우의 솜씨가 기가 막힐 따름이었다.

아가레스의 시선은 여전히 이예, 정우와 대치 중인 연우에게로 단단히 고정되었다.

『자꾸 이런 식이어서야, 계속 탐심만 더 커지지 않는가 말이야.』

아가레스는 붉은 혀로 입술을 가볍게 핥았다.

*　　　*　　　*

　[사라진 '꿈98,564,875,443,134'의 대적자가 올림
포스의 대성역 '에우루노메'에 강림하였습니다!]
　[사라진 '꿈342,342,368'의 대적자가 강림하였습
니다!]

　[올림포스의 대성역이 크나큰 혼란에 잠깁니다!]

"저게 전부 대체 무슨……!"
　포세이돈은 갑자기 허공을 가득 물들이는 메시지 창과
함께 대성역을 뒤흔드는 엄청난 격동에 허겁지겁 바깥으로
나섰다.
　얼마 전부터 구금에서 해방되어 이제는 1세대 신들처럼
원로원에서 한적한 시간을 보내던 그였지만, 지금은 도저
히 그럴 수가 없었다.
　그리고 그건 원로원의 다른 신들도 마찬가지였는지, 모
두가 놀란 기색이 되어 허겁지겁 현신(現身)을 마치고 하늘
위를 보았다.
　대성역을 몇 겹이나 가득 둘러싸고 있던 결계 위로…… 어
마어마한 몸집을 자랑하는 '짐승'들이 나타난 것이 보였다.

콰쾅, 콰콰콰!

쿠르릉, 크르르—

하나같이 해괴한 모습을 한 짐승들은 어떻게든 결계를 부수기 위해 쉴 새 없이 두들겨 댔다.

발톱이 결계 위에 커다란 스크래치를 만들어 내고, 권능이 몇 번씩이나 폭사하면서 시커먼 그을음이 남았다.

아테나가 칠흑의 속성을 불어넣으면서 몇 단계씩이나 강화했던 결계였지만.

지금은 금방이라도 부서질 것처럼 위태롭게 굴었다.

[대형 결계, '찬란한 봄'이 부서질 위기에 처했습니다!]

[대형 결계, '화창한 여름'이 깨지기 일보직전입니다!]

……

[대형 결계, '차가운 겨울'이 파괴되었습니다!]

[충격파가 다른 대형 결계로도 연쇄적으로 번집니다!]

그리고 하나가 박살 나자, 연쇄적으로 다른 결계들에도

커다란 균열이 가기 시작했다.

그렇게 되자 다급해지게 된 것은 올림포스의 신들이었다.

가뜩이나 주요 전력들이 일제히 연우의 명령에 따라 다른 사회들에 정벌군으로 빠져나간 지금, 대성역은 현재 빈집이나 다름없었다.

'대체…… 어떻게 감시망을 피하고 포탈을 연 거지?'

올림포스도 바보가 아니기에 타 사회에서 죽기 살기로 이렇게 기습을 가해 올 수 있을 거라 여겨 만반의 준비를 하고 있었건만.

저 정체불명의 짐승들이 어떤 경로를 통해 대형 공간 전이를 이뤘는지 이해가 가질 않았다.

하지만 그런 의문은 잠시.

『뭣들 하느냐! 결계를 어서 보수하지 않고! 이대로 있다가 전부 다 죽을 셈인가!』

포세이돈은 신력을 가득 담아 노호성을 터뜨렸다.

격이 예전 같지 않기에 이렇게 신력을 함부로 남용해서는 안 되었지만, 그는 전혀 그런 걸 아랑곳하지 않는 눈치였다.

그도 그럴 것이 올림포스는 그가 태어나고 자란 고향이었다.

비록 사이가 좋지 않은 동생…… 연우가 이제 주신으로 있다지만, 이곳은 그가 반드시 지켜야 하는 장소인 셈이었다.

설사 여기서 죽는 한이 있더라도, 저 근본도 모르는 놈들에게 이곳을 더럽히게 할 수는 없는 노릇이었으니.

그리고 그건 다른 원로 신들도 마찬가지라, 허겁지겁 하늘에다 대고 신력을 일제히 개방했다.

『'천능의 권(權)'!』

『'개석(開析)의 변조(變調)'!』

『채워지고, 채워져라—!』

비록 그들 대부분이 현역에서 물러난 지 오래되어, 우라노스 시절 전 우주를 좁다 하며 종횡무진 누빌 때에 비하면 약한 건 사실이었지만.

그래도 노익장의 면모는 어디 가질 않는지, 하나같이 풍기는 격은 상당한 수준이었다.

하지만.

쿠쿵, 쿠쿠쿵!

콰아아앙!

[대형 결계가 모두 파괴되었습니다!]

쿠르르—

하지만 짐승들은 그런 그들보다 훨씬 오랜 세월을 묵은 존재들. 아무리 저항해 본다고 한들, 결계로 막아 내는 데 한계가 있을 수밖에 없었다.

용인지 도마뱀인지 모를 끔찍한 몰골의 머리통이 부서진 결계 틈새 사이로 밀고 들어왔다. 웬만한 태양보다도 더 큰 눈동자가 무언가를 찾는 듯 데구루루 굴러가면서 아가리가 쩍 벌어졌다.

시커먼 목구멍 사이로 불길이 맺히자, 포세이돈이 다시 고함을 외쳤다.

『각자 위치……!』

하지만 그보다 먼저 짐승의 숨결이 올림포스의 한가운데에 작렬하고 말았으니.

콰콰콰콰—

단 한 번.

그렇게 내뱉고 만 숨결은 대성역의 상당수를 휩쓸고 지나갔다.

그 자리에 노출된 신들도 대거 쓸려 나가고.

쿠쿠쿠—

쿵!

가장 먼저 머리통을 밀어 넣었던 짐승이 그대로 대성역 한가운데에 착지했다.

크롸롸롸!

녀석이 날개를 한껏 펼치면서 괴성을 질러 대니, 가뜩이
나 거칠게 울리던 지면은 그대로 땅거죽이 일어나 뒤집히
고 그나마 골조라도 유지하고 있던 결계들도 유리창처럼
일제히 다 깨져 나갔다.

올림포스 신들도 큰 충격을 받고 피를 토하면서 경악했
다.

"말도 안 되는……!"

쓰러진 신들 중에는 포세이돈도 섞여 있었다.

격하게 흔들리는 그의 시야에 짐승이 대성역의 정중앙에
위치한 신전으로 향하는 것이 비쳤다.

그나마 충격을 덜 입은 올림포스 신들이 녀석을 막기 위
해 권능을 개방하려 했지만, 뒤따라 들어온 짐승이 도중에
권능들을 모두 막아 내고 말았다.

크르르—

크륵?

녀석은 마치 무언가를 찾는 듯, 거대한 발톱으로 신전을
이리저리 크게 휘젓더니 곧 안쪽으로 깊숙하게 주둥이를
박았다.

그리고 놈의 머리 위에 올라타 있던 누군가가 훌쩍 아래
쪽으로 뛰어내리는 것이 보였다.

"……설마?"

너무 멀어서 얼굴은 제대로 알아볼 수 없었지만.

체격이나 느껴지는 신력으로 보건대, 포세이돈은 어쩐지 그가 누군지 알 것 같았다.

그리고 만약 자신의 생각이 맞는다면 큰일이었다.

저자가 어떻게 나설지 아무도 알 수 없었으니까.

그래서 포세이돈은 어떻게든 막아야겠다는 생각에 억지로 몸을 일으키며 그쪽으로 움직였다.

하지만 계속 속이 울렁였다. 가뜩이나 좋지 않았던 격이 더 크게 흔들려 붕괴되기 일보 직전까지 다다라 있었다.

그리고.

"우리 형님, 그렇게 잘난 척하시더니 꼴이 말이 아닌 듯하오?"

짐승에 가까워졌을 무렵, 포세이돈은 우려했던 상황과 마주하고 말았다.

두 눈을 잃고도 여전히 목소리만큼은 기세가 등등한 아우가 누군가의 부축을 받은 채로 대신전에서 나오고 있었으니까.

제우스였다.

그리고…… 그를 구해 준 존재는 둔한 얼굴에 거인과 같은 생김새와 기질을 가진 이였다.

포세이돈도 잘 알고 있는 존재.

아틀라스.

아버지 크로노스를 어렸을 때부터 호종하였으며, 신왕 시절에는 최고 신장(神將)으로 명성을 떨쳤고, 그가 몰락하던 와중에도 마지막까지 옆을 지켰던 충신.

하지만 언제부턴가 실종되어 남들이 모르는 곳에서 소멸한 게 아닌가 하는 평가를 받던 존재가…… 바로 그곳에 있었다.

제우스를 구하기 위해서.

"……."

아틀라스는 어린 시절 포세이돈 형제들이 두려워하던 그대로, 엄숙하고 무표정한 얼굴을 한 채 포세이돈을 보고 있었다.

"너……!"

"후후. 나도 이렇게 구명을 받을 거라고는 생각도 못 했는데 말이오. 아니. 이게 아니지."

제우스는 억지로 신력을 쥐어짜 진언(眞言)을 내뱉었다.

『전혀 생각도 못 하였지.』

제우스는 몸이 망가져도 신으로서의 위엄을 잃어서는 안 된다고 여겼는지, 다시 음절 하나하나에 신력을 가득 담았다.

『그런 뜻에서 형제간에 서로 응원이라도 해 주는 건 어떻겠소?』

"무슨…… 말을 하고 싶은 거지?"

『이 몸이 좋지 않은 동생을 위해 양분을 제공할 생각이 없냐고 묻는 거요. 식령(食靈)이라는 아주 좋은 수단이 있는데 말이지. 아니, 이런 건 식신(食神)이라고 해야 하나?』

"……!"

포세이돈은 대놓고 친형제를 잡아먹겠다고 의사를 밝히는 제우스의 모습에 급히 몸을 뒤로 빼려 했고.

척!

제우스는 그런 포세이돈을 잡기 위해 앞으로 나서려다 도중에 아틀라스가 내뻗은 손길에 멈칫했다.

제우스는 인상을 찡그리면서 자신의 유희 거리를 막아선 아틀라스를 노려봤지만.

아틀라스는 안 된다는 식으로 고개를 절레절레 흔들었다. 그러면서 만약 여기서 네 멋대로 한다면 두고 가 버리겠다는 의지도 느껴졌다.

『쳇!』

제우스는 어쩔 수 없다는 듯 혀를 차면서도 비릿하게 비웃음을 던지는 건 잊지 않았다.

『뭐, 아무래도 상관없겠지. 어차피 여기서 날 쫓아올 수 있는 존재가 있을 것도 아니고.』

제우스는 그렇게 말하면서 돌아섰다. 아틀라스는 무미건조한 눈으로 포세이돈을 보다가, 커다란 덩치로 제우스를 가리면서 다시 짐승의 머리 위로 올라탔다.

크롸롸롸!

짐승은 다시 길게 포효를 내지르곤 날갯짓을 하면서 상공 위로 거대한 몸집을 일으켰다. 강풍이 사방팔방으로 불어닥치면서 녀석이 날아오르고, 다른 녀석이 그 자리를 대신 차지하면서 다시 난동을 피우기 시작했다.

'어떻게든 막아야……!'

제우스를 이대로 보내서는 안 된다. 포세이돈은 본능적으로 그런 직감을 받았다. 제우스가 여기서 빠져나가면 두고두고 올림포스에 좋지 않은 형태로 남을 것 같았기 때문이었다.

하지만 지금 몸 상태로는 어떻게 손을 쓸 방법이 없다. 연우 쪽으로 소식을 넣을까 했지만, 그쪽도 지금쯤 현재 여기서 빚어진 일에 대해서 알고 있을 터였다.

그런데도 아직까지 움직임이 없는 것은 저쪽에도 어떤 좋지 않은 일이 발생한 게 틀림없겠지.

포세이돈은 이래서는 안 되겠다는 생각에 이를 악물었다.

그리고.

츠츠츠츠!

[신격이 휘발되기 시작합니다.]

[대가로 신력이 개방됩니다!]

포세이돈은 자신의 영혼을 대가로 배광을 토해 내면서.

쐐애애액—

제우스와 아틀라스 쪽으로 몸을 날렸다.

그리고.

'아버지, 빨리 오십시오.'

한평생 원망하기만 하던 아버지를 처음으로 찾았다.

*　　　*　　　*

[사라진 '꿈232,115,675'의 대적자가 강림합니다!]

「또인가……!」

망자 거인의 수장, 발데비히는 또다시 출현한 짐승을 보면서 기가 차다는 듯이 헛웃음을 토해 내고 말았다.

연우의 그림자를 근거지로 두고 있는 그로서는 여기서

싸우다 죽어도 언제든 부활이 가능하다지만, 그래도 정신적인 피로의 한계선은 있기 마련이었다.

이대로 끝도 없을 것 같은 싸움을 계속해서야 좋을 건 하나도 없었다.

하지만 정작 발데비히를 걱정하게 만드는 건 따로 있었다.

'정우야.'

심적으로 흔들리는 친구를 보고만 있어야 한다는 사실이 마음을 아프게 만들었다.

지난 십여 년 동안.

발데비히는 정우와 아주 많은 이야기를 나눴다. 이따금 아르티야를 대동하고서 격전지를 찾아온 레온하르트도 같이 낀 채로 술잔을 기울이기도 했다.

많은 이야기를 나눴고, 그동안 각자가 갖고 있던 오해나 편견을 해소하기도 했다. 사과를 나누고, 우정을 다시 다졌다.

하지만 시간이 꽤 지난 지금까지도, 발데비히에게 정우는 아주 무거운 빚으로 남아 있었다.

정우가 위험했을 때에 옆에 있어 주지 못했다는 죄책감이 여전히 그의 심장 속에 족쇄처럼 남아 있었던 것이다.

그런 와중에 완전히 부활한 정우가 기뻐하기는커녕 슬픔에 휘둘리는 모습을 보고 있으니 가슴이 미어질 수밖에.

도와주고 싶다.

그런 생각이 머릿속을 스치던 그때.

『발데비히.』

페어링을 통해 연우의 목소리가 전해졌다.

「왜 그러십니까, 신이시여?」

『부탁할 게 있다.』

「……?」

『정우와 관련된 거야. 네가 도와줘야 할 것 같다.』

「……무엇입니까?」

발데비히는 눈을 크게 떴다.

자신들이 모시는 신, 연우는 명령을 하면 하였지 절대
'부탁'을 할 사람이 아니었다.

대체 무엇을 시키려고 그러는 걸까?

발데비히는 마른침을 삼켰고.

『조금 뒤에…….』

곧 들린 연우의 명령에 눈을 부릅떠야만 했다.

*   *   *

연우는 팽팽한 접전을 벌이고 있는 정우와 이예를 보면
서 자리를 빠져나가려 했다.

이대로 계속 발이 붙잡혔다간 정말 이블케를 놓칠 것 같았으니까.

[권능, '축지'를 전개합니다!]

그래서 이블케가 있는 쪽으로 이동하려는데.
콰르르릉!
"어딜 가려고!"

[외부의 강제적인 개입으로 인해 공간 전이가
단절되었습니다!]
['축지'가 실패하였습니다.]

정우가 귀신같이 개입해서는 연우의 축지를 곧장 끊어 버렸다. 공간을 다루는 데에 있어서는 그가 연우보다 한 수위였기 때문에, 공간 전이 계통의 스킬쯤은 언제든지 강제로 취소가 가능했다.

원수인 이예와 무슨 생각을 하는지 모를 형. 정우는 두 사람을 동시에 붙잡아 두고자 했다.

혼자서 두 명을 상대하는 것과 같았지만, 만통 특성을 한껏 전개하고 있는 동안에 그가 마음만 먹는다면 상대하지 못할 자는 아무도 없었다. 공간을 다룬다는 건, 그만큼이나 무서운 거였다.

막상 상황이 그렇게 되자, 정작 다급해지게 된 것은 연우였다.

'이대로는 안 돼.'

정우를 설득하려 해 봤자 안 될 건 불 보듯 뻔한 일.

거기다 크로노스마저 연우가 빠져나갈 것을 우려해 호시탐탐 기회를 노리고 있었다.

하지만.

그렇다고 해서 궁지에 몰린 이블케를 내버려 둘 수는 없는 노릇.

연우는 칠흑왕의 주 자아가 되어야만 했다. 이블케의 목적이 무엇이 되었든 간에, 녀석을 이대로 계속 방치한다면 이번 '꿈'도 머지않아 종말을 맞을 게 분명했다. 그것만큼은 막아야 했다.

'이것만큼은 하지 않으려 했는데.'

남은 방법은 마지막까지 절대 선택하고 싶지 않았던 것이었다.

물론, 그러지 않고도 강제로 밀어붙인다면 어떻게든 이곳을 빠져나갈 수는 있겠지만…… 그래서야 동생과 아버지가 다칠 수 있으니 그러고 싶지는 않았다.

다치더라도 내가 다치는 게 낫다. 그게 연우가 가진 생각
이었다.

결국 연우는 그렇게 모질게 마음을 먹었고.

[칠흑왕의 대체 자아가 자신에게 오래전부터 주
어졌던 숨겨진 새로운 가능성 혹은 숙명(宿命)을 발
견했습니다!]

정우와 크로노스 등은 연우가 또 뭔가를 하려나 싶어 황
급히 그쪽으로 고개를 돌렸고.

[집행자(執行者)로서의 숙명이 시작되었습니다!]
[종말이 빨라지기 시작합니다!]

"……!"
"……!"
"……!"
정우와 크로노스뿐만 아니라, 이예까지.
눈앞에 떠오른 메시지에 전부 경악한 얼굴로 연우를 바
라봐야만 했다.

"형, 이게 대체 무슨……!"

정우로서는 당혹스러울 따름이었다.

집행자라니!

종말을 가져와 칠흑왕이 '꿈'에서부터 깨어나게 만든다는 존재.

원래는 연우가 되기로 내정되어 있었지만, 그가 직접 칠흑왕의 자아가 되면서 유예되었던 숙명이…… 다시 깨어나고 만 것이다.

그리고.

집행자로서 각성을 했다는 뜻은 단 하나,

[월드 퀘스트(집행 차단)가 생성되었습니다!]

종말의 수레바퀴가, 굴러가기 시작했단 뜻이었다.

[월드 퀘스트 / 집행 차단]

설명: '꿈'과 '굴레'를 중간에 둔 천마와 칠흑왕의 영원 전쟁(永遠戰爭)은 머나먼 태초에서부터 현재에 이르기까지, 도저히 헤아릴 수도 없을 정도로 많이 이뤄지고 있고, 그만큼 앞으로도 계속 이뤄질 예정입니다.

그리고 여러 '꿈'과 '굴레'가 맞아야만 했던 운명

처럼, 이번 '꿈'과 '굴레' 역시 종말로 향하는 카운트가 시작되고 말았습니다.

그리고 바로 조금 전, 종말의 수레바퀴를 굴릴 집행자(執行者)가 선정되었습니다.

집행자는 칠흑왕의 가호를 받으며, 칠흑왕의 의지를 대변하는 존재입니다.

집행자가 내딛는 행보 하나하나가 칠흑왕을 '꿈'에서 깨어나게 하는 운명으로 귀결될 것이며, 집행자가 마음먹은 의지 하나하나가 칠흑왕을 '굴레'에서부터 해방되게 만드는 숙명으로 작동하게 될 것입니다.

그리고 그러한 운명과 숙명이 마지막 종착지에 다다랐을 때, '꿈'은 덧없이 사라지고 '굴레'는 허망하게 흩어질 것입니다. 그리고 그 속에 살아가는 모든 존재들과 사실, 현상들도 없던 것이 되고 말 것입니다.

그러니 이 '꿈'과 '굴레'에서 살아가는 존재들이여, 자신이 살아온 업적이 사라지지 않도록 집행자의 집행 의지를 차단하십시오. 그렇지 않을 경우, '꿈'과 '굴레'와 같이 잠기게 될 것입니다.

제한 조건: 생명 모두.

제한 시간: 종말까지.

달성 조건:

1. 집행자의 의도를 막으십시오.

2. 집행자를 처단하십시오.

보상: 생존.

월드 퀘스트.

정우로서도 난생처음 보는 종류의 퀘스트였지만.

그것이 무슨 의미인지는 쉽게 알 수 있었다.

이 '꿈' —즉, 이 세계를 살아가는 존재들, 신이며 악마, 인간이나 이종족 관계없이 모두에게 공통적으로 주어지는 퀘스트인 셈이 아니겠는가!

그들은 모두 '꿈'에서 살아가는 존재들이며, 따라서 생존을 위해서든 가족을 지키기 위해서든, 어떻게든 집행자를 반드시 막아야만 하는 운명을 가지고 있었다.

달리 이런 퀘스트를 받지 않아도 무조건적으로 시행해야 하는 것이지만.

직접적으로 시스템이 이렇게 퀘스트를 내려 주었다는 건, 그만큼 집행자의 의지가 강하게 작동할 것이란 의미이기도 했다.

즉, 방금 전에 연우는 세계의 적(敵)이 된 것이나 마찬가지였다.

어쩌면 그의 관할하에 있는 권속들에게도 똑같이 해당될지 모르는…….

그러니 '낮'이며 '밤'의 존재들도 모두 당황할 수밖에 없었고.

『미친……!』

『사왕! 말도 안 되는 짓을 저지르려는가?』

그건 짐승들 쪽도 마찬가지였다.

사실 그들이 이 '꿈'을 종말에 가까운 방향으로 몰고 가는 중인 건 사실이었으나, 정말로 종말을 바라거나 하는 건 아니었다.

물론, 자신들이 살았던 '꿈'이 아닌 이상, 이곳이 어떤 결과를 맞든 간에 그들로서는 아무래도 상관없는 것이었지만.

그래도 그들의 목적을 완수하기 전까지 이 '꿈'이 무너지게 내버려 둘 수는 없는 노릇이었다.

즉, 이블케가 려의 무덤에서 '그것'을 얻을 때까지 시간을 끄는 게 목표일 뿐, 정말 이런 식으로 종말을 당길 생각따윈 추호도 없는 것이다.

그런데 연우가 이렇게 대놓고 같이 불을 질러 버리고 말았으니!

이래서야 몸에 불을 붙이고 같이 죽자고 달려드는 꼴이나 마찬가지이지 않은가!

'이블케로부터 절대 정상적인 사고를 가진 놈이 아니니 주의해야 한다는 말은 들었었지만……!'

'그래도 이 정도로 미친놈이었을 줄이야!'

'그렇게 살리고자 하는 가족들이 위험에 내몰릴지도 모르는데, 정녕 상관이 없는 건가?'

결국 짐승들은 이러지도 저러지도 못한 채 우왕좌왕해야만 했다.

계속 '낮' 과 '밤' 을 막아야만 하는 건지, 아니면 이대로 연우가 쓸데없는 짓을 하지 않도록 막아서야 하는 건지.

좀처럼 판단이 서질 않았던 것이다.

이런 건 어디에서도 이블케가 말해 준 적이 없었으니까.

당연한 말이지만, 이블케도 아무리 연우가 미쳐도 이런 식으로 달려들 거라고는 예상도 못 한 상태였다.

그리고.

정우 앞에는 다른 이들과는 달리 퀘스트 창이 하나 더 떠 있었다.

[시나리오 퀘스트 / 대적자(對敵者)]

설명: 당신은 아주 오래전부터 집행자의 의지와 실행을 막기 위한 존재로 내정되어 있는 상태였습니다.

그리고 방금 전 집행자가 각성을 완료하면서 그러한 운명도 똑같이 실행되기 시작했습니다.

지금부터 무슨 수를 동원해서라도 집행자를 막으십시오.

그런다면 당신이 원하는 대로 이번 '꿈'과 '굴레'를 유지할 수 있을 것입니다.

제한 조건: 대적자.

제한 시간: 종말 직전까지.

보상:

1. 생존.

2. 조물주(造物主)의 위(位).

월드 퀘스트에 비하면 아주 짤막한 내용이었지만.

그것이 담고 있는 무게는 절대 가벼운 것이 아니었다.

그로 하여금 당장 연우를 죽이라는 명령이나 마찬가지였으니까!

[북두와 칠성의 가호가 뒤따릅니다!]
[천마가 당신을 굽어살핍니다.]

정우는 잔뜩 일그러진 얼굴로 하늘을 향해 고개를 번쩍 들었다.

그것은 분노와 원망이었다.

방금 전까지는 그로부터 선택을 받았다는 사실이 기뻤지만, 이제는 전혀 아니었다.

『제게 군림보를 주신 것이 이런 것 때문이었습니까!』

정우는 분노에 찬 목소리로 고함을 질렀다.

어디로 외치든 간에 천마가 자신을 계속 지켜보고 있을 거란 생각에서였다.

하지만.

[천마가 아무런 대답도 하지 않습니다.]

천마는 그에게 어떤 응답도 해 오지 않았다.

정우는 부글부글 끓는 속을 억지로 삭이면서 재차 소리 쳤다.

『당신이 무슨 생각을 하고 계시는지는 알 수 없지만, 뜻대로 당하지는 않을 겁니다!』

[천마가 아무런 대답도 하지 않습니다.]

자신의 오른팔이었던 사람이 바로 눈앞에 있는데도 불구하고.

배신에 가까운 행위를 하고 있는데도 불구하고, 천마는 여전히 아무런 행동을 보이지 않는다.

그것은 정우의 분노를 부채질하는 꼴밖에는 되지 않았지만.

정우는 그냥 무시하고, 하늘 날개를 활짝 펼치면서 연우에게로 달려들었다.

브라함의 원수를 갚아야겠다는 생각은 여전히 갖고 있었지만, 당장은 연우를 막아서는 것이 급선무였다.

시나리오 퀘스트의 두 번째 보상으로 제시되었던 '조물주의 위' 따위는 눈에 들어오지도 않았다.

공간에 대한 깊은 이해도를 갖고 있는 만큼 '창조(創造)'라는 신위가 가진 무한한 가능성을 누구보다 잘 알고 있었지만.

그리고 조물주의 위가 '창조' 보다도 더 우위에 해당하는 상격이라는 것을 알고 있었지만, 정우는 전혀 아랑곳하지 않았다.

조물주가 되면 뭘 한단 말인가?

이 '꿈'과 '굴레'의 관리자가 되면 또 뭘 한단 말인가?

그곳에 형이 없다면, 그에게는 아무짝에도 쓸모없는 허울 좋은 것들에 불과할 텐데.

　['낮(에로스)'의 태양이 가장 화려하게 빛납니
　다!]

그래서 어떻게든 연우를 구속하려 했지만.

　[집행자의 의지에 따라 종말의 수레바퀴가 빨라
　집니다!]
　[종말을 위한 인과율이 부과되었습니다.]
　[종말을 위한 인과율이 부과되었습니다.]
　……
　[부여된 인과율만큼 칠흑이 기승을 부립니다!]

연우가 집행자로서 각성을 하게 된 이유가 바로 부족한 인과율을 획득하고, 필요한 만큼 화력을 잔뜩 쏟아내기 위해서였으니.

애당초 조건만 따른다면, 제아무리 정우라 하여도. 짐승이 떼로 덤빈다 하여도, 칠흑왕의 대체 자아가 된 연우를 상대할 수 있는 수준이 절대 아니었다.

['밤(녹스)'의 어둠이 모든 빛을 가립니다!]

화아악!

연우로부터 뻗친 칠흑빛의 안개가 소용돌이를 쳤다. 세상이 온통 어둠으로 물들면서 시릴 정도로 빛나던 정우의 배광마저 전부 집어삼켰다.

"안⋯⋯!"

정우는 그것을 막아서려 했지만, 칠흑의 해일은 단숨에 그를 덮쳐 버렸다.

이예나 짐승들도 마찬가지. 연우가 달아나려 한다는 것을 깨닫고 즉각 그쪽으로 움직이려 했지만, 이미 칠흑에 휘말려 앞뒤를 분간하지 못하게 되어 버린 뒤였다. 심지어 연우의 권속들까지도 예외는 없었다.

정우가 뿌려 대는 권능도 아무런 효과가 없었다. 칠흑 속에서는 시간이나 공간의 법칙 따윈 전부 없는 것이나 마찬가지였으니까.

결국 연우는 그 틈을 타 축지로 자취를 감춰 버렸고.

휘휘휘!

정우가 겨우겨우 칠흑을 헤집으면서 모습을 드러냈을 때는 모든 것이 늦어 버린 뒤였다.

신력의 흔적도, 자취까지도 몽땅 삭제된 상태였다.

어디로 이동했는지 알아낼 수단이 없었다.

"빌어먹을……!"

허공에 정우의 욕지거리만이 가득 퍼져 나갈 뿐이었다.

[천마가 여전히 아무 말 없이 대적자를 굽어살핍니다.]

＊　　　＊　　　＊

[칠흑왕의 대체 자아가 '천교'의 대성역, '현도(玄都)'에 강림합니다!]

시간이 촉박하다.

연우는 그런 생각에 곧장 천교의 대성역으로 이동했다.

그냥 려의 무덤으로 바로 가 버릴까도 생각하지 않은 건 아니었지만, 무엇이 있을지도 모르는 곳에 잘못 휘말렸다간 괜히 일을 그르칠 수 있었으니, 만반의 준비를 하기 위해서였다.

'우마왕의 전력이 어떻게 되는지도 파악이 되질 않고.'

미후왕의 허물도 말하지 않았었나.

자신의 본체…… 즉, 미후왕인 제천대성 손오공을 어떻게든 찾으라고.

려와 마찬가지로 천마의 얼굴이기도 한 그를 실제로 찾을 수 있다면, 동주칠마왕의 계획을 파악하고 이블케에게 치명타를 가할 수 있을지도 모르는 일이었다.

천교에게도 손오공을 찾으라고 말을 해 뒀었고.

그런데.

'역시 여기에 있군.'

천교의 주요 전력은 전부 약속과 다르게 려의 무덤이나 손오공이 있을 것으로 파악되던 곳이 아닌, 대성역에 몰려 있었다.

이곳에도 상당수의 짐승들이 강림하면서 쑥대밭으로 만들고 있었기 때문이었다.

피해가 더 커지기 전에 허겁지겁 찾아온 것일 테지. 누가 뭐라 해도 그들로서는 대성역을 보호하는 것이 가장 중요할 테니까.

신과 악마의 사회에 있어 대성역 그 중심에 있는 '대신전'이 가지는 의미는 그만큼 무거운 것이었다.

주신의 힘을 만세계에 널리 알리고, 여기에 감화된 피조물들로 하여금 모든 신앙이 모이게 하는 중심지. 사회의 격을 나타내는 곳이기도 한 것이다. 그런 곳이 망가져서야, 사회가 가진 가능성도 그만큼 망가지게 되는 것이다.

[사라진 '꿈76,543,545'의 대적자가 칠흑왕의 대체 자아를 발견했습니다!]

[사라진 '꿈4,345,645,738,764'의 대적자가 방해를 하려는 칠흑왕의 대체 자아에게 적의를 발산합니다!]

……

『경계선 면에 있어야 할 저자가 어떻게 이곳에……?』

『이유는 나중에 따져 물어도 된다. 우선 놈부터 막아! 어서!』

『죽어라!』

짐승들은 연우를 발견하자마자 포악한 이를 잔뜩 드러내면서 거친 숨결을 토해 냈다. 몇몇은 기다란 꼬리를 채찍처럼 거세게 휘두르면서 공간을 찢어 연우까지 날려 버리려 했다.

하지만.

"귀찮군."

　　['밤(눅스)'이 대성역의 상공을 따라 자욱하게 퍼
　집니다!]

　그들이 어떻게 손을 쓸 새도 없이, 연우를 둘러싸던 그림
자가 단숨에 대성역 현도의 하늘을 전부 뒤덮었다.
　그리고 다량으로 아래로 쏟아지는 타계의 신들.
　우—
　우우— 우—
　『크아아악!』
　『이거 놔라! 놓지 못할까!』
　짐승들은 여기저기 달라붙는 혼세팔신이며 타계의 신들
을 어떻게든 떨쳐내기 위해 발버둥 쳤지만, 그럴수록 기괴
하게 생긴 촉수들이 튀어나오면서 녀석들의 숨통을 강하게
옥죄었다.

　　['밤(눅스)'이 오래전에 사라졌어야 할 적들을 원
　래 있어야 할 곳으로 인도합니다!]

　『안…… 돼……!』

아직 피안에 갈 방법을 찾지 못했다. 그전까지 함부로 죽지 못한다. 짐승들은 그렇게 생각하면서 저항했지만, '밤'은 예외 없이 그들의 생기를 빼앗으면서 하나하나씩 숨통을 끊어 놓았다.

"……."

"……."

"……."

　　['천교'의 모든 소속 신들이 허탈한 얼굴로 '밤(녹스)'의 존재들을 바라봅니다!]
　　['천교'의 모든 소속 신들이 너무나 손쉽게 강적들을 제거한 칠흑왕의 대체 자아를 두려운 눈길로 바라봅니다!]

방금 전까지 죽기 살기로 놈들과 싸우고 있던 천교의 신들은 모두 얼이 빠진 채로 연우를 바라볼 수밖에 없었다.

그러거나 말거나.

연우는 그들을 모두 지나쳐 허탈해하고 있는 이랑진군과 나타태자 앞에 섰다.

"손오공, 찾았나?"

이랑진군은 무언가 하고 싶은 말이 많은 눈치였지만, 허튼소리를 했다간 당장에라도 그를 찢어 죽일 것 같이 살벌하게 빛나는 연우의 눈을 보고 당장 고개를 끄덕일 수밖에 없었다.

Stage 94.
손오공

"거기가 어디지?"

연우의 눈빛은 여전히 강렬했다.

이랑진군은 얼떨한 모습으로 대답을 할 수밖에 없었다.

"지구."

연우의 두 눈이 강렬하게 빛났다.

*   *   *

'대체 어디로 간 거지?'

정우는 끓어오르는 욕지거리를 겨우 삭였다.

그리고 어떻게든 머릿속을 차분하게 가라앉히면서 생각을 정리해 보고자 했다.

누군가는 말할지도 모른다.

지금 연우를 막으려 들면 정말 이 세계는 종말을 맞을지도 모른다고.

하지만.

'그까짓 종말, 알 게 뭐야?'

연우는 가족들이 행복하게 살고 있는 세계를 보존하고자 했다. 그리고 그걸 위해서는 스스로를 희생해야 한다는 결론을 내렸다.

어쩌면 연우라는 존재가 '세계에서 잊힌다'는 것 말고, 다른 해결책이 있을지도 모른다. 그리고 정우는 어떻게든 그것을 찾아 헤맬 생각이었다.

하지만 연우도 바보가 아니고서야 이런저런 고민과 가설을 세웠을 것이고, 그중에서 가장 정답에 가깝다고 판단 내린 것이 저 계획일 것이다.

가족들에게 말해 봤자 어차피 어떤 대답이 돌아올지 뻔히 아니 어떻게든 숨기려 했던 거겠지.

그리고 연우의 예상대로, 정우는 곧장 반발했다.

정우의 입장에서, 가족들이 이런 위기를 겪고 만 원인은 전부 자신 때문이었다.

자신이 탑으로 넘어간 것 때문에 아버지가 올포원에 억류되고, 어머니가 희생되었으며, 형도 결국 칠흑왕의 자아가 되고 말았던 것이니까.

물론, 그 모든 배경에는 현인―이블케가 놓은 포석이 있다지만…… 그리고 당시에는 그것이 그가 할 수 있는 최선의 행동이었다지만…… 그래도 어쨌거나 그의 멍청한 행동으로 인해 가족들이 모두 모진 고생을 한 게 사실이지 않은가?

그리고 가장 많은 피해를 입어야 했던 것이 형이었다.

그런데 형이 사라진다고?

정우로서는 절대 상상할 수도, 용납할 수도 없는 일이었다.

연우는 분명히 이 세계를, '꿈'을, '굴레'를 존속시키고자 한다.

하지만 그곳에는 연우란 존재는 없다.

정우는 그것을 받아들일 수가 없었다. 설사 그로 인해 이 '꿈'이 정말 종말을 맞게 될지라도, 집행자의 수레바퀴가 거세게 굴러간다고 해도, 신경 쓸 수가 없었다.

형이 없는 '꿈' 따위 어떻게 되든 간에 알 게 뭔가!

애당초 형이 집행자가 아니었어도, 언젠가는 종말을 맞아 사라졌을 것이 아닌가. 그것을 연우가 어떻게든 억지로 붙잡아 두고 있는 것일 뿐이었다.

그런 와중에 연우가 무조건 희생되어야 하는 결말이라면, 그는 절대 그렇게 내버려 둘 생각이 없었다.

[천마가 종말에 대해 긍정적인 의견을 내놓는 대적자를 아무 말 없이 굽어살핍니다.]

그러니 어떻게든 연우를 막을 생각이었다.

같이 이야기를 나누고, 생각을 바꾸게 하고 싶었다. 방법이 당장 보이지 않는다고 해도, 어떻게든 만들 수 있을 것이라고 믿어 의심치 않았다. 언제나 그랬듯, 형과 자신이라면 남들은 절대 넘을 수 없을 난관도 어떻게든 뛰어넘고야 말 테니까.

'그러니까 이블케를 막고 자시고 하는 건 이후로 미룬다.'

연우가 이블케를 쫓아 잡아먹어서야 곧장 칠흑왕의 주자아로 각성을 해 버리고 말 테니까.

그때는 정말 모든 것이 돌이킬 수가 없게 되어 버리는 셈이었다.

그렇다면.

연우는 대체 어디로 간 것일까?

'당장 형이 갈 수 있는 곳은 한정될 수밖에 없어.'

당연하지만, 가장 먼저 떠오르는 장소는 이블케가 있을 려의 무덤이었다.

'하지만 거기는 아닐 거야. 아무리 이블케가 쫓기고 있는 입장이라고 해도, 형은 절대 무작정 쫓을 사람이 아니니까.'

상대가 아무리 궁지에 몰려 있다고 해도, 무작정 몰아붙여서는 일을 그르치게 되는 경우가 허다했다.

하물며 저쪽에 우마왕과 다른 '꿈'에서 건너온 것으로 보이는 통천교주가 있는 걸 봐서는 함부로 달려들기가 어려울 게 분명했다.

그들이 두렵다기보다는 그만한 격전이 벌어져서야 '꿈'이 저물어 버릴 가능성이 커질 테니까.

지금도 위험한 건 마찬가지였지만.

'형이 전력을 드러내고 드러내지 않고의 차이는 아주 클테니까. 아슬아슬한 정도로는 절대 끝나지 않을 거야.'

그러니 다른 방법을 마련할 게 분명했다.

그것이 무엇일까?

고민은 길게 이어지지 않았다.

'동주칠마왕의 전력을 약화시키거나, 저들로부터 강제로 떼어 놓으려 할 게 분명하다.'

현재 연우가 동주칠마왕과 관련해서 가지고 있는 패는 아주 간단하다.

미후왕의 허물.

'제천대성…… 손오공의 본체를 찾을 게 분명해.'

려는 천마의 '첫 번째' 얼굴. 손오공도 천마의 얼굴이라는 것을 감안한다면, 분명히 그쪽을 찾으리란 건 확실했다.

정우의 머릿속이 빠르게 굴러갔다.

'그럼 손오공은 어딜 가야 찾을 수 있는 거지?'

문제는 바로 이 점이었다.

그로서는 손오공의 위치를 알아낼 수 없다는 점.

'낮'의 전력을 이용한다면 어떻게든 찾아낼 수는 있을 테지만, 그러기에는 시간이 너무나 촉박하다.

그렇다면 이 방향은 기각해야 한다.

그럼 남은 방법은?

'정면 돌파뿐인가?'

정우는 눈을 가늘게 떴다.

여전히 그는 이예와 한창 다투고 있는 중이다.

그리고 녀석은 현재 이블케와 손을 잡고 있는 상황.

천마의 한쪽 팔이었고, 탑을 개척했던 트리니티 원더였다는 것을 감안한다면 승부를 내기가 그리 쉬운 건 아닐 테지만.

'어떻게든 찍어 눌러야 해!'

정우는 이예를 꺾는 정도가 아니라, 아예 제압할 생각을 하고 있었다.

그래야만 이블케의 목적을 토설하게 하고, 연우의 동선을 추측할 수 있을 테니까.

물론, 죽이는 것보다 제압하는 게 훨씬 더 어려웠다.

그만큼 압도적인 힘의 격차를 보여야 했으니까.

'이럴 때는 형의 스킬들이 너무 부럽다……!'

죽인 대상의 영혼을 강제로 소울 컬렉션에 종속시키고 마음대로 부릴 수 있는 연우의 권능이라면 이렇게 고생할 필요도 없을 테지만.

어쩌겠나.

지금 자신이 할 수 있는 것에 최선을 다할 수밖에.

그리고.

정우의 생각을 읽기라도 한 것처럼 앞으로 손을 뻗자, 크로노스가 스퀴테의 형태로 변하며 그대로 빨려 들어왔다.

[특성 '만통'이 화려하게 빛납니다!]
[보유한 모든 채널링의 주파수를 조율하여 스퀴테와의 연결을 모색합니다.]

크로노스가 연우와 합일을 이룰 수 있는 것은 연우가 그의 본체를 흡수하며 신의 인자를 깨우쳤고, 크로노스가 한때 칠흑왕의 사도였기 때문에 영혼의 파장이 잘 맞아서였다.

반면에 정우는 크로노스의 아들이기는 해도, 품고 있는 속성은 전혀 달랐으니 합일이 불가능했다.

그러나.

정우는 그런 제약에 전혀 아랑곳하지 않았다.

그는 특정 공간에 있어서 절대적인 권능을 보유하는 것이 가능했고, 신이 품고 있는 데이터를 단숨에 해독하고 분석하는 압도적인 재능을 품고 있었다.

지금도 마찬가지.

레아 때처럼, 크로노스가 자신의 신격을 둘러싸고 있던 방화벽을 해제하니 곧장 데이터가 통째로 읽혔다.

['낮(에로스)'의 태양이 화려하게 빛납니다!]

그리고 이를 바탕으로, 정우는 크로노스와 합일을 이룰 수 있는 방식을 찾을 수 있었고 끝내 바라던 것을 이룰 수 있었으니.

화아악!

정우는 한순간 자신의 인지 영역이 몇 배로 불어나면서 전 우주 곳곳으로 미치는 듯한 황홀을 맛봤다.

『정신 차려!』

까닥했다간 정신을 잃고 법칙이 되어 스러졌을 수도 있을 위험 속에서, 정우는 크로노스의 경고를 듣고 난 뒤에야 겨우 정신을 차렸고.

파앗!

오른손에는 드래곤 슬레이어를, 왼손에는 스퀴테를 꽉 쥔 채로 이예에게로 쇄도했다.

콰아아앙!

이예는 이번에도 군림보에 묶인 채, 뒤로 내빼지 못하고 소중을 위로 끌어 올리면서 가까스로 공세를 겨우 막아야만 했다.

"흐읍! 천마의 군림보와 칠흑왕의 공격성이라…… 이건 좀 난감한데."

이예는 입가를 타고 흘러나온 핏물을 토해 내면서 쓴웃음을 지었다.

"원래대로라면 그냥 발목만 붙잡으려 했던 건데, 이거 목숨을 걸어야 할지도 모르겠군."

그러면서 그는 천마가 있을 거라고 생각되는 위쪽을 슬쩍 노려보는 것을 잊지 않았다.

이렇게까지 상황이 개판이 되고 있는데도, 그의 모진 주인은 나올 생각을 전혀 하지 않고 있었으니까.

하지만 고민은 잠시.

이예는 왼쪽 어깨에 걸고 있던 신물, 동궁 쪽으로 손을 가져갔다.

두 눈이 예리하게 빛났다.

자꾸만 이쪽의 장기를 붙잡혀 반격이 힘들다면, 압도적인 화력을 선보이는 수밖에.

콰콰콰—

정우와 이예의 결투는 더더욱 치열해져만 갔다.

*　　　*　　　*

'지구라.'

연우는 다시 그쪽으로 돌아가게 될 줄은 몰랐다는 듯 쓰게 웃고 말았다.

이전에 미후왕의 허물이 손오공이 자주 출몰한다며 예견해 준 후보지 중 지구가 있긴 있었다.

하지만 탑이 세워지기도 전의 이야기라 별 대수롭지 않게 여기고 있었던 것인데.

'대체 거긴 왜 갔을까?'

그걸 지금부터 알아봐야 할 것 같았다.

다만, 지구에는 세샤와 아난타가 머물고 있다. 자칫 잘못 모습을 드러냈다간 들통나기 쉬우니 최대한 존재를 감춰야 했다.

[권능, '꿈의 이식'을 전개합니다!]

[신력이 잠깁니다.]

[신격이 잠깁니다.]

[신성이 잠깁니다.]

......

[존재가 잠겼습니다!]

그래서 연우는 보유하고 있는 '자아' 중 적당한 것을 골라 얼굴에다 뒤집어썼다.

그러자 모든 신력이 갈무리되면서 그림자 속으로 잠겨들고, 겉보기엔 그저 평범해 보이는 인간이 나타났다.

빠아앙!

두 개의 대로가 교차하는 사거리 한가운데.

줄지어 선 차들이 연우를 뒤늦게 발견하고 클랙슨을 울려 댔다.

"야! 미쳤어? 어서 나와!"

"썅! 길 한가운데에서 대체 뭘 하는 거야!"

연우는 그들을 슬쩍 보다가 발끝을 튕겨 자취를 감췄다.

"어, 어어? 내가 헛것이라도 봤나……?"

운전자들은 대낮부터 허깨비라도 봤나 싶어 눈을 끔뻑거려야만 했지만.

그사이.

연우는 인적이 드문 가로수 길을 활보하고 있었다.

"얼굴이 많이 낯설군. 전혀 다른 존재처럼 느껴지는데."

그리고 그의 옆에는 이랑진군이 나란히 걷고 있었다. 손오공이 있는 곳으로 안내를 해야 하니 직접 따라온 것이다.

이랑진군은 묘한 눈빛으로 연우를 위아래로 훑어보았다.

얼굴 생김새야 원래 신적인 존재가 되면 얼마든지 바꿀 수 있다지만, 존재감까지 이렇게 감쪽같이 바꾸는 건 거의 불가능한 수준이었으니까.

"옛날 '꿈'에 있던 존재 중 하나를 끄집어낸 거니까."

"흠! 원래는 사라지고 없을 존재라는 건가? 말로만 듣던 칠흑의 자아…… 파편 중 하나라 봐도 되나?"

"비슷해. 근데 너는 뭐지? 어디서 의체(依體)라도 구했나?"

이랑진군은 본체와 비슷하게 생긴 모습을 하고 있었지만, 역시나 신적인 존재감은 거의 느껴지질 않았다.

어디 피조물 하나를 구해서 거기다 의념이라도 투영한 건가 싶었지만.

"사도 후보 중 하나다."

"사도를 아직 뽑지 못했었나 보군."

"눈에 차는 자가 없어서. 그동안 바쁘기도 했었고."

연우는 가만히 고개를 끄덕였다.

자신이 눈을 떴을 때 즈음에 수많은 사회들이 지구에 관심을 기울였던 것을 감안한다면, 이랑진군도 사도나 그에 준하는 신도를 몇 개쯤 확보해 둔 것이 이상하진 않았다.

차라리 잘되었다 싶기도 했다.

이랑진군의 본체가 따라오게 되면 영압 때문에 지구가 많은 사회들의 이목을 사게 될 테니까.

지금은 최대한 조용하게 손오공에게 접촉하고 싶었다.

"그런데 여기서 제천대성은 뭘 하고 있는 거지?"

연우는 주변을 쓱 훑어보면서 고개를 갸웃거렸다.

회색 콘크리트 건물이 숲을 이루며 서 있는 곳.

간판들이 한글인 걸 봐서는 한국의 어느 도시인 것 같았다. 사람들의 말투로 봐서는 경상도 어디쯤인 것 같았고.

푸른 바다 페스티벌!
초청 가수: 윌(Will), 너와나 밴드, 신미영…….

곳곳에 걸린 대형 현수막이 바람에 흔들렸다.

어디선가 바다 냄새도 조금씩 나는 것 같았다.

"여기서 제천대성이 뭘 하고 있다는 거지?"

"모른다. 일단 발견했던 수하의 말로는 서핑? 뭐, 하여간 그런 걸 즐기고 있다는 것 같더군."

놀고 있나 보군. 연우가 고개를 끄덕이면서 어디로 가야 하나 물으려는데.

'……!'

연우는 한순간 걸음을 뚝 멈추고 말았다.

"이쪽, 해운대라는 지역으로 가면 되는…… 왜 그러지?"

이랑진군은 손오공이 있는 곳으로 길을 안내하다 말고 도중에 멈춰서는 고개를 갸웃거렸다.

연우의 시선이 이쪽으로 이어지는 횡단보도에 고정된 것을 보았기 때문이었다.

수많은 인간들이 서로 지나치는 것이 보였다.

저기에 무슨 문제라도 있는 걸까? 그래서 물어보려는데, 이랑진군은 곧 연우가 중얼거린 혼잣말에 두 눈을 부릅떠야만 했다.

"……천마?"

연우의 시선이 닿은 곳.

창공 도서관에서 봤던 천마와 똑같은 생김새를 한 사내가 한쪽 어깨에 기타를 멘 채로 횡단보도를 건너고 있었다.

"천마라니…… 그게 무슨?"

이랑진군은 도저히 믿기지 않는다는 얼굴이었다.

하지만 그도 건너편 도로로 걸어가는 사내의 얼굴을 보고 나서는 입을 꾹 다물고 말았다.

겉보기엔 그가 알고 있는 천마보다 나이를 제법 먹은 것처럼 보였지만, 그래도 전체적으로 짓궂어 보이는 인상은 영락없는 그의 얼굴이었다.

다만, 그건 어디까지나 겉으로 드러난 모습에 국한된 것일 뿐.

그보다 깊숙한 내면으로 들어가면 천마와는 많이 다른 듯했다.

강대한 힘을 갈무리하고 있거나, 숨기고 있는 등의 다른 특이점은 찾아볼 수 없었으니까.

어쩌면 생김새만 닮은 인간일 수도 있겠다 싶었다.

하지만 문제는.

'본질(本質)이 비슷해 보인단 말이지.'

물론, 이랑진군도 자신보다 격이 한참 높은 천마의 본질을 정확하게 꿰뚫어 본 적은 없었다.

그래도 어느 정도 읽을 수 있는 기질(氣質)이란 건 있었다.

그런데 저 사내의 본질이 그 기질과 비슷했다.

'하지만 또 영혼만 봐서는 독립된 개체가 분명한데······ 내면도 읽을 수가 없고. 좀처럼 알 수가 없군.'

이랑진군의 머릿속이 복잡해지는데.

"일단 따라가 보지."

"그, 그러지."

이랑진군은 연우가 앞장서서 수상쩍은 사내의 뒤를 밟기 시작하자, 황급히 바로 따라붙었다.

"그대도······?"

연우도 마찬가지로 읽히는 게 없다고 고개를 끄덕이자, 이랑진군은 입을 꾹 다물어야만 했다.

칠흑왕의 대체 자아가 파악할 수 없는 피조물이라니. 그런 게 정말 존재가 가능한 걸까?

마음 같아서는 강제로 납치를 하거나, 기습을 해서 정체를 시험을 해 보고 싶은 마음이 굴뚝같았지만.

'그건 사왕이 원하질 않는 것 같고.'

연우는 절대 정체가 드러나서는 안 된다고 몇 번이나 그에게 신신당부를 해 둔 상태.

그렇기에 이랑진군은 계속 가만히 있기로 했다.

물론, 모든 시선이며 감각은 사내에게로 고정하고 여차하면 언제든 신력을 개방할 준비 태세를 갖추고 있었지만 말이다.

하지만.

연우와 이랑진군이 끝까지 사내의 뒤를 쫓았음에도, 이렇다 하게 의심할 만한 요소를 찾아볼 수 없었다.

사내는 당일 해운대에 있을 예정인 페스티벌의 초대 가수인 듯했다.

그는 밴드 윌(Will)이라는 곳의 기타 겸 보컬을 맡고 있었다. 목을 가볍게 풀고, 밴드 멤버들과 즐겁게 합을 맞추면서 리허설에 충실했다.

제법 인기도 있었던 건지, 페스티벌이 시작되려면 아직 시간이 많이 남았는데도 불구하고 응원을 하러 온 팬들이 더러 보일 정도였다.

"조금 수상쩍긴 해도 천마는 아닌 모양이군. 하긴 그가 인간 출신이라는 말이 몇 번씩 돌긴 했지만, 영지를 쌓는다며 창공 도서관에 박혀 있다는 작자가 이렇게 내려와서 놀고 있을 리가 없지. 주변에 다른 인간들을 보고 있으니 별 이상점도 찾아볼 수가 없고."

이랑진군은 팔짱을 낀 채로 쓴웃음을 지었다.

사실 조금만 따져 봐도 말이 안 되는 일이긴 했다.

'황'이나 되는 작자가 하계에 강림하는데 아무도 그걸 감지하지 못할 리가.

천마는 '굴레'를 굴리는 자. 단순히 의념을 투영해 의체를 만들기만 해도 상당한 파장이 생길 텐데, 여태 아무도 그걸 파악하지 못한 걸 봐서는 그냥 닮은꼴인 게 분명했다.

다른 밴드 멤버들의 내면을 읽어 봐도, 꽤 오랫동안 인연을 쌓고 있는 듯 보였고.

게다가 이랑진군은 아무리 천마가 정신 나간 작자라고 해도, 친아들이 죽은 지 얼마 되지 않은 마당에 인간들 틈에서 유희를 즐기고 있을 거란 생각은 들지 않았다.

"……."

하지만 연우는 무슨 생각인지 말없이 한참 동안 천마를 닮은 사내를 직시했다.

'비슷한데…… 달라. 뭐지?'

연우는 이제 거의 체화되다시피 한 올포원―비바스바트의 기억을 한참 되짚어야만 했다.

그 속에는 '인간'으로서의 삶에 충실했던 천마의 모습도 들어 있었다.

'손재원'이라는 이름을 가진 올포원—비바스바트에게 한없이 자상하고, 친절하며, 따스했던 아버지의 모습.

그렇기에 올포원—비바스바트는 아버지인 천마를 좇았고, 거기서 초월자가 무엇인지 깨달으면서 절지천통의 뜻을 자신이 잇고자 했다.

그리고 그 속에 담긴 '손지호'라는 이름을 가진 천마의 모습은 저기 공연장에 서 있는 사내와 많은 면이 흡사했다.

밴드를 하는 것이나, 말투나, 생김새나 느낌까지.

그를 보고 있자니 연우에 깃든 올포원—비바스바트가 마치 '아버지!'라고 부르는 것 같았다.

하지만 그게 전부.

반대로 올포원—비바스바트의 잔존 사념은 저것이 아버지가 아니라고 말하고 있었다.

연우는 거기에 대해서 몇 번이나 되물었고.

['비바스바트'의 신화가 고개를 가로젓습니다.]
['비바스바트'의 신화가 친부의 흔적은 이곳에 남아 있지 않다고 말합니다.]

이렇게까지 말하는 걸 보면 아무래도 잘못 짚은 모양이었다.

여전히 올포원—비바스바트의 신화는 그에게 적대적인 반응을 보이고 있지만, 천마에 대한 분노 역시도 아직까지 사라지지 않고 있었으니까.

'그냥 내가 너무 예민한 거였나?'

연우는 그렇게 생각하다가 결국 몸을 돌렸다.

괜히 이런 곳에서 시간을 끌어서 좋을 건 없었다.

그리고.

사내는 연우 등이 사라진 쪽을 슬쩍 보면서 엷은 미소를 띠다가, 다시 기타 연주에 집중했다.

"자, 그럼 다음 노래는 저흴 유명하게 해 주었던 노래, 'Fade Heaven'을 부르도록……."

*   *   *

"이곳이다."

이랑진군이 안내한 곳은 해운대 해변가였다.

날이 아직 더워서 그런지, 해변에는 서핑을 즐기는 인원이 제법 보였다.

"제천대성이 누군지 가르쳐 주지 않아도 알 수 있을 것 같은데."

연우는 가만히 고개를 끄덕였다.

바보가 아니고서야 전혀 모를 수가 없었으니까.

거칠게 흔들리는 파도 위에서 서핑을 즐기는 남자가 있었다. 서핑 보드를 신기(神技)에 가까울 정도의 움직임으로 이리저리 흔들어 댈 때마다 허리춤까지 내려오는 백발이 출렁출렁 춤을 춰 댔다.

미후왕의 허물과 똑같이 생긴 얼굴.

심지어 기질까지 똑같았다.

『허! 저 새끼 봐라? 누구는 동굴에다 처박아서 뺑이나 치게 했으면서 누구는 희희낙락하고 있네?』

여태 연우의 시선을 빌리고 있던 미후왕의 허물이 짜증 섞인 목소리로 투덜거렸다.

그도 그럴 것이, 손오공은 너무 즐거워 보였다.

여태 탑에 갇힌 채로 모진 고생만 했던 미후왕의 허물로서는 울컥할 수밖에 없을 테지.

거기다 워낙에 잘생긴 얼굴에다 체격까지 다부져서 그런지, 남자며 여자들까지 해변에 앉아 그의 서핑을 신기하게 구경하고 있을 정도였다.

『안 되겠다. 야, 부탁 하나만 하자.』

'……?'

『너 사람 뒤통수치는 거 잘하지?』

이건 또 무슨 말인 건지.

연우는 순간 인상을 팍 찡그렸다.

'……못합니다만.'

『음? 그럴 리가 없는데? 샤논이라고 했나? 네 수하 중 한 명이 매번 불러 대는 노래가 있었잖아.』

'…….'

『그러지 말고, 저놈 뒤통수 한 대만 갈겨 주면 안 되겠냐? 영 하는 꼴이 맘에 안 들어서.』

연우는 검지로 관자놀이를 꾹꾹 눌렀다.

'저는 놀러 온 게 아닙니다.'

『흠! 역시 안 되나.』

연우는 살짝 한숨을 내쉬었다.

미후왕의 허물을 이렇게 깨운 건, 손오공을 설득하는 걸 도와 달라는 의미였건만.

아무래도 이상한 데서 빈정이 상한 나머지 그런 건 부탁하기도 힘들 모양이었다.

'일단은 접촉해 보고 마저 이야기 나누도록 하죠.'

연우가 손오공 쪽으로 움직이려던 순간.

『잠깐. 기다려.』

미후왕의 허물이 진지한 어투로 그를 붙잡았다.

"게이트가 열리는 것 같은데?"

이랑진군은 물론, 연우도 뒤늦게 손오공에게서 위쪽으로 시선을 돌렸다.

['사타왕'이 강림합니다!]

['교마왕'이 강림합니다!]

그러자 손오공의 머리 위로 나 있던 허공이 출렁이면서 붉은 머리를 한 사타왕과 빼빼 마른 체구의 교마왕이 나타나 수면 위에 그대로 내려앉았다.

콰아앙!

충격이 얼마나 강렬했던지, 바닷물이 수 미터나 높게 치솟고 해일이 거칠게 넘실거렸다.

"꺄아악!"

"무, 뭐야, 저거? 게이트는 원인 불명으로 전부 닫힌 것 아녔어?"

"모, 몰라! 그걸 어떻게 알아!"

"도, 도, 도망쳐!"

서핑과 요트를 즐기고 있거나, 해변가를 평화롭게 거닐고 있던 연인과 가족들은 갑작스러운 날벼락에 이리저리 도망치기 바빴다.

그들의 눈에는 갑작스레 던전 브레이크라도 발생한 것처럼 비쳤으니까.

"동주칠마왕이 저긴 어떻게……?"

이랑진군이 인상을 굳혔다.

사타왕과 교마왕은 각각 동주칠마왕의 넷째와 둘째에 해당하는 인물들.

각각 '용(勇, 용력)'과 '교(驕, 교만)'을 상징할 정도로 강한 '마왕'이기도 했다.

그로서는 적의 위치에 놓인 작자들이 손오공에 접촉하는 것이 못내 찝찝할 수밖에 없었다.

자칫 손오공이 저들에게 합류라도 하는 날에는 전력이 저쪽에 크게 기울게 되어 버리니까.

그만큼 제천대성 손오공이라는 존재가 가진 무게는 엄청났다.

"지금이라도 막아야……!"

이랑진군이 신력을 개방하며 앞으로 나서려 했지만.

"멈춰."

연우는 그런 이랑진군의 어깨를 짚으면서 고개를 가로저었다.

이랑진군의 고개가 그쪽으로 홱 하고 돌아갔다.

왜 그러느냐는 얼굴이었지만.

빠아아악!

순간, 저쪽에서 들린 수박 깨지는 소리에 눈을 휘둥그렇게 뜨면서 다시 손오공을 돌아보고 말았다.

이유는 알 수 없지만…… 손오공이 기세등등하게 나타났던 사타왕과 교마왕을 잘근잘근 밟고 있었다!

"아아아악!"

"자, 잠깐 막내야, 우리 말로 할……! 으아아악!"

"이 인간들이 진짜! 이게 얼만지나 알아? 한동안 봐줬더니 동생 무서운 줄 모르지? 진짜 옛날 기억 새록새록 떠오를 수 있게 한따까리해 줘? 앙?"

콰쾅, 쿠르르—

퍼퍼퍼퍽!

천교에서도 공포의 상징이나 마찬가지인 사타왕과 교마왕은 이렇다 할 저항도 하지 못한 채 실컷 두들겨 맞는 중이었다.

권능을 발휘하려 치면 그걸 강제로 취소하고 때리고, 도

망치려 하면 그보다 한 발자국 먼저 따라가서 걷어차는 손
오공의 구타 솜씨는 이루 말로 표현할 수 없을 정도였다.

문제는 그 사람 패는 소리와 비명 소리가 폭음보다 훨씬
크다는 점이었다.

꾸에에엑!

어디선가 그렇게 돼지 멱 따는 소리도 나는 것 같았다.

한편, 거친 해일 때문에 도망치던 사람들은 황당하다는
얼굴로 그쪽을 보았고.

"저렇게 되고 싶나?"

"……."

연우는 마찬가지로 이랑진군을 보면서 그렇게 물었다.

이랑진군은 입을 꾹 다물고 말았다.

오래전에 손오공 때문에 천교가 쑥대밭이 되던 끔찍한
기억이 새록새록 떠오르는 것 같았다.

『하여간 저 인간은 어째 시간이 지나도 달라지는 게 없
지? 하여간 지랄 맞은 성격하고는. 쯧!』

미후왕의 허물이 못 말린다는 듯이 혀를 차기도 했다.

연우는 신력을 기울여 일단 사태를 지켜보기로 했다.

사타왕은 이미 피떡이 되어 해롱해롱 정신을 못 차리고
있었고, 교마왕은 얼굴이 시퍼렇게 질린 채로 싹싹 비는 중
이었다.

손오공은 여전히 아니꼬운 표정이었지만.

"그만! 그으으마아아안! 잘못했으니까 제발 용서를……!"

"뭘 잘못했는데?"

"으, 으응?"

"뭘 잘못했냐고."

"그거야 이 널빤지를 부순……!"

"아직 모르네."

"흡!"

"더 맞자."

"꾸에에엑!"

연우는 실컷 두들겨 맞는 사타왕과 교마왕을 보면서 생각했다.

당장 힘을 쓰는 건 안 된다.

그렇다면 저들을 따돌리고 손오공에 접촉할 수 있는 방법이 없을까?

바로 그때.

『도와줄까?』

미후왕의 허물이 히죽 웃었다.

아주 재미난 장난을 생각해 냈다는 듯이.

＊　　　＊　　　＊

널브러져 있던 사타왕이 정신을 차리고 슬쩍 눈을 떴을 때 보인 광경은.

퍽, 퍼억, 퍼어억!

자신을 대신해서 실컷(?) 짓밟히고 있는 교마왕이었다.

"꾸에에엑!"

쭈구리처럼 한껏 쭈그러져서는 먼지가 일어나도록 맞고 있는 모습은 정말이지 불쌍해 보일 지경이었으니.

저 몰골을 보고 대체 누가 수미산을 둘러싼 사해(四海)를 마구잡이로 휘젓고 다니면서 공포를 불러일으키던 폭군, 교마왕이라고 생각할 수 있을까?

교마왕의 '교(蛟)'는 원래 거대한 이무기, 즉 교룡을 의미하는바. 천계에서도 함부로 손을 쓰기 어렵던 대마왕이 바로 그였다. 괜히 단 일곱 명으로 천교나 절교와 견줄 만하던 동주칠마왕의 둘째가 된 것이 아니었다.

성품이 교활하고 뺀질거리는 성향이 있어서 그런 위엄을 다 깎아 먹고는 있다지만, 그래도 저런 홀대(?)를 받을 사람은 아니라는 것이다.

하지만 그것도 어디까지나 밖에서나 통하는 이야기.

동주칠마왕 안에서는 사실 찬밥 신세나 다름없었다.

외부 일에는 그다지 관심을 기울이지 않는 우마왕을 대신해 동주칠마왕을 이끄는 입장이라지만, 의제들이라고 해서 말을 잘 듣는 건 아니었다.

특히 막내는 항상 박박 기어오르기 일쑤였으니.

말이 '막내'지, 손오공은 일곱 의형제들 중에서도 제일 막무가내였다. 우마왕의 말에나 조금 귀를 기울일 뿐, 다른 의형제들에게는 자신의 성질대로 패악을 부리기 일쑤였으니.

덕분에 교마왕은 위에서 눌리고 아래에서 치이는 동네북 신세였다.

처음 우마왕이 교마왕을 불러서 손오공을 데리고 오라고 지시했을 때에도 기겁할 정도였으니.

'하아. 대체 어쩌다 꼴이 이렇게 되고 만 것일까.'

─흐익! 마, 막내를? 사타왕도 있고 붕마왕도 있는데 나는 왜!

─거 나는 왜 끼는 거요!

─응. 큰오라버니가 시킨 거니까, 둘째 오라버니가 다녀와.

―젠장! 하여간 난 싫다고! 지금 한창 놀고 있을
게 뻔한데, 방해했다간 그 성질머리로 나만 구박할
게 뻔하다고!

―싫나?

―싫지 그럼! 좋겠습니까?

―어쩔 수 없군.

―……이제야 형님이 말이 통하시는……!

―막내의 손에 죽기가 무섭다니 내 손으로 직접
보내 줘야겠구만.

―히이이익!

그때 허허 웃으면서 가볍게 손을 풀던 우마왕의 모습
은…… 아직도 잊히지 않을 정도였으니.

웬만한 일에는 눈 하나 깜빡하지 않는 사타왕이라지만,
당시에 느꼈던 압박감은 사실 상상 이상이었다.

지금이나 사람 좋은 모습을 하고 있지, 우마왕도 한때 혼
자서 천교를 때려 부수고 다니던 '대마왕'이 아니던가.

그 성질머리가 어디로 사라지는 건 절대 아니었다. 아우
들이 틀린 길을 걷거나, 말을 듣지 않는다 싶으면 얼마든지
손을 쓸 수 있는 것이다.

최초의 짐승이었고, 황이기도 한 존재.

절대 성립할 수 없을 것 같은 두 격을 동시에 달성한 괴물이다. 아군일 때는 든든하지만, 눈 밖에 났을 때는 어떻게 될지 상상도 가지 않았다.

문제는 막내도 그만큼 무섭다는 것이지만.

"뭐야? 벌써 기절한 거야? 하여간 이렇게 약해서 어따 쓰누?"

곧 교마왕이 축 늘어졌다. 입에 게거품을 잔뜩 물고 있었다.

손오공은 혀를 차며 교마왕을 한쪽에다 아무렇게나 던져 두고 이쪽으로 고개를 돌렸다.

사타왕은 시선이 마주칠까 싶어 황급히 눈을 감았다. 여기서 걸렸다간 정말 큰일이었다.

저벅.

저벅.

손오공의 발소리가 점점 가까워졌다.

쭈그려 앉아서 이쪽을 관찰하는 기척까지 느껴졌다.

숨 막히는 긴장감. 사타왕의 등골을 따라 식은땀이 송골송골 맺혔다.

"넷째 형님, 안 일어나냐?"

"……."

"깬 거 다 알거든? 일어나지?"

"……."

살기가 가득 섞인 목소리.

사타왕은 몇 번이나 움찔거리면서 벌떡 일어날 뻔한 걸 겨우겨우 참아야만 했다.

여기서 눈이 마주쳤다간 정말 죽는다.

그런 생각밖엔 없었다.

"어쭈? 버틴다 이거지? 셋 헤아릴 때까지 일어나라. 안 그럼 이 막냇동생이 친히 머리통부터 부숴 준다. 하나, 둘, 셋."

"……."

"뭐야? 진짜 자는 거야?"

"……."

"음! 그냥 기절한 거 때리는 건 별로 재미없는데."

"……."

사타왕은 손오공이 아쉽다는 듯이 혀를 차며 일어나는 소리에 속으로 안도에 찬 한숨을 내쉴 수 있었다.

이렇게 그냥 버티자. 그러다 손오공의 화가 가라앉을 때 즈음 겨우 의식을 차린 척하는 거다.

사타왕은 그렇게 결심했다.

뒷말이 들리기 전까지는.

"그럼 이참에 발로 걷어차지 뭐."

"……."

"싸커킥? 그게 재미있어 보이던데. 어디까지 날아가는지 구경하는 것도 재미있겠지?"

손오공이 가볍게 다리를 푸는 소리가 났다. 그러면서 뭔가를 걷어차려는 기질이 느껴지자, 사타왕은 재빨리 벌떡 자리에서 일어났다.

"하. 하. 하. 이. 제. 일. 어. 났."

사타왕이 어색하게 딱딱 끊어지는 목소리로 뭐라고 말하려 했지만, 손오공은 이미 차갑게 웃으면서 그에게로 발길질을 하고 있었다.

"늦었어, 형님."

빠아아악!

"꾸에에엑!"

사타왕은 곧 저 머나먼 하늘의 별이 되었다가 바닷속으로 풍당 빠지고 말았다.

＊　　　＊　　　＊

"그러니까 려의 조각을 찾으려면 내가 필요하다, 이 말이지?"

"그, 그래……."

"크, 큰형님의 부르심이시다!"

"으음."

우마왕이 직접 지시해서 데리러 왔다는 말에 손오공은 손으로 턱을 쓰다듬으면서 깊은 고민에 잠겼다.

우마왕이 웬만해서는 의형제들에게 이렇다 할 터치를 하지 않는다는 것을 잘 알고 있기 때문이었다.

특히 자신에게는 더더욱.

그런데도 직접 불렀다는 것은 그만큼 사안이 중요하다는 뜻이겠지.

한편.

교마왕과 사타왕은 손오공 앞에 무릎을 꿇고 앉아 시퍼렇게 멍든 눈두덩이를 달걀로 문지르고 있었다.

이제 더 이상 막내에게 시달리지 않아도 된다는 사실에 안도감을 느끼면서도, 이렇게 될 수밖에 없는 자신들의 현 처지가 너무 울적하기만 했다.

'진짜 천마는 굴레를 다시 굴리면서 저 인간을 왜 살린 거야!'

사타왕이 억울한 마음에 그렇게 속으로 소리치는데.

"음? 눈빛이 상당히 불만이 많은 거 같은데. 지금 천마 놈은 왜 쓸데없이 날 되살려 냈는지 모르겠다고 생각했지?"

신기라도 받았나!

"하, 하하! 그, 그럴 리가 없지 않나! 하하하! 나는 그렇게 표리부동한 사람이 아니라는 거 잘 알잖냐, 막내야!"

사타왕은 식은땀을 삐질삐질 흘리면서 아니라고 뚝 잡아뗐다.

손오공은 눈을 가늘게 뜨면서 그런 그를 한참 노려보았지만, 사타왕은 여기서 빈틈을 보였다간 정말 죽은 목숨이라는 생각에 어떻게든 모른 척 버렸다.

"딱 한 번만 걸려라, 아주. 그때는 허리를 두 동강 내 버릴 테니까."

"……."

"하여간 려의 조각을 찾는다고 했지? 거기에 천마의 얼굴이 있으면 좋다는 건 알겠는데…… 큰형님은 갑자기 왜 그걸 찾으시려는 건데? '굴레'가 몇 번이나 굴러도, 자기 일에 방해만 안 되면 별 관심도 없던 양반이?"

손오공은 영 이해가 안 간다는 표정이었다.

사타왕은 교마왕을 돌아봤다. 우마왕이 했던 말을 같이 듣긴 들었는데, 자신은 제대로 이해하지 못했으니 둘째 형님이 대신 이야기하라는 눈빛이었다.

교마왕은 인상을 팍 찡그렸지만, 손오공의 시선이 시선이라 어쩔 수 없이 대답을 해야만 했다.

"영지(靈智) 때문이다."

"영지? 큰형님이 그걸 굳이 필요로 할 이유가 없……!"

손오공은 말을 하다 말고 도중에 멈춰서는 팔짱을 끼고 혀를 차고 말았다.

"지호 놈 때문이구만?"

교마왕은 고개를 끄덕였다.

"지금의 천마는 쉬지 않고 '굴레'를 굴려 댄 통에 힘이 많이 닳고 말았으니까. 큰형님은 이대로 계속 두면 큰일이 날지도 모른다고 생각하시는 듯하다."

"그놈이 어련히 알아서 잘하려고……."

"정확하게는 막내, 너 때문이겠지. 천마와 너는 영혼을 공유하고 있으니까."

"……음."

손오공은 손으로 턱을 쓰다듬었다.

천마와 칠흑왕의 끝없는 싸움이 이제 거의 한계에 다다랐다는 것쯤은 충분히 느끼고 있었다.

비록 '얼굴'이라는 포괄적인 개념으로 같이 묶여 있다고 해도, 명색이 영혼을 공유하고 있는 사이가 아니던가.

천마가 갖고 있을 고심 역시도 잘 알고 있었다.

그래서 부족해진 영지를 쌓을 겸 해서 창공 도서관에 틀어박혀 있으면서도, 마지막 도박이라는 생각으로 탑을 세운 것까지도.

그런데 우마왕은 아무래도 천마를 적극적으로 도와주기로 마음을 먹은 모양이었다.

'그래도 그렇지. 그 고블린 놈이랑 손을 잡으실 건 또 뭐야? 에휴.'

손오공은 천마의 얼굴이면서도 칠흑왕의 자아라는 모순적인 존재를 떠올리면서 혀를 가볍게 찼다.

녀석의 소망이 무엇인지는 잘 알고 있다.

천마도, 칠흑왕에게서도 벗어난 세계. 이른바 피안(彼岸)의 탄생.

언젠가 자신과 천마가 바랐던 절지천통과 상당히 맥이 닿아 있긴 하지만, 좀처럼 쉽지는 않은 일이었다.

그런데도 이블케는 자신의 목적을 이루기 위해 끝도 없이 달렸다. 매번 굴러가는 '굴레' 속에서도 어떻게든 방법을 찾고자 했고, 이제는 어느 정도 찾은 모양이었다.

하지만 그 과정에서 너무 많은 피해가 발생하기 때문에 손오공은 평소 그를 탐탁지 않게 여기고 있었다.

같은 영혼을 공유한다고 해도, 성정까지 똑같은 건 아니었으니까.

'분신'이라 할 수 있으면서도, 서로 다른 목적과 정체성을 가지며 각개로 활동하는 것이 바로 천마의 얼굴들이었다.

"한번 고민해 보지."

결국 손오공이 교마왕과 사타왕에게 내놓은 대답은 그러했다.

"너······!"

"하지만 큰형님은 막내, 너를 도우시려는······!"

"알겠으니 가 보라고."

교마왕과 사타왕은 손오공이 눈꼬리를 살짝 치켜들자 입을 꾹 다물어야만 했다.

지금까지는 반 장난으로 그들을 대했다지만, 이제부터는 정말 진심으로 나서리라는 것을 눈치챘기 때문이었다.

"큰형님이 나랑 천마 놈을 돕겠다고 나서셨다는 건 잘 알겠는데······ 그렇다고 해서 려의 조각에 함부로 손대면 안 된다는 거 잘 알잖아? 또 루시엘 때처럼 사고라도 터지면 어쩌려고?"

"······."

"······."

루시엘.

그 단어에 두 사람은 할 말을 잃고 말았다.

"하루만 고민하고 대답 줄 테니까 가."

"······."

"······."

"가라니까? 아님 볼기짝이라도 걷어차 줄까? 그럼 잘 떠날 수 있을 것 같지 않아?"

"아, 아니다. 갈게!"

"하, 하하하! 그, 그럼 대답 기다리고 있으마, 막내야!"

교마왕과 사타왕이 부리나케 도망을 치고.

손오공은 짜증이 섞인 얼굴로 깊은 한숨을 내쉬다, 고개를 다른 쪽으로 홱 하고 돌렸다.

"우리들 이야기는 이만하면 다 들은 것 같고. 너희들은 또 뭐냐?"

손오공의 말이 끝나기 무섭게.

공간이 열리면서 이랑진군과 연우가 차례로 나타났다.

"오랜만이군."

"절교 놈들이 큰형님한테 붙은 모양이던데. 그거 막아 달라고 찾아왔나?"

"비슷하다. 하지만 그보다 이쪽이 그대와 이야기를 나눠보고 싶어 해서."

"흠."

이랑진군은 옆으로 슬쩍 물러나면서 연우를 소개했다. 그러면서도 언제든 격을 개방할 수 있도록 준비를 소홀히 하지 않았다. 유희를 방해했다며 화풀이로 교마왕과 사타왕을 실컷 두들겨 패는 걸 보고 나니 자신도 위험해질 수 있겠다 싶어서였다.

정작 손오공은 그에게 별반 관심을 보이지 않았지만.

그의 시선은 연우에게 붙어 있었다.

화안금정.

팔괘로의 불길에서 얻었다던 두 눈이 황금색으로 빛나고 있었다.

"이블케 같은 놈인가?"

순간, 연우의 인상이 와락 구겨졌다.

손오공은 그런 모습이 재미있어 죽겠다는 듯한 얼굴이었지만.

"내 냄새가 지독하게 풍기네? 칠흑이 묻은 것 같은데 어떻게 그럴 수가 있는 거지? 너, 오행산이라도 털었던 거냐?"

연우에게서는 미후왕 허물의 향취가 짙게 풍겼다.

연우가 교마왕과 사타왕의 방해를 받기 싫어 어떻게 해야 할지 고민하던 중에, 미후왕의 허물이 해결책이라며 내놓은 방법이었다.

일부러 향취를 흘려 손오공에게 자신들이 있음을 알린 것이다.

손오공이 하루 뒤에 대답을 주겠다며 교마왕과 사타왕을 내쫓은 것도 전부 그들을 파악했기 때문이었으니.

츠츠츠—

연우의 그림자가 위로 일어선다 싶더니, 곧 모양을 다져 가면서 미후왕의 허물이 나타났다.

그런데 어쩐지 미후왕의 허물은 얼굴에 불만이 가득 담겨 있었다.

『오랜만이군.』

"이야. 누군지는 몰라도 거 얼굴 한번 엄청 잘생겼다."

『쓸데없는 소리는 됐고. 부탁할 게 있는데.』

"뭔데?"

『네 죽빵 한 대만 좀 갈기자.』

미후왕의 허물은 진심이 가득 담긴 표정이었다.

처음에 했던 말대로 자신이 열심히 수렴동에서 임무를 다하고 있는 동안, 손오공은 실컷 놀고 있었을 거란 생각에 뿔이 단단히 난 모양이었다.

그러나 여기에 손오공은 히죽 웃기만 했다.

"해 봐."

『뭐?』

"갈길 수 있으면 갈기라고."

『…….』

빠득!

미후왕의 허물은 이를 세게 갈았다. 본체 놈이 저렇게 나올 걸 알고는 있었지만, 막상 당하고 나니 기분이 더러웠다.

하지만 그것도 잠시.

피식!

미후왕의 허물은 비웃음을 던지더니 연우를 돌아봤다.

『그거 말했나? 우리가 나눴던 약속은 본체에게도 해당된다는 거? 탑에서 나는 '미후왕'이라는 존재 자체를 대표하고 있었거든. 그게 조건이었고.』

"그렇습니까?"

그에 연우가 국어책 읽듯이 딱딱 끊어지는 목소리로 고개를 끄덕였고.

곧 뭔가 이상하게 돌아간다는 것을 느끼고 인상을 찡그린 손오공에게로 고개를 돌리면서 한쪽 입꼬리를 말아 올렸다.

"아빠가 왔는데 냉큼 인사하지 않고 뭐 하는 거냐, 아들아?"

손오공 앞에 직접 등장하기 직전.

미후왕의 허물이 연우에게만 밝힌 비밀이 있었다.

─그런 생각해 본 적 없나? 날 강제로 동굴에다

가둬 두려 하는데 왜 내가 가만히 있었느냐 하는.

　—그러고 보니 의심해 본 적이 없었군요. 분명히
따져 보면 이상한데……. 미후왕의 인성으로 순순
히 남아 있기로 한 게 이상한 일이니 말입니다.

　—내 인성이 뭐 어때서, 새꺄?

　—몰라서 묻습니까?

연우의 물음에 미후왕의 허물은 주먹을 부르르 떨어야만
했다.

　—아오! 이제 대가리 좀 굵어졌다고……!

성격 같으면 일단 한 대 후려치고 생각해 보겠지만.

문제는 이제 그럴 수가 없다는 점이었다.

연우의 격은 이제 그로서도 가늠하기 어려울 정도로 아
주 높은 곳에 있었으니까.

괜히 버릇을 고치겠답시고 달려들었다간, 자신만 손해였
다.

　—대가리는 원래 굵었습니다. 그보다 이제 계속
미루던 약속이나 지키시는 게 어떠십니까?

—⋯⋯뭘?

—아들.

연우는 손으로 미후왕의 허물을 가리키고.

—아빠.

자신을 가리키면서는 그렇게 말했다.

미후왕의 허물은 단박에 짜증이 섞인 얼굴이 되었지만, 곧 땅이 꺼져라 한숨을 내쉬고 말았다.

한참 전에 했던 내기로 대체 언제까지 이렇게 발목을 잡혀야 하는 건지.

웬만하면 이제는 잊을 때도 되지 않았나?

끝까지 물고 늘어지는 연우의 솜씨가 참 대단하다 싶었다.

하지만.

이럴 때는 오히려 그런 연우의 성격이 더 도움이 될 듯했다.

—그거다.

—⋯⋯?

—내가 너한테 본체에게 시키라 할 거.

—자세히 말씀해 주십시오. 무슨 말인지 잘 모르겠습니다.

—내가 수렴동에 남았을 때, 본체는 한 가지 약속을 했다. 오행산을 지키고, 자신을 찾아오는 수련자들을 올바른 길로 안내해 주라는 내용이었지.

손오공이 올바른 길?

그게 대체 무슨 헛소리냐고 묻고 싶었지만, 미후왕의 허물이 말하는 투가 자못 진지했기에 굳이 묻지 않았다.

—내가 왜 그런 고생을 해야 하냐고 물었는데, 뭐라더라? 자신이 해야 할 일이 있어서 어쩔 수가 없다나? 하여간 딱 봐도 귀찮아서 나한테 일을 떠넘기는 걸로 보이기에 한 가지를 요구했었지.

—무엇을요?

—만약 '일'이 터질 경우, 미후왕이라는 존재를…… 필마온이었고, 제천대성이었으며, 투전승불이었던 존재를 대표할 수 있도록 해 달라고 말이다.

—본체는 웬만한 신격조차 만들기 어려운 신화를

수도 없이 많이 쌓았다. 각각의 신화에는 여러 이름
들이 붙으며, 거기에 따라 본체의 성격이나 성향도
완전히 달라지게 되지. 나는 그중에서 '미후왕(獼猴
王)'이라는 신화만을 뚝 떼어다 빚은 허물이다.

　—나는 그런 나의 존재가 본체를 이루는 수많은
신화들의 '대표'로 있을 수 있게 해 달라고 부탁한
거다. 워낙에 여러 일들이 터지는 탑이다 보니 언제
나에게까지 영향이 끼치게 될지 알 수 없었거든.

　—그리고 네놈을 만나게 된 거고.

연우는 가만히 고개를 끄덕였다.
그제야 손오공과 미후왕의 허물 간에 이뤄졌던 계약이
무엇인지 알게 되었고.
그가 무슨 말을 하고 싶은지 알 수 있었으니까.

　—그러니까.

　—제가 당신과 맺은 모든 약속이며 계약이 본체
에게도 해당된다. 이 말 아닙니까?

―그래.

―그럼 지키셔야죠, 약속? 언제 지킬 겁니까?

―…….

물론 연우와 미후왕의 허물 간에 이뤄졌던 대화를 모르는 손오공으로서는 날벼락이나 다름없었다.

난데없이 아버지라니!

얼굴이 무참히 일그러졌다.

"이것들이 뭔 개수작을……!"

물론, 연우는 여전히 태연했다.

"개수작이 아닙니다. 진짜지."

"뭐?"

"화안금정, 있으시지 않습니까? 그걸로 확인을 해 보시죠."

손오공은 화안금정에다 신력을 잔뜩 불어넣어 연우의 진실 여부를 가렸고, 곧 한 가지 대답을 받을 수 있었다.

진(眞). 진실이라고.

"이런 빌어먹을 새끼가 대체 무슨 짓을 하고 다니는 거야!"

손오공은 한껏 구겨진 얼굴로 미후왕의 허물을 노려보고 말았다.

대체 무슨 일을 저지르고 다니기에 이딴 일이 벌어지는 건지!

물론, 미후왕의 허물은 어쩌겠느냐며 그냥 어깨를 으쓱거릴 뿐이었다.

그냥 손오공이 여유를 잃은 것만으로도 충분히 속 시원하다는 얼굴이었다.

연우가 말했다.

"아무튼 아들아, 아버지가 부탁을 하나 하고 싶은데."

"이런 미친놈이!"

손오공은 당장에라도 공세를 퍼부을 태세였다. 그를 따라 신력이 살벌한 기세를 띠며 폭발할 듯이 이글거렸다.

여전히 연우는 뻔뻔했지만.

"제천대성씩이나 되는 분이 한번 입에 올린 말을 거두리라 생각하기는 어렵습니다만."

"그건 저놈이⋯⋯!"

"어쨌거나 대표한다 하지 않습니까?"

"⋯⋯좋다. 계속 그렇게 주장하겠다면 받아 주지."

"⋯⋯?"

연우 등의 눈이 살짝 커졌다.

자존심 강한 손오공이 이런 말도 안 되는 억지를 받아 준다고?

하지만 손오공은 어디 나사라도 빠진 사람처럼 '흐흐!'
차갑게 웃을 뿐이었다.

"대신에 내가 뿌린 거니 내가 거둬 주지. 어차피 때려죽
이고 나면 빌어먹을 '아버지'도 같이 사라지는 거잖아?"

억지를 받아 줄 바에는 그냥 힘으로 없애 버리겠다는 선
언에 연우는 기가 찰 따름이었다.

하지만 여기서 싸워서는 될 것도 안 된다.

이쯤에서 발을 빼는 게 맞다 싶어 뒤로 슬쩍 한 걸음 물
러섰다.

"물론, 저도 이런 말도 안 되는 걸 강요할 생각은 없습니
다. 대신에 부탁하고 싶은 것이 있습니다만."

"……그게 본 목적이었구만. 뭔데?"

손오공은 여전히 신력을 거두지 않고 있었다.

연우는 손오공이 교마왕과 사타왕을 상대하면서 쑥대밭
이 된 주변을 둘러보면서 말했다.

"여기는 너무 소란스럽고, 다른 곳으로 가셔서 이야기
나누시죠."

* * *

연우와 손오공 등은 해운대에서 제법 거리가 떨어진 서

면 쪽에 있는 어느 카페로 자리를 옮겼다.

해운대는 이미 던전 브레이크가 벌어진 게 아니냐며 소란스러워진 상태. 협회의 플레이어들 중 상당수도 그쪽으로 움직이고 있었다. 플레이어 시스템 가동이 전면 중단되었다고 해도, 이미 주어졌던 능력들까지 전부 거둬진 건 아니었기 때문이었다.

듣기로는 예정되어 있던 대형 페스티벌도 취소되었다고 했다. 그들 중에 그런 사실을 신경 쓰는 사람은 아무도 없었지만.

손오공은 빨대를 들고 자신 앞에 나온 캐러멜 마키아토를 신경질적으로 이리저리 휘저으면서 연우를 잔뜩 노려보았다.

다른 사람들의 이목을 살 수 있기 때문에 기세를 은연중에 흘리면서 아무도 자신들을 인지할 수 없도록 만드는 것도 잊지 않고 있었다.

"그러니까 네 말은, 우리 동주칠마왕의 목적을 가르쳐 달라?"

"예. 이왕이면 이블케와의 동맹을 결렬시킬 수 있는 방법도 같이 가르쳐 주셨으면 합니다."

손오공은 기도 안 찬다는 표정이었다.

"허! 이놈 보게. 처음 보는 자리에서 보따리부터 내놓으라는 거잖아?"

어떻게 이렇게 뻔뻔할 수 있는 건지.

『너무 정확하게 보는데? 역시 본체. 눈썰미가 어디 가는 건 아니로군. 확실히 이놈의 낯짝이 아주 두껍긴 하지.』

미후왕의 허물이 중간에서 팔짱을 낀 채로 고개를 끄덕이며 손오공의 의견에 동의했다.

연우는 전혀 아랑곳하지 않았지만.

"좋아. 그 방법을 말해 준다 치고. 그럼 넌 내게 뭘 줄 수 있지?"

손오공은 빨대를 놓으면서 눈을 가늘게 좁히며 말을 이었다.

"보다시피 나는 지금 생활에 아주 만족해하며 지내고 있는 중이다. 그런데 그걸 깨고 너를 돕는다는 건 아주 밑지는 장사잖아? 내가 널 잘 알고 있는 것도 아니고."

"……."

"반면에 형제들은 하는 짓이 영 멍청해 보이긴 해도…… 아니, 실제로 멍청하긴 해도, 하나같이 나를 돕겠다는 내용들뿐이야. 그런 그들이 하려는 일을 훼방 놓고 너를 도우라는 건, 아무리 봐도 헛소리로 보이지 않나?"

자리에 앉았을 때부터, 손오공은 미후왕의 허물과 자신은 별개라고 딱 잘라 말했다.

분명히 자신에게서 일부를 떼어다 만든 존재인 건 사실이지만, 각자 서로 다른 사고를 가지고 산 지 수백 년이 지났는데 어떻게 정체성이 동일할 수 있겠냐는 의견이었다.

　그리고 연우도 그것이 충분히 일리가 있다고 생각했다.

　미후왕의 허물도 이제 와서 굳이 본체로 귀의할 마음이 있어 보이지는 않았으니까.

　그렇기에.

　연우도 손오공에게 허물과 있었던 인연을 강조할 생각 따윈 없었다. 지금은 그저 그를 설득하고 마음을 사는 게 전부였다.

　"지금 생활에 만족하신다고 하셨는데…… 그렇지는 않아 보입니다만. 아닙니까?"

　손오공의 두 눈이 더더욱 가늘게 좁혀졌다.

　"오히려 불만이 많아 보이십니다만."

　"헛소……!"

　"제가 접했던 여러 '꿈'에서 당신을 몇 번 본 적이 있었습니다."

　"……뭐?"

　전혀 생각지도 못한 말.

　손오공의 낯이 순간 굳어졌다.

"거기서 당신은 항상 불만에 가득 차 있으셨습니다. 그리고 한결같이 똑같은 말만 되풀이하셨죠. '젠장. 또 실패인가.'"

"……!"

"처음에는 그게 무슨 뜻인지 이해를 못 했었는데. 이제 보니 알 것 같습니다."

"……."

"손오공, 당신은 창공 도서관에 유폐되다시피 한 천마를 구하고 싶은 게 아닙니까?"

"……이 빌어먹을 놈이!"

손오공은 얼굴이 시뻘겋게 달아오른 채로 자리에서 벌떡 일어났다. 그를 주변으로 강렬한 돌풍이 휘몰아쳤다.

하지만.

연우는 그것이 긍정이라는 사실을 깨달을 수 있었다.

'세상에 천마가 창공 도서관에 있는 게…… 그동안 잠들어 있다고 알려진 게…… 원해서 그랬던 게 아니라는 걸 누가 알았을까?'

그도 여기에 와서 손오공이 교마왕, 사타왕과 나눈 대화를 들어 보지 않았다면 여태 추측하지 못했을 것이다.

천마는 부족한 영지를 채우기 위해 창공 도서관에 있다고 했다. 그것은 수없이 '굴레'를 굴리고 '꿈'을 다시 깨우면서 생긴 결과일 터. 그리고 창조가 성공적으로 이뤄지고 나면, 그는 더 이상 세계에 관여를 하지 않고 창공 도서관에 처박혀 힘을 비축했던 것 같았다.

그리고 손오공은 매번 그런 천마를 구하기 위해 뛰어다닌 것으로 보였다.

다른 자아들을 상대하면서 엿보았던 수많은 '꿈' 속에서. 손오공은 항상 바쁘게 뛰어다니고 있었으니까. '꿈'이 저물 때면…… 항상 하늘을 보며 뭐라고 오열을 내뱉었다. 분기에 찬 얼굴로 다음에는 꼭 성공하고 말겠노라고 다짐하던 적도 있었다.

'천마가 처음으로 '황(皇)'으로 각성하면서 우주 창생을 이룰 때, 손오공의 희생이 있었다고 했었지. 그 뒤에 천마가 '굴레'를 굴리기 시작하면서 그를 되살려 냈고. 손오공은…… 그 뒤로 계속 억겁의 시간을 고생하던 천마를 구하려 애썼던 거였어.'

천마의 얼굴들은 같은 영혼을 공유하면서도, 각각 별개의 인격과 정체성을 가지고 활동한다.

칠흑왕의 자아가 되어 활동 중인 이블케가 대표적인 예고, 손오공도 마찬가지. 그는 매번 천마를 구제하고자 애썼다.

'라푼젤도 아니고, 무슨…….'

어쩐지 연우는 천마가 고고한 탑에 홀로 갇힌 라푼젤, 손오공이 그를 구하려 고군분투하는 왕자처럼 보였다.

물론, 정작 두 사람이 이 이야기를 들었다간 미쳤냐면서 길길이 날뛰겠지만.

'아마 수렴동에다 허물을 남기고 갔던 것도, 전부 그 때문이었겠지.'

탑은 천마가 칠흑왕을 누르기 위해 만든 구속구.

그곳 어딘가에 손오공이 남아 인연이 되어 찾아오는 플레이어들을 더욱 강하게 만들어 준다면, 탑의 무게는 더더욱 커지게 된다.

하지만 정작 손오공은 천마를 도와줄 방법을 찾아 바쁘게 움직여야 하니, 그를 대체할 만한 다른 무언가를 놔둘 수밖에 없다.

그것이 바로 미후왕의 허물.

'미후왕이라는 신화는 성장하는 손오공을 가리키는 것이니까. 실제로 그 덕분에 나도 톡톡히 효과를 보기도 했고.'

연우는 미후왕의 허물 덕분에 제천류를 익혔고, 검뢰팔극을 깨달아 여기까지 다다를 수 있었다.

이를테면, 미후왕의 허물은 그에게 있어 무왕만큼이나 소중한 스승인 셈이었다.

"함께하자는 교마왕과 사타왕의 제안을 바로 승낙하지 못하신 것도 전부 천마에게 득이 될지 안 될지 계산이 안 서 그러신 것 아닙니까?"

"……."

손오공은 더 이상 아무 말도 없이 연우를 노려보기만 했다.

"그러니 제가 도와 드리겠습니다."

"……네놈이, 어떻게?"

"천마가 창공 도서관에 갇히다시피 한 건, 칠흑왕 때문입니다. 그렇지 않습니까?"

"그런데?"

"그 칠흑왕이 다시는 눈을 뜨지 않도록."

연우의 두 눈이 손오공처럼 화안금정으로 요요히 빛났다.

"제가 만들겠습니다."

순간, 손오공의 눈이 크게 커졌다. 온갖 감정이 두 눈가를 스치다가 곧 깊게 착 가라앉았다.

그리고 한참 뒤에 그가 입을 열었다.

"너, 혹시 형제나 가족 있냐?"

갑자기 왜 이런 걸 묻는 걸까?

연우는 괜한 질문은 하지 말라고 말하고 싶었지만.

손오공의 눈빛이 너무 매서웠기에 대답을 할 수밖에 없었다.

"……있습니다만."

"사이는 어떻지?"

"나쁘지 않다고 생각합니다."

미후왕의 허물이 도중에 끼어들었다.

『나쁘지 않은 정도가 아니지. 이놈, 자신의 동생이 배신당해 죽었다는 말을 듣고 탑을 오르기 시작한 거였어.』

연우는 입을 꾹 다물었다.

손오공이 눈을 가늘게 좁혔다.

"나 역시 처음에 화과산이라는 이름 없는 산에서 수련을 쌓다가 세상에 나선 이유가 형제처럼 지내던 벗이 죽어서였지."

"……."

"그 복수를 하기 위해 여의봉을 손에 쥐었던 것이고. 그런 사달을 일으켰다."

무슨 말을 하고 싶은 걸까?

"네가 칠흑왕을 다시 눈 뜨지 못하게 만들겠다는 것. 어떻게 하겠다는 건지 자세히 설명해 봐라."

연우는 담담하게 자신의 계획에 대해서 말했다.

칠흑왕의 주 자아인 현인—이블케를 꺾어 그를 흡수하

고, 완전한 칠흑왕으로 각성하여 완전히 잠들고 말겠다는
계획.

크로노스에게 도중에 들키긴 했어도, 직접 그가 육성으
로 꺼낸 건 처음이었기에 목소리는 이내 잘게 떨렸다.

동생이며 아버지, 어머니까지…… 모두가 반대할 수밖에
없는 계획. 지금 이 순간에도 연우는 이것이 올바른 길인지
몇 번이고 스스로에게 되물어 보면서도, 동시에 이것만이
유일한 해결책이라 굳게 믿고 있었다.

그런데 설명이 끝나기 무섭게, 손오공의 인상이 와락 굳
어졌다.

"그 말은…… 결국 너 한 명을 희생시킴으로써 가족들을
구하겠다는 그런 말인 거로군?"

"그렇습니……!"

연우가 뭐라고 대답을 하려는 순간.

화아아악!

[심상 세계, '원숭이의 산'에 강제 소환되었습니
다!]

갑자기 연우를 둘러싼 세상이 확 뒤틀린다 싶더니, 그는
순식간에 손오공의 심상 세계에 갇혀 버렸다.

그리고.

콰아아앙!

손오공이 신력을 한껏 개방하면서 기습을 가해 왔다. 휘두르는 주먹에 화염륜의 거친 불길이 담겨 있었다.

연우는 난데없는 공격에 놀라면서도 양팔을 교차시켜 공세를 막았다.

콰르르르—

쿠쿠쿠쿠!

박살 난 화염이 후폭풍에 실려 사방으로 휘몰아쳤다.

하지만 손오공은 그걸로도 모자라다는 듯 쉴 새 없이 공세를 퍼부어 댔다.

콰쾅, 콰콰쾅!

연우는 그것을 일일이 막아 내면서도 인상을 팍 찡그릴 수밖에 없었다.

"이게 대체 무슨 짓입니까!"

"너 같은 놈은 좀 맞아야 해. 그래야 정신 차리지."

"그게 무슨……!"

연우는 뭐라고 따지고 싶었지만, 손오공은 그의 말 따윈 들어 주지 않았다.

그저 인상을 딱딱하게 굳히면서 전력을 다해 폭격(爆擊)을 연거푸 가해 댈 뿐. 유수행으로 움직이고, 뇌벽세가 작렬했다. 손오공은 왜 그가 제천대성이자 투전승불이라 불렸는지, 어째서 천교와 절교 양쪽 모두로부터 큰 두려움을 사 왔는지를 증명하려는 듯이 막강한 전력을 보였다.

콰콰콰콰—

그 때문에 짜증이 단단히 난 것은 연우였다.

그로서도 손오공은 무시하지 못할 강적이었기 때문이었다.

물론, 칠흑왕의 자아들과 뒹굴면서 무왕의 가르침을 거의 숙지하다시피 한 그로서는 기예 면에서도 절대 밀릴 이유가 없었다.

그리고 칠흑을 끌어 올린다면 손오공을 꺾을 자신도 있었다. 칠흑왕의 대체 자아가 된 자신을 막을 수 있는 존재는 이제 거의 없을 것이다…… 연우는 이미 그렇게 생각하고 있었다.

하지만 그래서는 인과율을 개방해야 하고, 그런다면 집행자의 의지가 더 깊게 세계에 각인되어 종말은 더 빨라지게 된다.

정우를 따돌리기 위해 집행자를 각성하긴 했다지만, 정말 종말을 부를 수는 없지 않은가.

무엇보다.

'왜 허물은 아무 말이 없는 거지?'

미후왕의 허물은 본체가 왜 저러는지 잘 알겠다는 듯, 뒤로 빠져서는 익살맞게 웃기까지 하고 있었다.

말릴 생각은 전혀 없어 보이는 듯했다.

하지만 그런 연우의 사정을 아는지 모르는지, 손오공의 공세는 더더욱 거칠어져만 갔다.

일격 하나하나가 웬만한 짐승이나 '황' 급과 비교해도 절대 뒤지지 않는 실력.

자체적으로 쌓은 격도 대단할뿐더러, 싸움에 있어서는 웬만한 무신(武神)이나 투신(鬪神)들조차도 발아래로 여긴다는 실력자다운 모습이었다.

콰쾅!

결국 손오공의 거친 손속에 연우의 한쪽 어깨가 크게 돌아가면서 빈틈이 노출되었다.

손오공은 절대 바로 그 순간을 놓치지 않았다.

활짝 펼친 손바닥이 벼락처럼 날아들었다.

콰아아앙!

"큭!"

손오공의 장저(掌低, 손바닥 밑부분)가 작렬한 좌측 위 가슴팍. 탄흔(彈痕)이 검은색으로 아주 짙게 남았다.

연우의 영혼까지 크게 울릴 정도로 강한 충격.

결국 그의 몸뚱이는 뒤로 주르륵 밀려나고 말았고.

팟!

손오공은 어느새 그의 앞으로 공간을 열고 나타나면서 위에서 아래로 다시 주먹을 내리쳤다.

콰아아앙!

이번에는 여태껏 상대했던 공격보다 훨씬 더 대단했다.

때문에 연우도 더 이상 막고만 있을 수는 없겠다는 생각에 그림자를 위로 쭉 뽑아 올리면서 공격을 옆으로 튕겨 냈다.

쿠쿠쿠쿠!

[잠시 가라앉았던 집행자의 의지가 다시 활발해집니다!]

[종말이 조금 더 빨라집니다.]

심상 세계도 금세 부서질 듯이 크게 휘청이는 상황에서.

"아니. 대체 다짜고짜 왜 이러는지 말이라도 해 줘야 할 것 아닙니까!"

연우는 더 이상 참고만 있지 않겠다는 듯, 7차 용체 각성을 발동시켜 칠흑을 줄줄 흘려 대고 있었다.

전신을 용의 비늘로 뒤덮은 채로 용신안을 번뜩이는 모습은 흉포하기 이를 데가 없었으니.

대기가 뜨겁게 들끓었다.

웬만한 신격조차도 그 속에 있다간 숨이 막혀 졸도할지도 모를 만큼 지독한 살의.

하지만 손오공은 그런 모습이 마음에 들지 않는 듯, 미간을 좁힌 그대로였다.

"이래도 여전히 못 알아 처먹다니…… 하아! 뭔 이딴 머저리가 더 있어?"

"뭐?"

연우가 눈살을 좁히는데.

손오공이 저만치 멀리 떨어져서 흥미진진한 얼굴로 이쪽을 구경 중이던 미후왕의 허물을 홱 하고 돌아봤다.

"야! 허물, 이런 답답이랑 대체 그동안 어떻게 다닌 거야?"

미후왕의 허물이 어깨를 으쓱거렸다.

『그런 고지식한 면이 재미있었거든.』

"재미는 무슨! 힘만 세지, 대가리 속에 든 건 아무것도 없구만!"

『그러면서 꼴통 짓을 저질러 대는 게 얼마나 재밌는데? 우리 어렸을 때 보는 것 같기도 하고?』

"지랄 마! 나는 안 이랬거든?"

『응. 그래서 오행산에서 500년을 넘게 갇혀 있었구나.』

"……흑역사는 들추지 말지?"

『사람은 누구나 과거를 미화하기 마련이지.』

미후왕의 허물이 낄낄거리면서 말을 이었다.

『하여간 세상에 대한 냉소란 냉소는 다 던지면서, 결국 세상을 구하기 위해 뛰어다니던 멍청한 모습이 참 닮았단 말이지. 그 과정에서 주변에 있는 다른 사람들이 받는 피해나 상처는 거들떠보지도 않는 것도 똑같고.』

"그래서 내 앞에 데려온 거였군."

미후왕의 허물은 대답 없이 씩 웃기만 했다.

하지만 손오공은 그것이 무언의 긍정이라는 사실을 금세 깨달을 수 있었다.

아무래도 수렴동에 가둬 놨던 것을 이런 식으로 복수하는 모양이었다.

"대체 무슨 헛소리들을 떠드는 겁니까!"

다만, 그들의 대화에 끼어들지 못하는 연우로서는 자신을 놀리고 있다는 생각을 지울 수 없었다. 얼굴이 시뻘겋게 달아오르면서 당장이라도 인과율을 개방하려던 그때.

손오공이 다시 이쪽으로 고개를 돌렸다.

하지만.

허물과 대화를 나눴을 때와는 달리, 그의 표정은 다른 어느 때보다 엄숙하게 가라앉아 있었다.

"저놈 말대로 네 멍청한 면상을 보고 있으려니까, 자꾸 병신 같았던 내 어렸을 때가 떠오르는 것 같아서, 울화가 치밀어 올라서 그랬다."

연우는 입을 꾹 다물었다. 헛소리를 하면 손오공이라도 봐주지 않을 참이었다.

지금까지 참았던 것도 전부 손오공의 협조를 받아야만 하고, 또 그가 이럴 만한 이유가 있을 거라는 생각이 있어서였다.

"하나만 묻자. 만약 네 형제가 희생…… 아니, 너를 대신해서 다시 죽는다면, 그때 어떻게 할 거냐?"

연우는 아주 잠깐 정우가 자신을 대신해서 죽는 광경을 떠올렸다.

"다시는 그런 일을 만들지 않으려고 이러는 겁니다."

"그러니까 상황이 반대면 넌 어떨 것 같냐고."

"……"

"너는 이런 생각이겠지. 네가 희생하고 모두의 기억을 지우면 모든 게 평화로워질 거라고. 더 이상 종말을 걱정하지 않아도 될 테고, 가족들은 더 이상 고생하지 않아도 될 테니까. 안 그러냐?"

연우는 자신의 생각을 정확하게 읽히자 입을 꾹 다물어야만 했다.

"하지만 그거야말로 기만 아니냐?"

"……!"

"네가 사라지는 것으로 평화를 얻는다? 그렇게 해서 얻은 네 가족들의 평화가 무슨 평화라는 거냐? 내가 봤을 때는 오히려 네놈이 가진 자기만족으로밖에 비치지 않는데?"

"……."

"칠흑왕? 그래. 사실 나는 너라는 놈을 이제 처음 봤고, 어떤 성격인지 어떤 성향인지도 전혀 모른다. 쓰레기인지, 정말 희생정신이 투철한 영웅인지 알지도, 알고 싶지도 않아. 시커먼 남자 새끼에 대해 알아서 뭐 해? 그러니 나로서는 네가 진짜 그게 되어서 골칫거리를 없애 주겠다면 오히려 두 팔 벌려 환영할 일이지."

손오공은 천마를 구하기 위해 백방으로 뛰어다녔다. 수도 없이 굴러가는 '굴레' 속에서, 계속 반복되는 '꿈' 속에서, 천마가 완전히 승기를 잡을 수 있도록 이런저런 수를 써보았지만, 여태껏 이렇다 할 대책을 마련하지 못하고 있었다.

그런 그의 입장에서 칠흑왕이 알아서 퇴장한다?

당연히 좋을 수밖에 없었다.

더 이상 천마가 그만큼 고생하지 않아도 된다는 의미였으니까.

하지만 손오공은 그런 기회를 바로 걷어찼다.

미후왕의 허물이 한 말마따나…… 누군가의 어린 시절을 본 것처럼 너무 멍청해 보였으니까.

그는 원래 욕심이 많고 타인에게 무관심하다. 그러니 자신의 목적을 이룰 수 있다면, 다른 누가 희생되든지 상처를 입든지 크게 신경을 쓰지 않으려 하는 편이었다.

하지만 이번에는 도무지 그럴 수가 없었다.

"그런데 그걸 왜 막는 겁니까?"

"남는 사람이 가지는 생각이 어떤지를 잘 알고 있으니까!"

"……."

"나는 양쪽 입장이 전부 다 되어 봤거든. 그리고 알게 된 건, 그게 아주 엿 같은 짓이라는 거지. 그건 절대 희생 따위가 아니다. 그냥 그럴듯한 자기 합리화 따위로 주변 사람들에게 상처 입히는 민폐 행위일 뿐이지."

"……!"

"그리고 이런 걸 보고 보통 뭐라고 하는지 아냐?"

손오공의 한쪽 입술 끝이 말려 올라갔다.

"어리광."

"……!"

손오공의 신화는 하나로 엮는 게 불가능할 정도로 아주

다양하다. 세상이 좁다 하며 천둥벌거숭이처럼 뛰어다닐 때도 많았지만, 그보다 더 많은 세월을 그는 자신이 저지른 '사고'를 수습하는 데 보내야만 했다.

제천대성이니 투전승불이니 하는 건 그 과정에서 생긴 허명일 뿐이었다.

—대장! 도망치십시오!

—대장은 모를 거요. 대장을 만나서 우리가 얼마나 재미있게 살았는지. 그리고 얼마나 의미 있는 삶을 살았는지.

—그러니 사시오, 대장은.

그를 대신해서 죽은 수하들이 있었고.

—대체 무슨 짓을 저지른 거야! 팔은 왜 그렇게 된 거고! 다른 형들은 또 왜 저런 몰골인 건데?

—그냥 조금 긁혔을 뿐이다.

—잘려 나간 게 긁힌 거냐? 무슨 헛소리를⋯⋯!

—그냥 막내, 너에 대해서 천교 놈들이 시비를 걸기에.

—⋯⋯뭐 어떻게 했는데?

─옥황상제의 면상을 한번 걷어차 주고 왔지. 허 허!

　─미친……!

　─큰형님, 하나 빠뜨리셨수. 절교 쪽에서는 성역을 초토화시키지 않았수? 흐흐. 그놈들 꽁무니가 빠져라 도망치는 모습이 얼마나 우습던지.

　─이런 미친 인간들을 의형제라고!

그를 대신해서 함께 싸워 주고, 울어 주고, 웃어 주던 의형제들이 있었으며.

　─음. 이 돌원숭이 같은 놈이 또 사고를 쳤나 보군.

　─삼장! 이번엔 아니야, 정말 아니라고!

　─스승님. 저는 보았습니다.

　─시끄럽군. 왜 이렇게들 소란스러운 건가?

동료로 만났지만, 그를 이해해 주고 아껴 주던 친구들이 있었다.

그리고.

—오공. 제가 그 말 했던가요?

—뭘?

—오공, 너무 못생겼어요. 어떻게 이럴 수가 있지? 하여간 못생긴 이유는 각자가 다 다르다더니, 볼 때마다 참신하단 말이지.

—뭐, 새꺄?

천마가 있었다.

손오공은 그렇게 많은 이들과 인연을 맺었다. 그리고 그들이 가진 생각을 알고, 자신이 사라졌을 때에 그들이 가지는 아픔을 알게 되었다. 천마가 여러 차례 '굴레'를 굴리면서 자신을 되살려 냈던 것도 전부 그 때문이 아니었던가.

그러니 손오공은 연우의 틀린 생각을 바로잡아 주고 싶었다. 자신만 고생하면 모든 게 평화로워질 거라는 생각 따위는 멍청하다고. 자신이 겪어야만 했던 잘못을, 이 머저리 같은 놈이 겪게 하고 싶지는 않았다.

손오공은 그런 자신의 생각을 가감 없이 내보였고.

연우는 용신안과 화안금정을 통해 손오공의 진심을 알게 되었다.

그가 겪은 모든 아픔까지도.

그리고.

거기에 빗대어 자신이 만약 계획을 성공하게 되었을 경우, 정우와 다른 가족들이 갖게 될 아픔도 알게 되었다.

비록 이 세계에 새겨진 자신이라는 존재를 삭제시킨다고 해도, 결국 그들의 감정을 입맛대로 조작하고 기만하는 것일 뿐이라는 것도.

그래서야…… 가족들을 위한 것이라고 하기에도 어렵지 않겠나.

"……하지만 그래서는 아무것도 할 수 없습니다."

문제는 그런 방법이 아니라면, 연우가 할 수 있는 건 아무것도 없다는 점이었다.

"저라고 해서 다른 방법을 찾으려 하지 않았던 게 아니란 말입니다!"

억눌린 목소리.

화가 잔뜩 섞인 목소리였다.

연우가 아무리 자신의 목숨을 도구처럼 쓴다고 해도, 그렇다고 해서 아무렇지 않게 여기는 건 절대 아니었다.

그전이라면 모르겠지만.

가족을 되찾은 지금은 달랐다.

그도 동생과 아버지와 어머니와 세샤와, 에도라와…… 행복한 삶을 그리고 싶었다.

그들과 같이 어울리며 웃고 싶었고, 자신의 아이를 낳아 가족을 일구고 싶기도 했다. 아버지와 어머니가 그러했던 것처럼, 자신도 행복한 가정을 만들고 싶었다.

하지만 아무리 머리를 굴려 봐도 그런 미래 따윈 보이지 않았다.

자신이 아무리 끝까지 유예를 시킨다고 해도 칠흑왕은 결국 일어나게 되어 있고, '꿈'은 종말을 맞게 된다. 그리고 가족들도 전부 사라지게 된다. 그것은 어떻게 거스를 수가 없는, 확정된 미래였다.

결국 이런 방법을 선택해야만 했다. 애당초 그 행복에 자신이 낄 자리가 없다고 여기기로 마음먹었다.

그런데.

손오공이 그건 미친 짓이라며 일갈한다.

그것이, 여태 누르고만 있었던 울분을 폭발시키고 말았다.

"당신이 뭘 안다고……!"

여태껏 차갑게 얼어붙어 있기만 하던 연우의 눈가가 크게 흔들렸다.

"모르지. 말했지만 난 널 모르고, 너도 날 모른다. 어쩌면 이렇게 질책하는 것 역시 주제넘은 짓인지도 모르지. 내가 대신 책임져 줄 것도 아니니까."

"그럼……!"

"하지만 도와줄 수는 있지."

연우는 뭐라 소리를 치려다가, 도중에 멈춰야만 했다.

"해결책 따윈 모른다. 하지만 그걸 찾을 수 있게 도와주
마. 너도 날 도와준다고 하지 않았나? 그럼 서로가 서로를
돕기만 하면 되지 않나? 어차피 둘 다 목적은 같으니까. 안
그래?"

"……."

눈에 띄게 흔들리던 연우의 눈동자에, 조금씩 습기가 차
올랐다.

"그러니 살아라. 어떻게든. 그렇게 약속만 한다면 어떻
게든 널 도와주마."

그 말에.

또르르.

연우의 오른쪽 눈가를 타고 한 줄기 눈물이 흘러내렸다.

Stage 95.
려의 조각

"어떻…… 게?"

미카엘은 자신의 가슴을 관통한 길쭉한 칼날을 믿기지 않는다는 표정으로 바라봤다.

물론, 그쯤 되는 존재면 심장이 뚫리거나 머리가 달아나도 바로 죽지는 않는다. 가장 중요한 건 신력이며 그들을 지탱하는 신화와 신성이니까.

하물며 미카엘은 본래 품고 있는 신력이 상당하기 때문에 이까짓 상처쯤은 얼마든지 회복할 수 있었고, 영혼석도 보유하고 있다는 것을 감안한다면 오히려 코웃음을 칠 정도의 찰과상에 불과할 터였다.

하지만 미카엘은 도무지 그런 여유를 부릴 수가 없었다.

칼날이 관통한 것은 단순히 그의 몸뚱이가 아닌 신령(神靈), 그 자체였으며.

미카엘이라는 존재를 성립게 하는 신화를 묶고 있는 틀이었으니까.

그리고 그걸 가능케 한 것은 스퀴테였다.

그 자체만으로도 이미 과거에 이뤘던 신왕의 급을 넘어섰다는 크로노스의 본체.

그 때문에 미카엘은 도무지 믿기지 않는다는 표정으로 스퀴테를 보다가, 그 끝을 무심한 얼굴로 잡고 있는 정우를 쳐다보았다.

분명히 방금 전까지 정우는 이예와 사투를 벌이고 있었다.

아주 잠깐만 한눈을 팔아도 당할 수밖에 없는 위기의 상황이었건만.

대체 어느 틈에 이쪽으로 온 거지?

'분명히……!'

분명히 이예가 뒤로 몸을 빼려 했고, 정우가 그쪽으로 빛의 파도를 터뜨리려 했다.

그런데 예상했던 것과 다르게, 빛의 파도는 이예가 아니라 별안간 미카엘 쪽으로 향했으니.

미카엘은 그것을 부랴부랴 막아 내긴 했지만, 어느새 사각지대를 파고든 스퀴테만큼은 피하지 못했다.

"내가 세상에서 제일 싫어하는 게 뭔지 알아? 뒤통수치려는 새끼야. 내가 어렸을 때 워낙에 많이 당했거든."

하지만 정우는 미카엘이 보내는 그런 의문에 찬 시선이 같잖다는 듯이 콧방귀만 뀔 따름이었다.

그는 진즉에 알고 있었다.

미카엘이 뒤에서 승냥이처럼 호시탐탐 공격할 기회만을 노리고 있었다는 것을.

두 사람의 힘이 빠지길 기다리거나, 어느 한 명이 빈틈을 보이기만을 기다렸던 것이다.

하지만 정우도 이예도 그런 것을 절대 바라지 않았으니.

두 사람은 별다른 대화를 나누지 않았는데도 불구하고, 날파리 같은 미카엘을 먼저 처치하고 나서 승부를 내기로 합의를 본 상태였다.

그리고 기회를 노렸고, 정확하게 타이밍을 잡으면서 미카엘의 신령에다 칼을 박을 수 있었으니.

[스퀴테의 저주가 이식됩니다!]

['죽음: 동사 ' 가 진행됩니다.]

['죽음: 갈사 ' 가 진행됩니다.]

['죽음: 아사 ' 가 진행됩니다.]

……

연우가 죽음이라는 개념이 형상화된 존재라지만, 그가 나타나기 전까지만 해도 죽음의 신과 악마 중에서 가장 강한 존재는 바로 크로노스, 그였으니.

미카엘에게 죽음의 개념을 이식하는 것은 그리 어려운 것이 아니었다.

『내게는 빌어먹을 어머니였지만, 이런 식으로 아주 작은 도움이 되어 주시기도 하는군.』

이런 개념 이식 방식은 크로노스가 '가이아의 저주 '에서 모티브를 얻은 것이기도 하니. 뜻하지 않게 그녀로부터 아주 작게나마 도움을 받은 셈이었다.

더군다나.

['낮(에로스) '의 태양이 상대에게 하사하였던 빛을 흡수하기 시작합니다!]

[신성이 부정됩니다!]

"아, 안……!"

미카엘은 뒤늦게 정우가 무엇을 하려는지 깨닫고 그를 황급히 떨쳐 내려 했지만.

쩌거거걱!

미카엘의 몸뚱이 위로 균열이 퍼져 나갔다.

애당초 말라흐에 내려진 신성은 '밤'에 대항하고자 만들어진 '낮'의 유지에 근간을 둔 것.

하지만 정우가 '낮'의 주인이 되고, 고대신들로부터 인정을 받게 되면서 그들에게 내려진 신성을 거두는 자격도 그의 몫이 되었다.

미카엘도 그런 사실을 잘 알기 때문에 배신을 하였을 때에 정우를 죽이는 것에 가장 우선을 두었던 것이다.

자신의 생살여탈권을 타인이 쥐고 있는데 누가 좋아하겠나.

그래도 다행히 영혼석을 보유하고 있기 때문에 크게 상처만 입지 않는다면 신성은 얼마든지 보호할 수 있을 거라 여겼었건만.

스퀴테에 의해 신화가 붕괴되기 시작한 이상, 신성을 보호할 수 있는 방법 따윈 없었다.

미카엘의 신성이 빠른 속도로 스퀴테의 검체를 타고 정우에게로 빨려 들어갔다.

미카엘은 무슨 말이라도 하고 싶은 듯 입술을 벙긋거렸지만, 균열은 삽시간에 얼굴 전체를 뒤덮고 말았으니.

퍼석!

파아아아—

미카엘이 그대로 부서지면서 정우에게로 빨려 들어갔다. 미카엘은 뭐라고 말하고 싶어 하는 눈치였지만, 이미 늦은 뒤였다.

그리고 그만큼 정우의 배광은 더더욱 화려하게 빛났으니.

식령(食靈)이 끝난 뒤, 정우의 두 눈은 더 깊게 착 가라앉아 있었다.

그 순간.

쐐애애액!

한 줄기 강풍이 휘몰아친다 싶더니 미카엘이 있던 자리를 휩쓸고 지나갔다.

채채챙!

정우는 식령이 가져다주는 여운과 고양감을 느낄 새도 없이 스퀴테를 거칠게 휘둘러 강풍을 튕겨 냈다.

그의 왼손에는 어느새 주선석, 절제의 돌이 들려 있었다. 미카엘이 사라지고 떨어지던 것을 낚아챈 것이다.

“……이런! 실패했나.”

한편, 강풍은 다시 사람의 형태를 갖췄으니. 이예는 절제의 돌을 보면서 낭패감에 젖은 표정을 지었다.

　군림보에 의해 운신의 폭이 너무 좁은 지금, 유일하게 정우를 떨쳐 낼 수 있는 방법은 절제의 돌을 사용하는 것밖에는 없다고 여겼건만.

　정우는 절대 그가 어부지리를 취하도록 내버려 두지 않았다. 도리어 절제의 돌을 재빨리 자신의 입 안으로 밀어 넣기까지 하고 있었으니.

　화아아아!

　[주선석(절제)을 삼켰습니다!]
　['낮(에로스)'의 태양과 주선석(절제) 간에 공명(共鳴)이 이뤄집니다!]

　문제는 주선석의 성질이 정우와 두말할 나위 없이 잘 맞는다는 점이었다.

　크로노스와의 합일에 미카엘을 식령하고, 절제의 돌까지 얻은 지금. 정우의 신력은 기하급수적으로 팽창하고 있었다.

　웬만한 신격도 휘둘릴 수밖에 없을 만큼 방대한 양이었지만, 그는 별다른 어려움 없이 그것을 전부 수용하고 있었다.

파아앗!

스걱—

정우는 신력을 전부 스퀴테의 칼끝으로 끌어모아 위로 쳐올렸다. 아래에서 위로, 한 줄기 섬광이 땅과 하늘을 이었다.

그리고 거기에는 군림보에 또 발목이 묶인 이예가 있었다. 왼팔이 잘려 허공으로 튀어 오르고 있었다. 궁수에게는 생명줄이나 다름없는 한쪽 팔을 잃은 것이다.

하지만 정우는 그것으로 그칠 생각 따윈 없다는 듯, 군림보를 더 크게 밟으면서 이예의 머리 위로 스퀴테를 거세게 내리쳤다.

*　　　*　　　*

"일단 네가 할 일은 영혼석을 전부 모으는 거다."

손오공은 연우가 마음을 추스를 수 있도록 가만히 기다리다가, 그가 어느 정도 정신을 다잡았다 싶자 천천히 그런 말을 꺼냈다.

연우로서는 전혀 생각지도 못한 말이었다.

"영혼석이라면, 루시엘의 영혼 조각을 말씀하시는 겁니까?"

"맞다. 너도 일부 갖고 있는 것 같은데?"

연우는 고개를 끄덕였다.

그의 말마따나 14개의 영혼석 중에서 오만, 식욕, 색욕의 돌을 이미 품고 있었고, 그 외에 체질에 맞지 않아 따로 갖고 있는 순결의 돌까지 합친다면 총 4개를 갖고 있었으니까.

모든 신과 악마들을 통틀어 가장 많이 갖고 있다 할 수 있었다.

하지만 그런데도 불구하고, 그는 사실 루시엘에 대해서 그리 잘 알지 못하고 있었다.

원래 등대지기였다가 태초의 불을 욕심내면서 천계의 공적이 되었고, 영혼이 부서지면서 14개의 조각을 남겼다는 것만 알고 있을 뿐.

그 외에는 전부 다른 신과 악마들로부터 어렴풋이 들은 것이 전부였다.

애당초 큰 관심도 없었고.

그런데 그것을 거론했다?

뭔가가 있는 게 분명했다.

"루시엘은 원래 등대지기였다. 등대지기가 뭔지는 아냐?"

"태초의 불을 지키던 존재라고 알고 있습니다."

"그럼 그 태초의 불은?"

"우주 창생의 기원으로 알고 있고요."

"우주 창생은 누가 이뤘지?"

"천마……?"

"그래. 천마가 이 세계에 남긴 잔재, 그것이 태초의 불이다. 그리고."

손오공의 한쪽 입꼬리가 말려 올라갔다.

"그것은 달리 이렇게 부른다."

"……?"

"려의 조각."

"……!"

"지금 이블케와 우마왕 큰형이 찾고자 하는 바로 그 물건이지."

연우는 침음을 삼켜야만 했다.

손오공의 설명이 계속 이어졌다.

"려의 조각이 원래 무엇이었는지 자세히 설명하기에는 이야기가 너무 길어질 것 같으니 그냥 차치하고. 본론부터 말하자면, 영혼석은 루시엘의 영혼이기 이전에 려의 조각이라고도 할 수 있다."

그런 생각해 본 적 없나? 대체 영혼석이 무엇이기에 하나만 쥐고 있어도 그렇게 강해질 수 있는지를. 한낱 피조물조차도 별다른 어려움 없이 신격조차 위협할 수 있을 정도로 강해질 수 있는지 말이다.

천마는 그렇게 물었었다.

사실 그것은 연우가 항상 품고 있었지만 풀지 못했던 의문이기도 했다.

손오공은 그 이유에 대해서 그만큼 려의 조각에는 아주 큰 가능성이 묻혀 있기 때문이라고 했다.

"천마의 기원(起源)이 묻어 있는데, 그럼 엄청 대단한 물건이지. 루시엘은 그것을 계속 옆에 두고 있다 보니 결국 눈이 멀고 말았고, 그런 사고를 치고 만 것이다."

신과 악마들은 처음 려의 조각을 찾았을 때. 이것을 누군가가 개인적으로 소지한다면, 혹은 어느 사회가 홀로 보유한다면 큰 사달이 벌어질 것을 알았다.

그래서 그들은 이를 방지하기 위해 사회 간에 협정을 맺었다. 아무도 려의 조각에 손을 대지 않기로. 만약 협정을 깨는 존재가 있다면 모든 사회가 힘을 합쳐 그를 몰락시키기로.

그리고 항상 절대선을 기치로 내세우는 말라흐에게 려의 조각을 보관해 달라고 부탁하였으니.

이때 등대지기로 선택된 것이 바로 루시엘이었다.

당시 루시엘은 메타트론의 오른팔이라고 불릴 정도로,

차기 서기장으로 꼽힐 만큼 뛰어난 재능과 성품을 보유했었기 때문이었다.

"당시 다른 사회들도 모두 루시엘이라면 믿고 맡길 만하다고 판단하였지. 그만큼 그가 그동안 보였던 모습은 메타트론보다도 더 대단한 것이었으니까."

손오공은 비웃음을 던졌다.

"하지만 아주 강한 힘은 아무리 단단한 마음가짐을 가진 존재라 하여도 홀리고야 마는 요물(妖物)에 가깝다. 루시엘도 그렇게 려의 조각에다 손을 대고 말았지."

"……."

"네가 당장 할 일은 아주 간단해. 모든 영혼석을 한자리에 모으고, 거기서 려의 조각을 골라내. 그것만 있어도 네가 움직일 수 있는 반경은 아주 넓어지니까."

"정확하게 어떻게 넓어진다는 건지 알 수 있을까요?"

손오공의 인상이 와락 구겨졌다.

"내가 꼭 다 떠먹여 줘야 하냐? 꼭 일일이 다 설명해 줘야 해? 힌트. 허물."

"아."

연우는 그제야 손오공의 노림수를 알 수 있을 것 같았다.

손오공은 천마의 얼굴이니. 려의 조각을 품게 된다면 아주 큰 변화를 일으킬 수밖에 없다. 한낱 루시엘조차도 천계를 위협할 정도로 강해졌는데, 천마의 얼굴이라면 오죽할까?

그리고 연우는 손오공의 일부라 할 수 있는 미후왕의 허물을 품고 있으니. 려의 조각을 갖게 된다면 긍정적인 효과를 볼 수 있을 것이다.

그리고 이것은 '천마에 대한' 가능성을 품게 된다는 뜻이기도 했으니.

"이블케는 나와 같은 얼굴이기도 하면서 칠흑왕의 자아로도 활동했던 미친놈이었지? 그런데 너도 그러지 말란 법은 없잖아?"

손오공의 입술이 익살맞게 휘어졌다.

"그리고 조각은 조각을 끌어당기기 마련이니. 이블케와 우마왕 형님이 조각을 찾아도 네가 도중에 가로채기 쉬워지겠지."

하지만 연우는 손오공의 노림수가 그것만은 아닐 거라고 여겼다.

이블케는 려의 조각을 가지고서 절대 무너지지 않는 세계, '피안'을 만들 거라고 했다. 그것은 그만큼 려의 조각이 품고 있는 힘이 대단하다는 뜻. 그렇다면 연우에게는 여태껏 생각지도 못했던 새로운 가능성을 열어 줄지도 몰랐다.

'꿈'이 무너지지 않으며 연우가 살아남을 수 있는 세계.

손오공이 살아남도록 도와주겠다고 했던 방법이 바로 려의 조각에 있을 것이다. 연우는 그렇게 생각했다.

그리고 그런 생각이 끝난 즉시, 연우는 곧장 움직였다.

하늘을 향해 고개를 들었다.

그리고 눈을 감았다.

"……."

이 세계는 칠흑왕의 '꿈'이니. 그의 대체 자아가 된 연우의 의식 아래에 존재하는 것이나 마찬가지였다.

그래서 가만히 의식을 집중시키고, 의념을 투영해 '꿈' 전체를 관조(觀照)하고자 했다.

이 '꿈' 곳곳에 흩어져 숨어 있을 영혼석을 찾기 위해서.

분명히 탑이 붕괴되면서 각지로 흩어졌을 게 분명했다.

　　[영혼석을 검색합니다.]
　　[검색 중.]
　　[검색 중.]

그렇게 한참을 뒤지다가.

[죄악석(나태)을 발견하였습니다.]

메시지가 떠오른 순간, 연우는 곧바로 축지를 밟았다.

그때부터.

연우는 세계와 행성 각지를 돌아다니기 시작했다.

"이, 임자! 내가 지금 헛것을 보는 거 아니지? 이거 진짜 비 맞지?"

"비다! 비가 내린다고!"

"감사합니다, 감사합니다!"

"비가 내리니 기근이 해소되고 저수지에 다시 물이 차오르겠구나! 다시 황금빛 들판이 보이겠구나!"

"신이! 신께서 우리의 바람을 들어주셨도다!"

영혼석은 가지각색의 형태로 존재하고 있었다.

어떤 곳에서는 그냥 지하 암층 지대에 묻혀 있었다.

하지만 그것만으로도 행성 자체에 막대한 악영향을 끼쳤다. 대기의 순환을 어그러뜨리고, 지층 전체에 악한 기운을 심어 농작물이 자라지 않도록 만들었다.

그러다 보니 그곳은 십 년이 넘도록 농작물이 제대로 자라지 않았다. 비가 내리지 않고, 항상 뜨거운 뙤약볕만이 내리쬈다.

그 덕분에 많은 동식물들이 기근을 이기지 못해 죽었다. 인간들은 초근목피로 생명을 겨우 이어 나가다, 그걸로도 부족해지자 상대를 잡아먹고 먹히는 등 끔찍한 광경까지 벌어졌다.

푸르렀던 하늘은 전부 사라지고 메마른 사막만 남은 세상.

하지만 연우가 그런 영혼석을 거둬들인 순간, 행성은 지난 상처를 전부 씻어 내려는 듯 비를 억수로 퍼부어 댔다. 십여 년 동안 미루고 미뤄 뒀던 것들이 다시 제자리를 찾은 것이다.

동물들은 저마다 동굴에서 뛰쳐나와 하늘을 향해 입을 벌렸고, 메마른 땅속에 오랫동안 잠들어 있던 씨앗들은 발아를 시작했다.

인간들은 전부 하나같이 눈물을 펑펑 터뜨리면서 신의 위대함을 노래했다.

그런 신성들이, 전부 연우에게로 모여들었다.

"눈보라가 그쳤다! 불! 불을 어서 가져와!"

"……드디어 저 지옥 같던 해일이 끝났구나."

"생존자는? 생존자는 없나?"

"신이 우리의 부름에 대답을 하신 것인가?"

그 외에도 문명이 제대로 태동하기 힘들 정도로 끔찍한 빙하기가 해제되고, 쉴 새 없이 풍랑이 휘몰아치던 바다가 조용히 가라앉았다.

"괴물이…… 괴물이 또 인신 공양을 바란다고?"
"말도 안 돼! 대체 언제까지 마을의 처자들을 갖다 바쳐야 하는 거야!"
"오, 신이시여. 부디 우리를 구원하소서."
"내 딸, 내 딸…… 불쌍해서 대체 어찌하니!"
"이, 이보오! 괴물이, 지금 밖에 괴물이!"
"왜 그러나?"
"그 끔찍한 괴물이 죽었소!"
"뭣이?"
"아아! 역시 신은 계셨구나!"

어떤 곳에서는 야생동물이 우연찮게 그것을 먹어 끔찍한 괴물이 되어 있기도 했다.

어설프게 쌓은 영성을 바탕으로, 인간을 직접 잡아먹으면서 부족한 신성을 채우려던 녀석들은 각 문명과 행성의 발전을 저해하던 끔찍한 존재들이었으니.

그들이 퇴치되고 난 뒤에는 전혀 다른 이야기가 시작되었다.

그동안 억눌려 있던 욕구와 야망이 한꺼번에 폭발하면서 새로운 발전의 태동이 일어나기 시작한 것이다.

당연한 말이지만, 그들의 신앙은 갑작스레 나타나 말없이 그들을 구원해 주고 떠난, 어느 이름 모를 신인(神人)에게로 향했다.

"아아, 신이시여!"
"우리를 구원하소서!"

물론, 연우가 영혼석이 있을 거라고 예상해서 도착한 장소에 영혼석이 없는 경우도 더러 있었다.

이미 다른 누군가가 심상찮게 여겨 그것을 회수했거나, 아니면 다른 어떤 경로를 통해 영혼석의 악영향이 그대로 작용한 곳들이었다.

하지만 연우가 지나친 장소들은 하나같이 연우에 대한 환호와 칭송으로 가득했다.

물론, 그런 것들은 현재 연우가 받고 있는 신앙에 비하면 아주 자그마할 뿐이었다.

그는 탑을 부순 자였으며, 올림포스의 주신이었고, 칠흑왕의 대체 자아였으니까.

이미 그를 인식하고 있는 초월자들로부터 받는 신앙만 해도 어마어마한 데다가, 올림포스와 타계의 신들이 열렬하게 보내는 신앙은 모든 피조물들의 신앙을 끌어모아도 닿지 않을 만큼 방대한 것이었다.

하지만.

연우는 이상하게 오히려 그런 것이 좋았다.

여태껏 자신이 느꼈던 것과는 아주 상반된, 신선한 성질의 신앙이었으니까.

*   *   *

[이곳은 행성, '데스투루도'입니다.]

연우는 행성에서 가장 높이 서 있는 절벽 끄트머리에 서서 지표면을 내려다보았다.

온통 시커멓게 칠해진 하늘과 붉게 물든 대지. 그 위로 수많은 인간들이 터덜터덜 걸어 다니고 있었다.

죽지도, 살지도 않은 끔찍한 몬스터, 언데드였다.

탑에서는 수도 없이 봤던 몬스터였고, 그만큼 퇴치법이나 싸움 방식에 대해서도 널리 알려져 있었지만.

그것도 어느 정도의 선까지라야 가능한 것이었지, 개체 수가 일정 수를 넘어가면 이야기가 전혀 달라지는 법이었다.

언데드는 너무나 손쉽게 감염이 이뤄진다. 그래서 전파가 빠르고, 자연을 쉽게 부식시킨다. 언데드가 크게 창궐하기 시작하면, 일대는 더 이상 손을 쓸 수도 없을 만큼 엉망이 되기 십상이다.

데스투루도가 바로 그러했다.

온통 죽음의 기운으로 가득한 행성이었지만.

연우는 그곳에 있는 것이 오히려 끔찍하게 느껴졌다.

'질이 떨어져.'

연우가 아무리 죽음의 개념적인 존재가 되었다고 하더라도, 거기에는 질적인 차이가 있는 법이었다.

그로서는 오히려 불쾌하기만 한 장소였기 때문에 빨리 청소를 해 버릴 속셈이었다.

손가락으로 지표면 어느 한가운데를 가리킨 채 가볍게 튕긴 순간.

콰르르릉—

스파크가 터진다 싶더니, 거친 폭발이 단숨에 행성 표면 전체로 뻗어 나갔다.

그야말로 순식간에 벌어진 일이었으니.

신기한 것은 거친 폭발이 후폭풍과 열기를 동반하면서도, 죽음이 이식된 지표면만 쓸어버린다는 점이었다.

키아아악!

쿠에에엑!

언데드들은 자신들이 어떻게 사망하는지도 전혀 알지 못한 채로 열풍에 휩싸여 잿더미가 되었다. 불이 붙은 괴로움에 몸부림칠 시간도 없는 빠른 소멸이었다.

"이, 이게 대체 무슨……?"

"언데드가 전부 사라져 버렸다고?"

"신벌! 신벌이 내렸다!"

연우는 이제는 어느 정도 익숙해지다시피 한 희망에 찬 목소리를 들으면서 손을 활짝 펼쳤다.

그러자 언데드가 휩쓸린 자리 한복판에서부터 무언가가 쏙 뽑히더니 연우의 손바닥 위에 조용히 내려앉았다.

[영혼석(분노)을 획득하였습니다!]

[영혼석(오만·식욕·색욕·나태·질투)가 영혼석(분노)와 강하게 반응합니다!]

['하데스의 식령검'이 영혼석(분노)을 강제로 집어삼키고자 합니다!]

[영혼석(분노)이 강하게 저항합니다.]

[영혼석(오만·식욕·색욕·나태·질투)이 영혼석(분노)의 저항을 분쇄합니다.]

['하데스의 식령검'이 흡수를 시도합니다.]

......

[영혼석이 하나로 합쳐집니다!]

[죄악석 6개가 모였습니다.]

[남은 죄악석을 흡수할 경우, 완전한 죄악석이 탄생할 수 있습니다.]

['현자의 돌'이 보다 완전해졌습니다.]

연우의 가슴팍에 자리 잡은 현자의 돌이 크게 공명하면서 단단해지는 것이 느껴졌다.

영혼석의 기운을 흡수하면서 생긴 반응.

하지만 그렇다고 해서 오만의 돌이나 식욕의 돌을 얻었을 때처럼 엄청난 변화가 있는 건 아니었다.

영혼석이 아무리 대단하다고 해 봤자, 바다에 강물을 끼얹는다고 해서 크게 달라지는 건 아니니까.

하지만 연우는 죄악석이 완전한 모습을 갖춰 감에 따라 손오공이 말했던 '려의 조각'이 무엇인지 어렴풋이 느끼고 있는 중이었다.

영혼석을 이루고 있던 기운. 그 속에 아주 옅게 남아 있는 흔적들이 바로 려의 조각이었다. 아무리 연우라고 해도 주의를 기울이지 않았더라면 절대 찾을 수 없을 만큼 아주 작은 흔적들이었다.

하지만 그것들은 영혼석이 하나둘 모일수록 원래의 형태를 되찾아 갔다. 현자의 돌 중앙에 단단한 조각이 형성되었던 것이다.

연우는 이것이 완전한 모습을 갖췄을 때 어떤 형상이 될지 상당히 궁금했다.

'신앙과도 잘 감응하고 있고. 이건 좀 신기한데.'

애당초 려의 조각이 '황'에서부터 비롯되어서 그런 것일까.

연우가 행성 곳곳을 돌아다니면서 새롭게 수확한 신앙은 바로 려의 조각과 연결되고 있는 중이었다.

투쟁과 죽음 같은 부정적인 성질의 신앙만 받다가 이렇게 희망과 환호로 가득한 긍정적인 성질의 신앙을 받으니 어딘지 모르게 간지러웠다.

그렇다고 해서 나쁘냐고 한다면, 또 그런 건 아니었다.

그냥 신기하다고 할까?

"신앙이란 마약이지."

그러던 그때, 이랑진군이 연우의 생각을 알고 있다는 듯이 웃으면서 다가왔다.

그는 연우가 영혼석을 모으는 내내 뒤를 따라다니면서 많은 도움을 주고 있었다.

"신이든, 악마든, 초월자가 되면 맛이 가는 사람이 적잖게 있지. 그만큼 신앙이 주는 힘이란 아주 달콤하니까. 그 크기는 절대 중요한 게 아니야. 오히려 기존과는 전혀 다른 성질의 신앙을 얻었을 때가 더 위험하지."

이랑진군은 마치 거기에 휘둘리지 말라는 듯 말하는 것 같았다. 격을 두고 본다면 연우가 더 높을지 모르지만, 신으로서 보낸 시간을 따진다면 그가 훨씬 위에 있었으니까.

연우가 이해한다는 듯이 고개를 끄덕였다. 확실히 이런 성질의 신앙은 처음이었으니, 아주 잠깐이지만 홀렸던 게 사실이었다.

만약 갓 탈각을 했을 때에 이런 신앙을 느꼈더라면 조금 위험했을지도 모르겠다는 생각이 들기도 했으니.

하지만.

한편으로는 그런 생각도 들었다.

'기존에 얻지 못했던 신앙을 받는다는 것은…… 사실 따지고 보면 그만큼 다양한 발전을 이룰 수도 있다는 뜻이기도 하다.'

신화나 신위, 그리고 신성 따위는 전부 신앙에 기반을 둔다.

얼마나 많은 신도들을 확보하고, 그들이 얼마나 커다란 지지를 보내는지에 따라 신앙의 크기가 정해지는 것과 동시에.

그런 신도들이 알고 있는 신화의 종류가 무엇인지에 따라, 신을 어떤 식으로 인식하느냐에 따라 신앙의 종류도 전혀 달라지기 때문이었다.

대표적으로 이랑진군의 경우, 인간들은 그를 치수(治水)의 신으로 여긴다.

문명의 태동기에 인간들은 강을 기반으로 살아가는 만큼 수해에 있어 아주 민감할 수밖에 없었다. 당연히 그들에게 치수는 중요한 숙제였고, 치수를 이뤘다는 신화를 가진 이랑진군에게 자연히 열렬한 기원과 신앙을 보내게 되었던 것이다.

비슷한 맥락에서 연우가 이룬 신화도 하나같이 투쟁과 죽음에 관련된 것들이었으니, 신앙도 전부 그런 종류였다.

특히 '신도 죽이는' 신화는 더 큰 충격을 주고 있으니 그쪽으로 더 많은 신앙이 쏠렸다.

하지만 지금 받는 신앙들은 전혀 다르다.

희망과 구원. 그것들은 연우의 신화에 새로운 활력을 불어넣고 있었다. 집행자이자 칠흑왕의 자아로서는 도저히 쌓기 힘들 것이 분명한 이질적인 것이었다.

그렇기에.

연우는 문득 그런 생각이 들었다.

'어쩌면.'

이것을 잘 활용한다면 지금 그를 속박하고 있는 칠흑왕의 틀을 벗어날 수 있는 열쇠가 될 수 있지 않을까 하는 생각.

'……초월이라.'

연우는 이만큼 격을 쌓고도 아직까지 이루지 못했던 것을 떠올리다가, 다음 장소로 이동했다.

'뜻하지 않은 곳에서 새로운 가능성을 찾은 셈인가.'

마음 한편에 그런 생각을 담아 두고서.

*　　*　　*

[이곳은 '시리우스 항성계(恒星系)'입니다.]

연우는 어느 행성에 도착한 순간.

갑자기 뜻하지 않은 메시지를 만나고 말았다.

　[대적자가 완전한 각성을 이뤘습니다!]

　[종말의 집행을 막기 위해 대적자가 움직이기 시
작합니다.]

　[정지되었던 아마겟돈이 다시 시작됩니다.]

“……!”

연우의 망막 한편에 떠오르는 메시지.

그리고.

휘휘휘!

　[죽음의 군단이 복귀합니다!]

　['밤(녹스)'이 귀환합니다!]

　정우를 막으라면서 두고 왔던 디스 플루토와 타계의 신
이 일제히 그의 그림자 쪽으로 돌아왔다.

*　　　*　　　*

　이예의 팔이 아래로 떨어지면서 산산이 부서졌다. 수많은 빛의 입자들이 쏟아지는 가운데.

　정우는 인상을 딱딱하게 굳히면서 방금 전까지 이예가 있던 자리를 봐야만 했다.

　휘이이―

　　[이예가 로그아웃에 성공하였습니다.]
　　[흔적을 찾을 수 없습니다.]

　'찾을 수가 없어.'

　정우는 재빨리 특성과 감각을 최대로 끌어 올려 이예가 어디로 도망쳤는지를 쫓으려 했지만, 녀석의 신력은 아무런 좌표도 남기지 않고 있었다.

　마치 세계 밖, 공허 속으로 숨어 버린 것 같은 듯한 느낌.

　'금선탈각……'

　매미가 껍질을 그대로 두고 몸만 빠져나간다는 말처럼, 이예가 자신의 한쪽 팔을 제물로 삼아 달아나는 데 성공한 것이다. 신력을 일부 남겨 두는 것으로 흔적을 완전히 끊어 버린 것일 테지.

"⋯⋯제길."

때문에 정우는 인상을 팍 찡그려야만 했다. 브라함의 원한도 원한이거니와, 이블케의 정확한 목적도 알아내야 하건만. 상황이 이래서야 아무런 득도 없는 것이 아닌가.

그래도 다행인 것은 녀석의 팔이 아주 조금이나마 남아 있다는 것이었으니.

[스킬, '용마안'이 해당 대상에 대한 리딩을 실시합니다.]

[해독이 이뤄집니다.]

[해독이 이뤄집니다.]

⋯⋯

[해당 대상이 갖고 있던 정보량 중 32%를 해독하는 데 성공했습니다!]

이예의 팔이 완전히 사라지기 직전.

정우는 신력에 새겨져 있던 데이터, 즉, 신화의 일부를 도출하는 데 성공했으니.

그 덕분에.

정우는 이예의 시선에서 이블케를 보고 있던 사념을 일

부 엿볼 수 있었다.

화아악!

　　—네가…… 뭐? 천마의 얼굴이라고? 하! 우습군.
칠흑의 냄새가 풀풀 날리는 놈이 그놈이라고? 날 놀
리려는 거라면 그냥 꺼져.
　　—오효효! 무슨 생각이신지는 잘 알고 있습니다.
하지만 월궁의 주인인 당신이라면 제가 품은 '빛'이
보일 텐데요?
　　—무슨…… 뭐지? 대체 넌 뭘 하는 놈인 거냐?
　　—제가 가진 비밀에 대해서는 나중에 기회가 되
면 따로 말씀드리겠습니다. 다만, 제가 당신께 제안
드리고 싶은 것이 있어요.
　　—뭐지?
　　—천마, 깨우고 싶지 않습니까?
　　—……!

　천마는 '굴레'를 굴리고 난 뒤에는 항상 창공 도서관에
틀어박혀서 세상을 굽어다 본다.
　그리고 거기서 벌어지는 수많은 사건들을 가만히 관찰하

기만 하며, 이따금 신과 악마들이 피조물들에게 정도 이상으로 개입하려 할 때만 나서서 그들을 제지한다.

이예는 항상 못내 그것이 불만이었다.

조금만 더.

조금만 더 적극적으로 나선다면. '굴레'가 이렇게 계속 헛돌기만 하지는 않을 텐데.

이예는 천마와 칠흑왕의 계속되는 싸움이, 실은 천마가 보다 더 적극적으로 나서지 않은 데서 생긴 참극이라고 생각했다.

절대신(絕對神).

그러한 존재가 되어 칠흑왕을 완전히 꺾는다면.

세계의 법칙을 자신의 빛으로 전부 물들인다면 모두 끝날 것을, 왜 자꾸 천마는 헛된 노력만 하고 있는가.

물론, 이예도 천마가 왜 그러고 있는지를 전혀 모르는 건 아니었다.

절지천통. 땅과 하늘의 연결을 자르고, 피조물들로 하여금 신들의 속박에서 벗어나게 하여 완전한 자유를 주게 하는 것이 원래 그가 항상 가지고 있던 목표였으니까.

하지만 사실 이예는 천마를 따르면서도, 내심 속으로는 그런 천마를 이해하지 못하고 있었다.

옥황상제 같은 자격이 없는 존재들이 절대신이 되는 것

이 사달을 일으킬 뿐이지, 제대로 된 자격을 갖춘 자가 절대신이 되어 권선징악(勸善懲惡)만 올바르게 집행할 수 있다면 그보다 완전하고 평화로운 세상이 어디 있을까 싶었으니까.

이예는 천마가 바로 그런 자격을 갖추고 있다고 생각했고, 그런 방향으로 그를 끌어내기 위해 어떻게든 설득을 시도했다.

하지만 그때마다 천마는 번번이 고개를 가로저었다.

그리고 칠흑왕과 지루한 싸움을 계속하면서 언젠가 '일'이 순조롭게 해결될 거라며 낙천적으로 웃곤 했다.

그것이 스스로 손발을 강제로 묶는 짓인 줄 잘 알면서도.

언젠가 '굴레'가 멈추고, '꿈'이 끝날 거라며 희생을 마다하지 않았던 것이다.

이예는 그런 상황이 도저히 이해가 되질 않았다.

그래서 다짐했다.

천마를 강제로 깨워야겠다고.

자신이 움직여서, 저 높은 탑 꼭대기에 스스로를 유폐시킨 천마가 제 발로 걸어 나올 수 있도록 흔들어 놔야겠다고.

이예가 시의 바다에 몸을 담근 채, 이블케를 돕게 된 것도 전부 그런 이유 때문이었다.

이블케를 돕다 보면, 천마는 저절로 해방되거나 직접 나설 수밖에 없었으니까.

—저는 아직 회수되지 않은 려의 조각을 모을 예정입니다.

—려의 조각을?

—예. 그렇게만 할 수 있다면…… 저는 빛과 어둠, 두 개의 가능성을 모두 갖게 되는 것이니까요. 새로운 창생(創生)이 가능해지는 것이지요.

—그래서?

—오효효. 아직도 모르겠습니까? 천마와 칠흑왕의 손이 닿지 않은 새로운 세상을 창조하겠다는 겁니다. 그런 일이 벌어진다면 천마에게도 칠흑왕에게도, 자신들의 손을 완전히 벗어난 존재가 생기고 세계가 탄생한다는 뜻이니…… 당연히 제지하려 들지 않겠습니까? 그들은 '모든 것'이 자신들의 손에 닿는 걸 선호할 테니까요.

천마와 칠흑왕의 손길이 닿지 않은 세계 창조가 벌어진다면?

무슨 일이 벌어질지는 아무도 알지 못한다.

아무 일도 벌어지지 않을 수 있지만, 천마나 칠흑왕에게 큰 타격을 줄 수도 있다. 그들이 태초 때부터 갖고 있던 신화가 깨지는 셈이 되니까. 어쩌면 그들의 근간이 흔들릴지도 몰랐다.

이블케는 이런 사실을 이예에게 말해 줌으로써 그가 자신과 손을 잡도록 설득했다.

어차피 이예로서는 천마가 창공 도서관을 나서게 하면 되는 것이니, 이블케를 돕다가 천마가 직접 나설 때 곧장 손을 떼기만 하면 되는 거였다.

문제는 천마가 가진 고집이 그가 생각했던 것보다 훨씬 대단하다는 것이었지만.

그러다 이예는 이왕 이렇게 된 것, 한번 끝까지 가 보자는 생각에 탑이 부서지고 난 뒤에도 이블케와 함께하게 되었고.

정우와 부딪쳤을 때, 군림보가 그에게 주어진 것을 보고 혼란에 빠져야만 했다.

여태껏 대적자들이 줄줄이 죽어 나가도 눈 하나 깜빡하지 않던 천마가 처음으로 '선물'을 준 것이니 이제 움직이기 시작했다고 봐도 되는 것이지만.

그래도 여전히 그가 무슨 생각과 의도를 갖고 있는지는 짐작이 되질 않았기 때문이었다.

그러다 결국 정우에게 한쪽 팔이 잘리고, 쫓기듯이 도망치고 말았다.

'천마. 천마의 생각……. 분명히 형에게 무슨 생각이 있는 건 확실한데.'

정우는 천마가 아주 오랫동안 계획해 두었던 '판'이 무엇인지는 알 수 없었다. 자신과 형은 그 위에서 그저 놀아나기만 하는 장기 말일 수도 있었다.

하지만 그래도 정우는 천마에 대한 생각은 하지 않기로 마음먹었다. 지금은 어떻게든 연우를 쫓아가 이야기를 들어야겠다는 생각밖엔 없었다.

그리고.

다행히 이예의 사념은 곧 이블케가 가르쳐 준 계획에까지 닿아 있었다.

─오효효! 영혼석. 그 속에 려의 조각이 있습니다.

그 정도면 충분했다.

정우를 움직이게 하는 데는.

「잠깐! 정우야, 잠깐만 기다려!」

발데비히는 그런 정우의 생각을 읽고, 그를 말리기 위해 이쪽으로 몸을 날렸다.

연우가 떠나기 직전. 그를 남겨 두면서 했던 부탁 때문이 었다.

하지만.

['낮(에로스)'의 태양이 방해를 허락하지 않습니 다!]

정우는 듣기 싫다는 듯이 배광을 더 크게 내뿜으면서 발 데비히의 접근을 차단했다.

그 역시 바보가 아닌 이상에야 연우가 자신을 방해하리 란 건 알고 있었으니까. 어떤 설득을 할지 모르니 아예 듣 질 않을 생각이었다.

['낮(에로스)'의 태양이 내뿜는 햇살이 세계 전역 을 가득 채웁니다!]
['밤(녹스)'의 잔재를 물리칩니다.]
['밤(녹스)'이 추방됩니다!]

「정우……!」
결국 발데비히를 비롯한 모든 '밤'의 존재들은 정우에

의해 강제로 쫓겨나, 원래 있어야 할 곳으로 되돌아가야만
했다.

그리고.

『아들아. 바로 영혼석을 찾으러 갈 거냐?』

정우를 통해 연우가 어디로 이동했을지 눈치챈 크로노스
가 질문을 던졌지만.

"아뇨."

정우는 단호하게 고개를 가로저었다.

"그쪽으로 가 봤자 계속 한 박자씩 늦기만 할 거예요. 형
이 그리 호락호락하게 당할 사람도 아니고."

『그럼, 어쩌려고?』

"같이 형을 붙잡을 사람을 찾아야죠."

『누구?』

크로노스는 고개를 갸웃거렸다.

대적자로서 각성을 이루고 자신과 합일을 이뤘지만, 여
전히 정우에게 연우는 높은 벽이기만 하다.

그런데 연우를 막을 수 있는 존재가 있기나 할까?

그때.

정우의 두 눈이 깊게 가라앉았다.

"녹턴이요."

＊　　　＊　　　＊

「……정우에게는 아무 말도 붙일 수가 없었습니다. 죄송하나이다.」

발데비히는 면목이 없다는 듯 고개를 푹 숙였다.

하지만 연우는 괜찮다는 듯이 고개를 가로저었다.

사실 그로서도 어느 정도 짐작하고 있었던 사실이었으니까.

'그래도 정우를 잠깐이라도 막을 정도는 될 거라고 생각했는데…… 이제는 그마저도 안 되는 거군.'

['춤추는 녹색 불길'이 자신들이 내쫓긴 건 불가항력이라고 아버지에게 토로합니다!]

['불결의 근원'이 아버지에게 죄송하다고 눈물을 뚝뚝 흘립니다!]

['검은 풍요의 요신'이 아버지의 동생이 뿌리는 '낫(에로스)'을 차마 거부할 수가 없었다고 속내를 털어놓습니다!]

……

['밤(녹스)'의 존재들이 아버지의 명령을 제대로

완수하지 못한 것에 우울한 기색을 보입니다!]

확실히 타계의 신을 모두 내쫓은 건 대단하다고밖에 할
수 없는 실력이었다.

그만큼 순식간에 격이 상승한 것도 있겠지만, 아마도
'밤'에 있어서는 천적이라 할 수 있는 대적자로 각성을 하
였기 때문에 더 그런 것이겠지.

[칠흑왕의 대체 자아가 '밤(눅스)'의 존재들에게
괜찮다고 위로합니다.]
['밤(눅스)'의 존재들이 아버지의 넓은 아량에 감
격해합니다!]

'거기다 이예의 데이터를 훔쳐봤다면 이블케의 계획이
무엇인지도 예측했다는 뜻일 테고…… 아무래도 좀 더 서
둘러야겠어.'

연우의 두 눈이 깊게 가라앉았다.

"이곳에 영혼석이 있는 거 맞습니까?"

그는 손오공을 돌아보며 물었다.

황량한 사막이 훤히 펼쳐진 곳.

생기라고는 전혀 없어서 영혼석의 기운도 찾을 수 없건만.

손오공은 이곳에 영혼석이 있을 것이라며 연우를 데려와 여태 주변을 두리번거리고 있었다.

 연우의 질문에 이렇다 할 대답도 하지 않은 채.

「여기…….」

"왜 그러지?"

「아, 아닙니다.」

 발데비히는 재빨리 고개를 가로저었지만, 연우는 그의 눈빛이 흔들리는 것을 놓치지 않았다.

 그래서 이유를 캐물으려는데.

 쿠쿠쿠!

 갑자기 그들이 있던 지반이 거칠게 흔들리기 시작했다.

  [적이 출현하였습니다!]

 '뭐?'

 분명히 이 행성에는 아무것도 없었을 텐데?

 연우로서는 당혹스러울 수밖에 없었다.

 이 말인즉, 연우의 감각을 속였다는 뜻인데…… 그건 도 저히 말도 안 되는 일이었다.

 하지만.

 퍼퍼퍼펑!

공허가 허공 곳곳에서 열리면서 마법 폭격이 쉴 새 없이 쏟아졌다.

「감히 누가!」

발데비히가 노호성을 터뜨리면서 고개를 번쩍 들었다.

연우의 그림자도 덩달아 높이 일어나면서 폭격을 모두 허공에서 치워 냈으니.

['검은 풍요의 요신'이 감히 아버지에게 이빨을 들이댄 자들에게 경고를 날립니다!]

['불결의 근원'이 으르렁거립니다! 대적자에게 당한 원한을 그들에게 갚고자 합니다!]

['춤추는 녹색 불길'이 '밤(녹스)'의 위엄을 널리 퍼뜨리겠다고 경고합니다!]

['멸망을 노래하는 자'가 적들을 노려봅니다!]

['밤(녹스)'이 일제히 살기를 드러냅니다!]

연우의 그림자에서 수많은 시선이 날카롭게 쏟아지는 가운데.

콰콰콰!

갑자기 연우와 손오공, 그리고 이랑진군이 있던 땅 주변으로 절벽이 지반을 뚫고 높게 치솟아 오르면서 깊디깊은 협곡을 형성했다.

그리고 그 위.

수없이 많은 전사들이 이쪽을 잔뜩 노려보고 있었다.

웬만한 투신이나 전신조차도 아래로 볼 정도로 강렬한 투기(鬪氣)가 협곡, 아니, 행성 자체를 뒤흔들고 있었다.

「거…… 인?」

그들을 본 순간, 발데비히의 표정이 딱딱하게 변했다.

그리고.

그들에게서는 영혼석의 냄새가 짙게 풍기고 있었다.

「아버지!」

거인 집단의 선두에 선 자를 본 순간, 발데비히가 그렇게 비명을 질렀다.

이곳은.

그가 어린 시절 떠나왔던 고향이었다.

연우가 거두었던 망자 거인 말고 또 다른 거인족이 있다고?

그러다 연우는 떠올릴 수 있었다.

언젠가 발데비히가 말했던 그의 고향에 대해서.

거기엔 분명히 멸종한 것으로만 알려진 거인 중 상당수가 아직 살아 있다고 하지 않았었나.

그렇다면 저들이 있는 것도 말은 되었다.

하지만.

'영혼석의 냄새는 뭐지?'

풀리지 않는 의문이 있어 감각을 예민하게 세워 행성의 내핵까지 단숨에 침투시켰다.

그사이.

[죽음의 군단이 출현합니다!]

[망자 거인들이 자신들의 옛 동족들을 바라봅니다!]

[두 거인 집단이 서로를 적대시합니다!]

발데비히를 중심으로 망자 거인들이 줄지어 나타나면서 협곡 위에 서 있는 거인족들을 노려봤으니.

한순간, 서로가 서로를 향해 내뿜는 투기가 충돌하면서 행성이 금방이라도 부서질 것처럼 격하게 흔들렸다.

「투기로 봐서는, 분명히 우리의 동족이 맞는데?」

「하지만 저들에게도…….」

「우리의 냄새가 아주 심각하게 나는걸?」

망자 거인들은 협곡 위의 거인들을 보면서 눈을 가늘게 좁혔다.

이런 곳에 아직까지 옛 동족들이 남아 있다는 사실도 신기하긴 하지만.

한편으로는 저들에게서 '산 자'의 향이 아닌, '죽은 자'의 향이 풍긴다는 것이 기묘했다.

그랬다.

협곡 위에 있는 거인들은 전부 언데드였다.

탈각이나 초월을 이룬 영혼을 겨우겨우 행성이 가진 에너지로 묶어 붙잡아 둔 지박령(地縛靈)들.

「배신자들……!」

그런데 협곡 위 거인들은 망자 거인들을 분명 난생처음 보는 것일 텐데도 불구하고, 하나같이 이를 갈면서 흉흉한 눈빛을 보내오고 있었다.

「배신자?」

발데비히가 무언가 이상하다 싶어 고개를 갸웃거리고.

"계속 고개를 들고 있으려니 머리가 아픈데……. 일단 대가리부터 땅바닥에 처박아 두고 이야기 시작할까?"

손오공이 내심 불쾌함을 토로하면서 주먹을 살짝 들었다. 여차하면 곧장 뇌벽세라도 터뜨릴 기세였다.

하지만 협곡 위 거인들은 그럴 수 있으면 해 보라는 듯 더더욱 살의를 풍겼으니.

발데비히가 이대로 있어선 안 되겠다며 앞으로 나서려던

그때.

「못난 놈들!」

그때, 협곡 위에서 앙칼진 목소리가 쩌렁쩌렁하게 울렸다.

협곡 위 거인들이 일제히 당혹해하는 얼굴로 뒤를 돌아
보았다. 일반 거인들보다 덩치는 작지만, 무시 못 할 위세
를 풍기는 거인이 낭떠러지 쪽으로 걸어오고 있었다.

「대장! 대장이 어, 어떻게 여기에……?」

「왜? 내가 못 올 곳이라도 왔나?」

「그, 그건 아니지만…….」

「날 놔두고 가면 모를 줄 알았나? 썩 물러나! 뭣들 하는
거야?」

대장이라 불리는 자는 서슴없이 힐난을 던져 댔다.

「동태 눈깔 새끼들. 상대도 누군지 봐 가면서 개개야지,
대체 뭘 하는 거야?」

그러고는 대장은 낭떠러지 끝에 서서 이쪽으로 고개를
숙였다.

순간, 발데비히의 눈이 살짝 커졌다.

아주 익숙한 얼굴이었으니까.

대장이라는 자가 익살맞게 웃으면서 말했다.

「오랜만이야, 형?」

　　　　＊　　　　＊　　　　＊

　연우 일행이 안내된 곳은 지하에 위치한 던전형 도시였
다.

　마치 개미굴처럼 통로들이 서로 복잡하게 연결되어 있었
고, 곳곳에 위치한 공동은 저마다 다른 특징을 가지고 있었
다.

　덩치 큰 거인족들이 사는 곳인 만큼 크기도 하나같이 크
고 넓었다. 어쩌면 수천 명도 넘었을 개체가 지냈을지도 모
를 대도시였지만.

　지금은 백 명도 안 되는 소수만이 살아 황량하게만 보일
뿐이었다. 대다수의 건물이며 공동이 버려진 지 한참 된 것
같았다.

「대체 어떻게 된 거냐?」

　발데비히는 그런 곳들을 보는 내내 이를 악물어야 했다.
거인족이 맞은 비운(悲運)이 꼭 자신의 일처럼 느껴졌으니
까.

「어떻게 되긴. 그냥 망한 거지.」

　기억 한편에 아주 어렴풋하게나마 남아 있는 막냇동생,
나로츠는 가볍게 웃음을 터뜨렸다.

　발데비히는 처음 나로츠를 봤을 때, 큰 충격을 받고 말았

다. 아주 어린아이에 불과했던 동생의 얼굴이 성인이 된 지금까지 남아 있다는 것도 신기했지만, 그가 '죽어 있다'는 사실이 너무 충격이었기 때문이었다.

그래서 발데비히는 지하 도시로 향하는 내내 이것저것 많은 것을 물어봤고.

나로츠는 그때마다 엷게 웃으면서 아무렇지 않게 대답을 해 주었다.

하지만 발데비히에게는 하나같이 충격적인 것들뿐이었다.

「······.」

「알았어, 알았어. 제대로 대답하면 되잖아.」

나로츠는 어깨를 으쓱거리면서 말했다.

「형도 너무 어린 시절에 이곳을 떠났으니 잘 몰랐을 테지만. 선조들 중 다수가 탑으로 건너간 건 알고 있지?」

「그래.」

「하지만 종족 전부가 탑으로 넘어간 건 아니었어. 계속되는 전쟁이 지긋지긋했던 일부는 남았었고, 그들의 후예가 바로······.」

「우리였다는 거구나.」

「어. 덕분에 종족을 유지하기에는 개체 수가 턱없이 부족해서 혈통도 이래저래 잡다하게 섞이고 말았지만.」

발데비히 형제가 반거인인 이유가 따로 있는 게 아니었
다.

「하지만 그 뒤로도 종족은 계속 몰락을 거듭해야 했어.
행성 자체가 부서지고 있었거든. 종족이 가진 격도 나날이
하락하고 있었고…… 그래서 이 꼴이 되고 만 거지.」

「…….」

「아버지가 형을 탑으로 보냈던 건 그런 종족의 몰락을
조금이라도 더디게 하려고 그랬던 거고.」

아버지는 형이라면 어떻게든 종족을 구원해 줄 거라고
믿고 계셨거든.

나로츠는 그렇게 말을 덧붙였다.

「아버지는……?」

「돌아가셨어. 다른 형제들도 전부. 워낙에 행성을 뒤덮
은 재앙이 커서.」

「아!」

발데비히는 아랫입술을 질끈 깨물고 말았다.

「그러던 중에 어느 날 갑자기 유성이 떨어졌어.」

뒤에서 가만히 이야기를 듣고 있던 연우와 손오공, 이랑
진군은 그것이 영혼석이라는 것을 깨달을 수 있었다.

「참 신기한 이능(異能)이 많은 돌이었는데…… 하여간
여차여차해서 우리는 거기에 기생(寄生)할 수 있었어. 종

족은 어떻게든 보존해야 한다는 게 우리들의 생각이었으니까.」

영혼석은 막대한 에너지를 품고 있다. 여기서 아이디어를 얻은 게 바로 당시 무리를 이끌고 있던 나로츠였다.

그들의 영혼을 강제로 영혼석에다 묶어 두는 것으로 어떻게든 삶을 조금이라도 연명하려 했던 것이다.

그 때문에 그나마 갖고 있던 신성이 완전히 사라지고, 격도 같이 무너지고 말았지만.

그리고 이 황량하기만 한 행성에 묶이는 신세가 되고 말았지만.

나로츠와 동료들은 절대 포기하지 않고 꿋꿋이 버텼다.

「우리가 올 걸 알고 있었던 것 같은데, 맞지?」

발데비히는 자신에게 마지막 힘을 넘겨주고 사라졌던 거인족의 마지막 왕, 발데비히의 유언을 떠올렸다.

—우리의 제사장이 말하였다. 언젠가 우리를 인
도할 존재가 찾아올 것이라고. 나는 그것이 너이며,
또한 저분이라고 생각한다.

마지막 왕 발데비히가 말했던 예언이 정확하게 무슨 뜻인지는 아직도 모른다.

하지만 한 가지만은 확실했다.

그가 그 예언을 믿고 오랫동안 기어 다니는 혼돈의 노예로 살았던 것처럼, 이곳에 있는 동생과 동족들도 어떤 믿음이 있어 남게 되었다는 것을.

아니나 다를까.

「응. 예언이 있었거든. 언젠가는 구원자가 올 거라던 예언.」

'역시……..'

「그런데 진짜 이렇게 왔네?」

나로츠가 씩 입꼬리를 말아 올리면서 웃었다.

「나는 그 예언이 말하는 대상이 형밖에 없을 거라고 생각했거든.」

「……대체 날 뭘 믿고?」

「그냥. 감?」

발데비히는 어이없다는 표정으로 동생을 바라보았다.

그럴 수밖에 없는 게, 나로츠는 기억만 얼핏 남아 있을 뿐 그와는 이렇다 할 추억도 쌓지 못했었으니까.

더구나 어린 시절에 그는 상당한 겁쟁이었다. 말투도 어눌하고 행동도 느릿하기만 한 겁쟁이.

그런데 그런 느낌이 있었다니.

「이거야. 형이 찾는 돌이. 영혼석이 진짜 이름인가 봐?」

그러다 나로츠는 어느 공동에서 걸음을 멈췄다.

다른 공동보다 훨씬 큰 규모를 자랑하는 곳. 하지만 그만큼 폐허가 되어 버린 곳에는 먼지가 수북하게 쌓인 제단이 놓여 있었다.

그리고 그 중앙에 영혼석이 결계로 단단히 보호되고 있었으니.

[영혼석(근면의 돌)을 발견하였습니다!]
[현재 접근이 불가합니다.]

멸종된 종족의 맥을 이어 주고 있는 만큼, 영혼석은 아주 화려하게 빛나고 있었다.

연우는 경고 메시지를 무시하고 제단 쪽으로 걸음을 옮겼다.

결계가 격렬하게 침입을 물리치려 했지만.

파지직, 쾅!

['그림자 영역'이 결계 안쪽으로 스며듭니다!]
[결계의 기능을 해제합니다.]
[결계의 성분을 해제합니다.]
......

[결계가 무효화되었습니다!]

　연우는 너무 손쉽게 결계를 헤치면서 제단 앞까지 다가
갔다. 영혼석에서부터 백여 개나 되는 페어링이 곳곳으로
이어지는 것이 보였다. 이것을 통해 마력을 공급받으며 겨
우겨우 살아가고 있는 모양이었다.

　그것이 다치지 않게 영혼석으로 손을 뻗으려는데.

「그만둬!」

　별안간 나로츠 쪽 거인들이 연우에게로 와락 달려들었
다.

　망자 거인들이 그걸 놓치지 않고 불쑥 모습을 드러내면
서 가로막았다.

　쾅!

「비켜!」

「거기에 손대지 말고 꺼져!」

　거인들은 어떻게든 망자 거인들을 물리치려 아등바등했
다. 그럴수록 영혼석, 근면의 돌에서 배출되는 마력량도 덩
달아 커졌다.

　발데비히가 나로츠를 재빨리 돌아봤다. 나로츠는 손으로
얼굴을 와락 덮으면서 탄식을 터뜨렸다.

「이런……!」

「왜 저러는 거지?」

「별것 아냐. 그러니까 회수를 할……!」

「손대지 마! 그게 사라지면 우리는 전부 끝이란 말이다!」

나로츠가 뭐라고 말을 하려 했지만, 그보다 먼저 다른 거인이 크게 소리를 질렀다.

발데비히의 시선이 저절로 그쪽으로 돌아갔다.

「너흰 잘 모르겠지만, 우리의 신께서는 죽음을 직접 사역하시는 분이다. 영혼석을 회수해도, 우리처럼 계속 존재를 유지할 수 있……!」

「너야말로 아무것도 모르는군.」

「뭐?」

「우리는 이미 영혼도 닳을 대로 닳아서 사념만 남아 있을 뿐이다. 그런데 그걸 어떻게 회수해서 되살리겠단 거지?」

「……!」

발데비히는 그제야 상황이 이상하게 돌아간다는 것을 깨달을 수 있었다.

사념만 겨우 남아 있다는 것. 그것은 영혼석이라는 근간이 사라지게 되면 그들 모두가 소멸하고 만다는 뜻이었으니.

그제야 여기서 영혼석을 회수한다는 게 쉽지 않은 작업이란 걸 알 수 있었다.

거인이 한쪽 입술 끝을 크게 비틀었다.

「우리를 구원할 자라고? 네가? 어렸을 때 종족과 터전을 버리고 갔던 놈이 무슨……!」

나로츠는 구원자들을 기다린다고 하였지만, 사실 애당초 거인들은 그 말을 믿지 않고 있었다.

예언이라고 남아 있는 게 진짜 예언인지, 예언자인 척한 놈이 술에 취해 멋대로 지껄인 말인지 대체 어떻게 안단 말인가?

영혼석이 사라지면 그들은 전부 '죽음'을 맞아야만 한다.

윤환전생 따위는 생각도 할 수 없을 죽음.

그들로서는 그딴 개죽음을 당할 바에는 차라리 헛된 삶이라고 해도, 현상 유지라도 하고 싶은 마음이 굴뚝같았다.

그런 와중에 다른 방법이 생겨서 이런 지긋지긋한 생지옥에서 탈출할 수 있을지 누가 안단 말인가?

「그건!」

「그래. 하고 싶은 말이 많겠지. 아주 많이. 하지만 그런다고 해서 아무것도 하지 못하고 힘없이 종말을 맞아야 했던 우리를, 네가 이제 와 어떻게 구원해 준다는 거냐?」

「페트론! 조용하……!」

「너나 조용히 해, 나로츠! 아무리 네가 수장이라고 해도, 우리의 생존 여부를 결정할 권한까지 쥐고 있는 건 아니니까!」

페트론이라 불린 거인은 나로츠의 화를 묵살했다. 거인족은 단숨에 나로츠와 페트론, 두 패로 갈라져 금방이라도 전쟁을 벌일 것처럼 으르렁거렸다.

거인족의 위계질서는 아주 단단하다. 그것이 흔들렸다는 사실에 나로츠의 동공이 잘게 떨렸다.

하지만 페트론은 나로츠를 무시하고 발데비히를 노려보았다.

연우도 같이.

그런데.

"가능하다면?"

연우가 무표정한 얼굴로 페트론은 바라봤다.

「무슨 헛소리를 하려는……!」

"너희들이 사라져도 되살리는 것, 가능하다고."

페트론의 얼굴이 뻘겋게 달아올랐다.

「우리를 놀리려는 거냐?

"내가 왜? 그냥 너희들을 밀어내고 가져가기만 하면 되는 건데."

「……!」

순간, 페트론의 눈동자가 크게 흔들렸다.

사실 그도 연우가 마음만 먹는다면 얼마든지 자신들을 물리칠 수 있다는 걸 알고 있었으니까.

"개변(改變)을 할 거다."

「……뭐?」

"초월을 해서 이 '꿈'의 모든 법칙과 인과를 바꿔 버릴 생각이다. 그런다면 구원 없이 몰락하고 말았던 너희들도 다시 번성을 이룰 수 있겠지."

페트론뿐만 아니라 나로츠까지도 똑같이 연우를 돌아봤다. 발데비히는 물론, 이랑진군도 마찬가지였다.

하지만 손오공만큼은 알 듯 모를 듯한 미소를 지으면서 연우를 보고 있었다.

「자세히…… 말해 봐.」

페트론이 떨리는 음색으로 말했다.

*   *   *

손오공을 만나고 난 뒤.

연우는 홀로 여러 생각을 하기 시작했다.

'살아남으려면 어떻게 해야 할까?'

'꿈'은 반드시 이어져야만 한다.

그래야 이제야 겨우 되찾은 가족들이 웃으면서 살아갈 수 있을 테니까.

그들에게 칠흑의 힘을 부여하고, 강제로 '황'으로 만들어 볼까 하는 생각도 하긴 했었다.

하지만 격을 끌어올린다는 것이 그리 말처럼 쉽지 않을 뿐더러, 그런다고 해서 과연 가족들이 좋아할까 싶은 마음도 있었다.

어쨌거나 연우가 바라는 것은 단순히 가족의 생존뿐만이 아니라, 그들이 행복하게 살아가는 풍경이었으니까.

하지만 그러기 위해서는 자신이 영면(永眠)에 잠길 필요가 있었으니…….

그래서 이것이 최선책이라고 생각했고, 살고 싶다는 소망을 억지로 숨기고 외면하려 했다.

가족들이 행복하게 살기만 하면 다 된 것이다.

그렇게 속으로 몇 번이고 되뇌고자 했다.

하지만 손오공이 말했다.

그것은 기만에 불과하다고.

네가 희생한다고 한들, 가족이 그것을 좋아하겠느냐고.

물론, 기억은 지울 수 있을지 모르지만, 그것은 조작된 행복에 불과하다. 그리고 너는 가족들을 속이는 것에 지나지 않는다는 일갈이 그동안 피하고자 했던 진심을 다시 보게끔 만들었다.

그래서 그때부터 연우는 새로운 방법을 찾고자 노력했다.

여전히 안개 속을 걷는 것처럼 잘 보이지는 않지만······ 어떻게든 그는 조금씩 길을 찾아가며 앞으로 나아가고 있었다. 그 앞에는 손오공이 있어 틀린 길로 가지 않도록 인도해 주었고.

그리고 아주 작지만, 해결책에 대한 힌트를 발견할 수 있었으니.

바로 '초월'이었다.

물론, 칠흑왕의 대체 자아가 되어 초월을 이룬다는 건 어불성설일지도 몰랐다.

이미 그가 딛고 있는 격만 해도 '황'급이나 마찬가지였고, 칠흑왕의 주 자아가 된다고 해도 그것은 초월이라고 하기 힘들었으니까.

그가 초월을 이룬다는 건, 칠흑왕이라는 존재의 틀마저도 훨씬 뛰어넘는다는 뜻이었다.

당연하겠지만, 이건 거의 불가능에 가까운 말이었다.

칠흑왕이라는 존재를 아는 이들에게 말한다면, 하나같이 '미쳤냐?'는 답변이 돌아올 수밖에 없는 결심이었다.

그리고 그건 연우가 누구보다 잘 알고 있는바. 때문에 이런 선택지를 어느 정도 짐작하고 있으면서도 무의식중에 피하고 있었다.

까마득한 태초 너머의 태초…… 아니, 그런 태초 이전보다 훨씬 이전부터 있었던 존재.

천마가 처음으로 눈을 뜨며 빛을 만들어 내고, 우주 창생을 시작하며 '굴레'를 굴리기 전부터 이미 있었던 것이 칠흑왕이 아니던가.

그런데 그것을 뛰어넘는다니.

애당초 그런 존재는 상상하는 것조차 불가능했다.

하지만.

'할 수 있다. 아니, 해야만 해.'

연우는 그런 말도 안 되는 위치에 다다르기로 마음먹었다.

그래야만 이 지겹기 짝이 없는 '굴레'를 이 손으로 직접 멈추고, '꿈'도 계속 이어 나갈 수 있을 테니까.

그리하여 직접 목공이 되어 '굴레'를 이루는 굴대를 뜯어고치고, '꿈'도 여기저기를 보수할 생각이었다.

그리하여…… 가족들과 계속 함께 살아갈 생각이었다.

아니, 그뿐만이 아니었다.

그동안 잃어버리고, 잃어야만 했던 것들을 전부 원래대

로 되돌려 놓을 생각이었다.

자신 때문에 죽어야만 했던 옛 연인을 시작으로.

오로지 손녀 걱정만 하다가 눈을 감았던 브라함과 따스한 눈빛을 보내면서 떠났던 무왕까지…….

연우는 그 모든 것들을 원래 있었던 자리에 놓고, 그 사이에 자신도 있을 생각이었다.

'개변(改變)'이라고 표현한 건 전부 그런 뜻이었다.

물론, 그런 과정들이 절대 쉽지 않으리라는 건 잘 알고 있었다.

아니, 오히려 실패할 가능성이 훨씬 클 것이다.

어쩌면 실패하고 나서 연우는 일반적인 마성들처럼 될지도 몰랐다.

대부분의 기억을 잃어버리고, 정체성마저 상실해 본능만이 남았던 존재들. 악을 지르고 당장의 결핍을 채우려는 욕심이 전부였던 그들도 한때는 자신처럼 어떤 목표를 가지고 뛰었던 존재들이었을 테니까.

어쩌면 그나마 안전한 방법이라 할 수 있는 영면을 선택하는 것이 나을지도 모른다.

하지만.

'그래도…….'

하지만 연우는 설사 그렇게 된다고 해도 어떻게든 시도

는 해 보고 싶었다.

'아주 잠깐이라도 좋으니까.'

다행히 방법이 없는 건 아니었다.

려의 조각.

그것을 이용해 천마의 힘도 같이 가질 수 있다면……!

단순히 함몰되기만 하는 칠흑왕의 구속에서 벗어날 수 있을지도 몰랐다.

*　　　*　　　*

'내가 이렇게 살고 싶어 했던 적이 있었나?'

와중에 연우는 문득 그런 생각이 들어 피식 웃고 말았다.

확실하게 말할 수 있었다.

단연코 없었다.

그는 그동안 죽지 못해 살았던 망령에 불과했었으니까.

아버지가 자취를 감춘 뒤, 동생이 실종되고 어머니마저 돌아가셨을 때.

천애고아가 되어 도망치듯이 군대에 들어갔고, 아프리카로 파병을 갔다. 그리고 몇 번씩이나 죽음의 구렁텅이로 스스로를 밀어 넣었다.

그때는 당장 죽어도 괜찮다는 생각밖에 없었다. 굳이 자살을 하지 않았던 건 어머니의 유훈이 있어서였을 뿐이었으니까. 그저 이렇게 막살다가 보면 언젠가 가족들의 곁에 있겠지…… 그런 생각밖엔 하지 않았다.

그 뒤에 동생의 행방을 알게 되어 탑으로 들어가고 난 뒤에도 마찬가지.

그저 복수를 위해서라면 자신의 목숨 따윈 아무래도 좋았다. 그 과정에서 죽더라도, 한 명이라도 더 많은 원수를 죽일 수 있다면 그것으로 충분하다고 여겼다.

그러다 동생이 깨어나고, 아버지의 진실을 알게 되며, 어머니와 다시 만나게 되었을 때.

연우의 마음속에 아주 작지만 살고 싶다는 희망의 씨앗이 싹을 틔우기 시작했다.

그리고 어떻게든 살겠다고 마음먹은 지금.

가족들과 행복한 삶을 살고, 에도라와 가정도 일구고 싶다는 소망을 품은 지금.

연우는 그 어느 때보다도 확실하게 결심을 세웠다.

이제야.

이제야…… '진짜' 살아 있는 인간이 된 듯한 기분이었다.

　　　　　　*　　　　*　　　　*

「……그러니 칠흑왕이 되어 우리를 되살리겠다고?」

페트론은 연우의 설명을 듣고 기가 차다는 표정이 되었다.

그도 칠흑왕이 어떤 존재인지는 잘 알고 있었다.

비록 직접 만난 적도, 그와 관련된 것들과 마주친 적은 없어도, 전승은 종족 내에 계속 전해지고 있었으니까.

거인족들에게 있어서도 까마득하기만 한, 그런 존재가 되겠다고?

페트론으로서는 미쳐서 내뱉는 헛소리로밖에 보이지 않았지만.

"아니."

연우는 틀렸다는 듯이 고개를 가로저었다.

"그보다 높이 올라가겠다고 말하는 거다."

「미친……!」

"칠흑왕은 구속된 존재다."

나지막한 연우의 목소리에는 힘이 잔뜩 실려 있었다.

"항상 '굴레'니 '꿈'이니 하는 것에 단단히 구속되어 있지. 그것이 없으면 아무것도 하질 못해. 그러니 나는 그걸 전부 끊어 버릴 거다. 객관적으로 '굴레'와 '꿈'을 보고 난 뒤에야 굴대를 전부 뜯어고칠 수 있을 테니까."

「그래도……!」

페트론이 뭐라고 말을 하려 했지만, 도중에 중단해야만 했다.

연우의 눈빛이 크게 빛나면서 한쪽 입꼬리가 말려 올라가는 게 보였기 때문이었다.

"뭐, 그래도 싫다면 어쩔 수 없지만."

「무슨……?」

"무슨 소리긴. 너희들이 싫다고 해도 그냥 영혼석을 가져가겠다는 뜻이지."

「……!」

「……!」

「……!」

대놓고 너희들의 의견 따위는 그냥 묵살하겠다는 연우의 말이 페트론 등은 어이가 없을 뿐이었지만, 그렇다고 해서 뭐라고 반발할 수 있는 것도 아니었기에 말문이 막히고 말았다.

"그러니 선택해라."

연우의 비웃음이 더욱 커졌다.

"그냥 이대로 소멸해 버리든가, 아니면 아주 미약하게라도 희망의 끈을 붙잡고 있든가."

「…….」

「…….」

「…….」

페트론 등은 꿀 먹은 벙어리가 되어야만 했다.

가만히 상황을 지켜보고 있던 발데비히와 나로츠도 입이 쩍 벌어졌으니.

특히 나로츠가 받은 충격은 아주 커 보였다.

그도 그럴 것이, 그는 그동안 발데비히와 그가 모시는 신 인 연우를 예언 속 구원자라고 굳게 믿고 있었으니까.

그런데 그런 구원자가 대놓고 강짜를 부리니, 기존에 갖 고 있던 이미지가 산산조각이 나고 만 것일 테지.

『푸하하하!』

손오공은 이런 상황이 너무 재미있어 죽겠다는 눈치였지 만.

연우만 들을 수 있도록 어기전성으로 목소리가 이어졌 다.

『너 혹시 천마의 얼굴은 아니지?』

『……그게 무슨 소립니까?』

『막 나가는 인성질이 참 우리들이랑 너무 똑같다 싶어 서.』

『그쪽이랑 비교되는 건 제가 싫습니다만.』

『네가 더 심하면 심했지, 절대 덜하진 않은데?』

『아닙니다.』

『맞는데?』

『아닙니다.』

손오공이 피식 웃었다.

어쩐지 비웃음 같았지만, 연우는 그냥 무시하기로 했다.

『아니면 될 생각은 없고?』

『그게 되고 싶다고 아무나 막 되는 겁니까?』

『천마의 얼굴이 칠흑왕의 자아도 되는 마당에 반대는 되지 말란 법 있냐?』

『……그건 그렇군요.』

『거기다 네가 노리는 것도 그런 것 아냐?』

손오공의 목소리에는 여전히 장난기가 섞여 있었지만, 한편으론 어느 때보다 진지했다.

『이블케 녀석이 천마와 칠흑왕의 가능성을 동시에 품어서 목적을 이루려는 것처럼, 너도 그러려는 거잖아?』

『…….』

『다른 점이 있다면, 그놈은 단순히 도망칠 토끼 굴을 만들려는 거고, 너는 아예 칠흑왕과 천마의 머리 꼭대기에 앉아서 전부 입맛대로 휘두르겠다는 거지만.』

연우는 가볍게 한숨을 내쉬었다.

『비슷한 거 맞습니다. 거기서 아이디어를 얻은 건 사실이니 말입니다.』

『잘했다.』

『……?』

『잘했다고. 아주 작은 가능성이라고 해도, 그것을 획득하기 위해 맹목적으로 돌진하는 것. 그게 가장 중요한 거지.』

『…….』

연우는 손오공의 칭찬을 듣고 있노라니 어쩐지 묘한 기분이 들었다.

그리고 한편으로는 이것이 정답이라는 확신을 얻을 수 있었다.

손오공도 애당초 그가 이런 결론을 내리기를 바라고, 그렇게 유도했던 건 아닐까?

단순히 가르쳐 주기만 하면 언젠가 힘을 잃고 바스러질 수 있지만, 스스로 내린 결론이라면 굳게 밀고 나갈 수 있을 테니까.

그렇게 생각하니, 연우는 마음 한편이 차분하게 가라앉는 것을 느낄 수 있었다.

칠흑왕의 대체 자아가 되기 전까지, 한번 세운 목표는 어떻게든 성공해 내고 말던 자신의 마음가짐이 다시 되돌아온 기분이었다.

연우는 여전히 섣불리 대답을 하지 못하고 방황하는 거인들을 돌아보면서 짧게 말했다.

"날 믿으라는 소리는 안 한다. 대신에 발데비히를 믿어라. 그럼 되나?"

순간, 발데비히의 시선이 연우에게로 향하고.

거인들의 시선은 전부 발데비히에게로 쏠렸다.

그리고.

「……나는 가족을 만나고 싶어.」

페트론 쪽에 있던 어느 거인이 처음으로 적막을 깼다.

슬픔이 가득 섞인 목소리.

하지만 자그마한 희망을 품은 목소리였다.

「돌아가신 아버지, 어머니, 누이…… 당신이 만든다는 세상에서는 그들을 전부 만날 수 있을까?」

"최대한 노력해 보지."

「나도! 나는 이런 황량한 곳 말고, 벼가 많이 자라는 논이 있는 곳에서 눈 뜨고 싶어!」

「나는 여자들에게 인기가 많았으면 좋겠다! 제기랄! 이번 생은 글렀어! 대체 모태솔로로 언제까지 살란 거야! 다음 생! 다음 생만이 답이다!」

「나는 돈 많은 거부……!」

「나는……!」

「나도……!」

한 명을 시작으로, 여러 거인들이 저마다 떠들어 대기 시작했다.

각자가 가슴 한편에 품고 있던 소망들을.

하지만 좌절과 절망만 가득한 세계에서 절대 이룰 수 없던 그 소망들이 피어나는 순간, 연우는 다시 한번 더 새로운 신앙들이 속속 자신에게로 귀의하는 것을 느낄 수 있었다.

[거인족의 신앙을 획득했습니다!]
[거인족의 신앙을 획득했습니다!]
……

[모든 거인족의 신앙을 획득하는 데 성공했습니다!]
……

[새로운 칭호(거인족의 유일신)를 획득하였습니다!]
……

페트론은 더 이상 할 말이 없다는 듯 눈을 질끈 감아 버렸고, 나로츠는 그제야 안도에 찬 미소를 지으면서 발데비히의 어깨를 툭 두들겼다.

그리고 한쪽 눈을 찡긋하면서 말했다.

「나 잊지 말라고, 형. 알지? 오랜만에 만나서 반가웠어.」

파아아—

나로츠는 그 말을 끝으로 잘게 부서지면서 흩어졌다. 그리고 뒤따라 거인들도 줄줄이 마력으로 치환되어 영혼석으로 빨려 들어갔으니.

마지막까지 남아 있던 페트론은 여전히 진지한 얼굴을 한 채였다.

「당신이 진짜 구원자라면, 다시 우리를 찾을 테지. 하나 찾지 않는다면, 내가 어떻게든 당신을 찾아갈 거요.」

"마음대로."

「……그 망할 예언이 진짜였으면 좋겠군.」

그렇게 페트론도 사라지고.

[영혼석(근면의 돌)을 획득하였습니다!]

＊　　　＊　　　＊

……이제 세상에 남은 영혼석은 단 1개.

　　　　*　　　　*　　　　*

　행성, '포말―하우트'.

　뙤약볕이 뜨겁게 내리쬐는 여름, 농부들은 한창 쟁기질에 몰두하고 있었다.

　하지만 그것도 잠시.

　"으, 날씨 진짜……!"

　"오늘 분명히 날씨 흐리다고 하지 않았어?"

　"기상학자 놈들이 그렇지, 뭐! 어디 그놈들 예상이 틀린 게 하루 이틀인가?"

　"아, 진짜 너무 더운데. 이것들 오늘 안으로 다 해야 하는데 가능할까? 마도구로도 한계가 있는데. 음!"

　농부들은 아직도 한참 남은 밭을 보면서 땅이 꺼져라 한숨을 내쉬었다.

　최근 들어 이상 더위가 빈번하게 발생하면서 농사일을 차일피일 계속 미루던 차에, 간만에 날씨가 선선해질 거란 소식을 듣고 일을 개시했었건만.

　선선해지기는커녕 오히려 더 햇살이 뜨겁기만 하니 그들로서는 미치고 환장할 노릇이었다.

　이러다간 정말 기한 내에 일을 마감하기 힘들 거란 생각이 들어 등골이 쭈뼛 섰다.

지주 영감은 평상시에는 사람 좋아 보여도, 지시한 일들이 제때제때 끝나지 않으면 아주 엄하기 이를 데가 없는 사람이었다.

그들 같은 소작농으로서는 지주가 까라면 까야 하는 입장이니 갑갑할 수밖에.

그렇다고 해서 그냥 쟁기를 버리고 도망쳐 버리자니 여건이 이곳만 한 곳도 잘 없는 데다가, 소작농들의 복지를 챙겨 주는 지주는 더더욱 없다 보니…… 어디 딴 곳으로 갈 엄두가 나지 않았다.

결국 오늘 하루는 무리를 해서라도 일을 해야겠다는 생각에 다들 한숨을 푹푹 내쉬었다.

"그런데 틴, 저 친구는 참 대단하단 말이지?"

"그러게. 우리는 전부 죽는 게 아닌가 싶은 정도인데. 종일 일만 하고 있으니."

"어제도 그랬던 것 같았는데."

"어제가 뭐야. 한 달 내내 저러고 있구만."

"허! 저러다 젊은 사람이 몸 축나는 거 아닌가 몰라. 그래도 적당히 쉬엄쉬엄해야지."

농부들은 저 멀리 혼자서 밭뙈기를 갈고 있는 젊은 사내를 보며 걱정에 찬 얼굴이 되었다.

1년 전이었던가? 지주가 새로 참여하게 된 일꾼이라며 소개해 주었던 청년이었다.

　　말수가 적어서 아직까지 친해진 사람은 없었지만, 그래도 주어진 일을 가장 열심히 하고 있기 때문에 농부들로서는 저절로 걱정이 될 수밖에 없었다.

　　이런 더위 속에서도 그나마 밭이 이 정도까지 경작된 건, 저 청년 덕분이기도 했으니.

　　사실 그가 일사병으로 쓰러지면 남은 일을 어떻게 해야 하나 막막했던 것도 있었고.

　　"어이, 틴! 좀 쉬면서 해!"

　　결국 한 명이 크게 소리쳐서 그만하는 게 어떻겠냐고 제안했지만, 청년은 고개만 살짝 끄떡일 뿐이었다.

　　그리고 다시 일에 몰두했으니.

　　"아마 전생이란 게 있다면, 저 친구는 소였을 게 틀림없어. 사람이 어찌 저렇게 일만 하면서 살 수 있누? 신기하단 말이지."

　　농부들은 청년이 한번 고집을 부리기 시작하면 절대 듣지 않는다는 것을 알기 때문에 고개를 절레절레 흔들 수밖에 없었다.

　　"정말 어디서 비 한 바가지 안 쏟아지나? 그럼 정말 열심히 일할 수 있을 것 같은데. 흠!"

고개를 든 한 사람을 따라 다른 농부들도 일제히 하늘을 올려다봤다.

하지만 하늘은 여전히 맑기만 할 뿐, 구름 한 점 찾아볼 수 없었다.

*　　　*　　　*

[천마가 당신을 가만히 응시합니다.]

"……."

청년, 농부들이 '턴'이라고 부르는 녹턴은 묵묵히 쟁기질에 몰두했다.

농부들이 저들끼리 조용히 사담을 나눈답시고 자신을 가리켜 소니 뭐니 떠들어 대는 것도 알고 있었지만, 언제나 그랬듯이 그는 모른 척했다.

[천마가 당신을 가만히 응시합니다.]

그리고 망막 한편에 떠오른 메시지도 똑같이 무시했다.

남들이 안다면 기겁할 수밖에 없는 메시지였지만.

녹턴에게는 그저 쓸데없이 시야만 가리는 방해물에 불과

했다.

[천마가 당신을 가만히 응시합니다.]

이왕이면 아예 사라졌으면 좋겠는데, 계속 왜 저렇게 알짱거리기만 하는 건지.

거기다 녹턴은 행성 너머, 그로서는 도저히 어딘지 짐작하기 힘들 만큼 까마득하게 먼 곳에서 자신을 향해 있는 시선도 느끼고 있는 중이었다.

'원래 이런 시선이 있는 건 알고 있었지만…… 분명 이정도는 아니지 않았나?'

녹턴이 자신에게 고정된 천마의 시선을 읽기 시작한 것은 무왕의 승화 이후였다.

당시 그는 탈각과 초월을 실패하였고, 하나뿐인 스승을 잃은 채로 정처 없이 세계를 방황해야만 했다.

도중에 연우를 도와 탑을 무너뜨리는 데 일조하긴 했다지만, 그건 어디까지나 연우가 사제이기에 참여한 것일 뿐.

그는 이미 세상사에 대해서 아무런 관심도 없었다.

빙왕과 트와이스도 언제부턴가 그의 곁을 떠났을 정도였으니…… 그가 얼마나 방황을 했는지는 따로 설명하지 않아도 충분하리라.

그러다 녹턴은 아주 우연찮게 천마가 자신을 지켜보고 있단 사실을 깨달을 수 있었다.

당시에는 황당하기도 했지만, 어이가 없기도 했다.

아들을 잃었으니, 그에 대한 미안함과 그리움을 자신을 통해 덜어 내려는 걸까?

이유는 알 수 없었다.

하지만 녹턴으로서는 천마에게 호의적일 이유가 없었으니, 그냥 무시로 일관했다.

왜 그러는지 질문도 던지지 않았고, 화를 내지도 않았다.

그냥 없는 것처럼 취급했다.

언제부턴가 천마가 자신을 관찰하고 있다는 메시지가 떠올라도 마찬가지.

그냥 아무것도 보이지 않는 사람처럼 행동했다.

천마도 거기에 대해서 다른 반응을 보이지 않았고.

'그러다 내가 이 행성에 오고 난 뒤부터 좀 달라졌었지.'

더 노골적으로 변했다고 해야 할까, 아니면 더 감정이 실렸다고 해야 할까.

아주 미약하지만, 천마의 시선에 감정이 섞이기 시작했다.

그것은 녹턴도 아주 잘 아는 감정이었다.

그리움.

그리고 미안함.

녹턴이 무왕에게 가졌던 감정이었다.

천마는 이제 아예 대놓고 자신에게 올포원을 투영하고 있었다.

이유는 어느 정도 짐작이 가기도 했다.

'내 무의식 한편에 남아 있는…… 그 기억 때문인가? 확실히 이곳은 손재원이 처음 소환되었던 이세계와 많이 닮았으니. 아니, 그곳이 확실하긴 해. 시간은 아주 많이 지났지만.'

언제부터였던가?

녹턴은 탑에서 나온 뒤, 정처 없이 우주 곳곳을 돌아다니던 중 이따금 꿈을 꾸었다.

정확하게는 백일몽이라고 해야 하리라.

길을 걷다가도 갑자기 단편적인 기억들이 떠오르고, 이따금 꿈에 너무 취한 나머지 정체성에 혼란을 겪을 때도 한두 번이 아니었으니까.

웬 이상한 가족들 틈바구니에 둘러싸여 다 같이 웃고 있기도 했고.

또 어떨 때는 원인을 알 수 없는 정신적 충격을 입은 채로 제자리에 주저앉아 눈물을 뚝뚝 흘리기도 했다.

그것은…… 올포원의 기억이었다.

정확하게는 올포원이 '비바스바트'라는 이름을 얻기 전, '손재원'으로서 겪었던 시절의 기억.

녹턴은 자신이 녹턴인지, 아니면 손재원인지 헷갈릴 때가 한두 번이 아니었다. 정말이지 호접몽이 따로 없었다.

그리고 그런 기억 속에는 현재 자신이 있는 행성에 대한 기억도 있었다.

처음 손재원이 사라진 아버지, 천마를 쫓아 도착했던 세계.

인신 공양이 너무 당연하게 여겨지던 미개한 세계가 바로 이곳이었다.

당시에 손재원은 정말이지 이대로 죽는 게 아닐까 싶을 정도로 굴렀고, 끝내 신격이 되고자 하는 괴물을 처치하고 그 영성을 갈취하는 데 성공할 수 있었다.

이는 피조물들을 강제하고자 하는 초월자들에 대한 원한을 처음으로 품게 된 계기이기도 했으니.

탑에서 절지천통을 그리도 부르짖었던 건, 전부 이곳에서의 기억이 손재원에게 아주 깊은 트라우마로 남았기 때문이었다.

그런데 그런 곳에 녹턴이 도착한 것이다.

그토록 많은 문명과 행성이 있는 이 우주에서, 하필이면 왜 이곳으로 흘러들어왔는지는 아직도 이해할 수 없었지만…… 그 이유와 별개로 녹턴으로서는 큰 충격을 받을 수밖에 없었다.

모든 것이 데자뷰처럼 느껴졌으니.

1년 넘게 이 행성에 남아 있는 것도 전부 그런 이유 때문이었다.

물론, 당시와 현재는 상당한 시간 차가 있었다.

이미 인신 공양 같은 말도 안 되는 풍습은 사라진 지 오래였다. 아니, 오히려 문명이 크게 발달하지 않았는데도 불구하고, 무신론(無神論)이 대세처럼 아주 널리 퍼져 있었다.

무신론만이 아니었다. 보통 괴력난신으로 통칭되는 이상 현상에 대해 대단히 부정적인 입장을 가진 이들이 아주 많았다.

—신같이 증명되지 않은 존재에게 기대지 않고, 자력으로 일어서서 세상을 살아간다.

언젠가 손재원이 꿈꿨던 세상, 절지천통이 너무나 당연하게 여겨지는 세상이 바로 이곳에 있었던 것이다.

아무리 시간 차가 있다고 해도, 그토록 신적인 존재들에게 휘둘리던 문명이 이토록 크게 바뀌게 된 경우는 거의 찾아올 수 없는바.

이것은…… 어쩌면 손재원이 왔다 갔다는 흔적은 아닐까?

신기한 점은 보통 그만한 영웅이 왔다 갔다면 전설이나 신화 따위로 남아 숭상을 받을 텐데, 여기서는 단순한 영웅담이나 동화 정도로만 남아 있다는 점이었다.

손재원의 기억을 조금씩 복원하고 있는 녹턴으로서는 묘한 기분이 들 수밖에 없는 것이다.

그리고 그럴수록 천마의 시선도 점차 강렬해졌으니.

녹턴이 최근 들어 이상하게 답답한 마음이 되는 것도 전부 그 때문이었다.

'조만간에 이곳도 떠나야겠어.'

녹턴은 손재원의 기억을 굳이 거부하거나 하지 않았다.

예전 같았으면 자신의 것이 아닌 기억 따위에 진절머리를 쳤겠지만, 너는 너로 살라는 스승님의 유언이 있었으니 이 기억도 자신을 이루는 요소 중 하나라 여기며 대수롭지 않게 여기고 있었다.

그냥 흐르는 대로 사는 것.

그것이야말로 녹턴이 바라마지 않는 삶이었으니…….

[손님이 방문하였습니다.]

그렇기에 녹턴은 갑자기 새롭게 추가된 메시지에 고개를 갸웃거렸다.

손님이라고?

이건 또 무슨 소리일까.

녹턴의 시선이 농부들과는 전혀 다른 방향으로 향했다.

＊　　　＊　　　＊

"넌……!"

"이렇게 만나게 되는 건 처음이야. 그렇지?"

"……헤븐윙이로군. 완전히 소생(甦生)하게 된 건가?"

녹턴은 연우와 똑같은 생김새를 하고도 전혀 다른 기질을 풍기는 차정우를 신기한 눈으로 보았다.

"비슷해. 그런데……."

차정우는 가만히 고개를 끄덕이다 고개를 갸웃거렸다.

어쩐지 익숙한 시선이 이곳에도 있었으니까.

그리고 그건 녹턴도 똑같이 느낀 모양이었다.

피식.

녹턴이 가볍게 웃음을 흘렸다.

"어쩐지 세상사에 무감하기로 유명한 분께서 최근 들어 관심사가 많아지신 모양이로군."

차정우는 아주 잠깐 고민에 잠겼다.

자신이야 '낮'의 새로운 주인이 되어 그렇다 치더라도, 어째서 녹턴에게도 이 시선이 닿아 있는 걸까?

단순히 자신이 녹턴을 데리러 오려 하니 따라온 건 아닌 것 같았다.

이미 이전부터 천마가 녹턴을 지켜보고 있었다는 뜻.

'천마의 안배에…… 녹턴도 있었던 걸까?'

이유는 알 수 없었지만.

차정우는 어쩐지 자신이 정답을 선택한 것 같다는 확신을 받을 수 있었다.

"녹턴. 당신에게 부탁할 것이 있어."

"좋아. 가지."

"그래. 나와 같이 가 줄…… 으, 응?"

차정우는 녹턴을 설득하려다 말고, 갑자기 그가 고개를 끄덕이자 눈을 동그랗게 뜨고 말았다.

아직 용건을 꺼내기는커녕, 어디로 같이 가자고 말도 하지 않았는데 마치 예상하고 있었다는 양 대답하고 있었으니.

사실 차정우는 녹턴을 설득하는 데 상당한 시간이 걸릴 거라고 생각하고 있었다.

이미 그를 찾기 전에 빙왕과 트와이스를 만났었기 때문이었다. 녹턴을 만나도 별다른 기대를 하지 않는 게 좋을 거란 말에 각오를 다지면서 왔는데…… 대체 어떻게 된 걸까?

하지만 녹턴은 여상한 태도였다.

"스승님이 말씀하셨다. 세상에 이제 단둘만 남은 사형제이니 싸우지 말고 잘 지내라고. 그렇게 사이좋은 관계라고는 말 못 하겠지만, 어쨌거나 그놈을 도우러 가는 것이겠지?"

차정우는 눈을 더 크게 뜨다가 곧 무겁게 고개를 끄덕였다.

"맞아. 네 도움이 필요해."

"좋다. 하지만 하루만 기다려라."

"하루?"

차정우는 순간 이해를 하지 못해 고개를 갸웃거렸고.

녹턴은 아주 당연하다는 투로 대꾸했다.

"무너진 기량을 제대로 복구하려면 하루 정도는 필요하니까."

녹턴이 기량을 되찾는다?

언젠가 무왕은 녹턴의 기예가 자신과 견줄 만하다고 평가한 적이 있었으니.

그것을 되찾는다는 말에 차정우는 감사하다며 고개를 푹 숙였다.

*　　　*　　　*

"그래. 그러니까 설득을 못 했다고?"

"아니. 그러니까 그게……."

"그러니까 못했단 거잖아. 그렇지?"

"그, 그게……!"

교마왕은 붕마왕이 계속 쏘아 대는 통에 정신을 차릴 수가 없었다. 어떻게든 변명을 하려고 애썼지만, 붕마왕의 날카로운 눈초리는 도저히 수그러들 기미를 보이지 않았다.

매번 철없이 지내는 교마왕을 대신해, 셋째이자 의형제들 중에서도 홍일점인 붕마왕은 사실상 동주칠마왕 내에서 실무를 도맡아 하고 있었다.

워낙에 성격도 다부지다 보니 교마왕이며 다른 의형제들도 이따금 우마왕보다 그녀를 더 두려워하는 경우가 많았다.

붕마왕은 교마왕이 손오공을 데려오지 못한 것에 대해 연신 질책을 해 댔고, 그럴 때마다 교마왕은 자꾸만 쥐구멍에 숨고 싶어졌다.

나도 가고 싶지 않았다고! 그렇게 말하고 싶은 마음이 굴뚝같았지만, 붕마왕의 매서운 눈빛을 보고 있노라니 말이 도로 입 안으로 쏙 들어갔다.

그러다 구원을 바라는 심정으로 사타왕을 바라봤지만.

"……."

스윽!

사타왕은 휘파람을 불면서 슬그머니 시선을 피했다.

그것이 교마왕에게는 크나큰 배신감을 느끼게 했다.

"설마 막내가 귀찮다면서 그냥 가라고 했다고 돌아온 거 아니지? 큰 오빠가 세운 계획에서 막내가 가장 중요한 열쇠라는 건 알고 있지?"

"하, 하하! 모, 모를 리가 없잖아! 하지만 막내가 자기는 휴식을 취하고 있다고 했던 데다가, 생각을 정리할 수 있는 시간을 달라고 했었……."

"전혀 모르고 있었네."

"……."

"돌아오긴 왜 돌아왔니. 그냥 나가 뒈지지 그랬어. 그럼 악어의 눈물이라도 흘려 줬을 텐데."

"……."

계속 독설이 이어지는 통에 교마왕의 얼굴이 울상이 되었다.

하지만 그럴수록 붕마왕의 한숨은 더욱 커졌다. 미간에는 깊은 골이 팼다.

"아, 이럼 정말 큰일인데. 어떻게 하면 좋을……!"

붕마왕은 말을 잇다 말고 도중에 고개를 들었다. 교마왕과 사타왕의 시선도 같은 곳으로 돌아가던 그때.

[손오공이 강림합니다!]

콰쾅!

갑자기 의형제들이 머물고 있던 막사가 날아가면서 한 남자가 내려왔다.

백발을 길게 늘어뜨린 사내. 손오공이었다.

반가운 얼굴이니만큼 모두가 반색해야 했지만.

의형제들은 하나같이 인상을 딱딱하게 굳혀야만 했다.

휘휘휘!

손오공을 중심으로 막대한 투기가 넘실대고 있었으니까.

"형제님들, 말씀 중에 죄송하지만 영혼석 좀 회수해 가겠습니다. 아주 좋은 곳에 쓰일 테니 양해 부탁드립니다."

"……!"

"……!"

"……!"

그 순간, 의형제들은 일제히 신력을 개방했다. 그러면서 서로 간에 빠르게 눈치를 살폈다.

막내는 그들이 영혼석을 갖고 있단 사실을 몰라야만 했다. 여기에 대해 언급한 적이 없었기 때문이었다.

그런데도 알고 있다는 건, 누군가가 막내에게 일러다 바쳤다는 뜻이었다.

그런데.

손오공의 한쪽 입꼬리가 비릿하게 말려 올라갔다.

"어이쿠! 그냥 찔러 본 건데. 진짜 있나 보네?"

"……!"

"……!"

"……!"

"하여간 우리 형제님들 이렇게 순진해서 얻다 쓴담? 하여간 좀 받아 가겠습니다. 쓸 데가 있어서!"

손오공이 거세게 지면을 박찼다.

콰아앙!

쐐애애액—

"마, 막아!"

"젠장! 왜 또 무슨 짓을 저지르려는 건데!"

우마왕을 제외한 다른 의형제들은 그동안 손오공에게 시달린 시간이 워낙에 많기 때문에 반사적으로 합격진(合擊

陣)을 갖추면서도, 어떻게든 손오공을 뜯어말리고자 애썼다.

하지만 이미 한번 움직이기 시작한 손오공은 폭주 기관차나 다름없었으니.

콰르르릉—

뇌벽세와 화염륜이 잇달아 터져 나가면서 의형제들이 죄다 튕겨 났다. 막사가 무너지면서 불기둥이 몇 번이나 하늘 위로 치솟아 올랐다.

퍼퍼퍼펑!

쿠쿠쿠쿠—

＊　　　＊　　　＊

['복마전'과 '동주칠마왕' 간에 내분이 발생하였습니다!]

"무, 뭐야?"

"또 무슨 일이지?"

현재 동주칠마왕이 자리를 잡은 곳은 려의 무덤에서 얼마 떨어지지 않은 곳.

당연히 일대에는 절교의 숙영지가 건설되어 있을 수밖에

없었고, 자연스레 소속 악마들은 그쪽으로 고개를 돌리고
는 혀를 찼다.

그들 대부분이 보유한 신화에서 동주칠마왕과 갈등을 겪
었던 이들이니만큼, 저들이 또 소동을 일으킨 것이 전혀 이
상해 보이지 않았다.

*　　　*　　　*

그사이.

"……이건?"

사타왕은 손오공에게 또 두들겨 맞을까 싶어 슬쩍 뒤로
내빼려다 말고, 갑자기 그림자가 일렁이는 것을 보고 눈을
번뜩였다.

[칠흑왕의 대체 자아가 강림합니다!]

"허! 막내가 왜 그러나 싶었더니. 너와 손을 잡은 거였
나! 차라리 잘되었는지도 모르겠군."

사타왕은 연우가 튀어나오는 것을 보고 송곳니가 훤히
드러나라 웃어 댔다.

언제 겁을 먹었냐는 듯이 투기마저 넘실거렸다.

그의 신위는 전투. 정확하게는 '호전광(好戰狂)'이었다. 싸우는 것을 워낙에 좋아하다 보니 신화가 겹겹이 쌓이고, 감히 자신이 넘볼 수 없는 벽이었던 우마왕에게 반해 동주 칠마왕에 속하게 된 케이스였으니.

손오공이야 오랫동안 부딪치다 보니 별반 새로울 게 없었지만, 연우는 전혀 달랐다.

오래전에 연우와 한차례 부딪쳐 본 적도 있거니와, 그 뒤로도 몇 번씩 충돌했지만 제대로 된 결착을 내지 못했으니 이참에 끝을 보고 싶은 마음이 굴뚝같았다.

그래서 사타왕은 연우를 발견하자마자 곧장 몸을 날렸다. 마치 맛난 먹이를 발견한 사자처럼, 매서운 일격이 공간을 찢어발겼다.

휘이잉, 콰아아앙!

하지만 사타왕의 주먹은 연우에게 닿기도 전에 갑자기 위로 삐죽 치솟아 오른 그림자에 가로막혔다.

"비켜!"

연우는 너 같은 잔챙이에게 소요할 시간 따위 없다는 듯, 움직이던 그대로 거세게 일갈을 내질렀다.

['그림자 영역'이 크게 확장합니다!]

['밤(녹스)'이 내려옵니다!]

[대적자의 운명이 다시 굴러가기 시작합니다!]

"……흡!"

사타왕은 자신을 에워싼 그림자에 막대한 힘이 실리자, 한순간 헛바람을 들이켜며 신력을 잔뜩 끌어 올렸다.

[신물 '파초선'의 힘이 더해집니다!]
[바람의 힘이 도중에 차단됩니다.]

"무, 뭐…… 컥!"

퍼어어엉!

사타왕은 거의 자신과 한 몸이 되다시피 한 파초선을 제대로 사용하기도 전에 이미 크게 튕겨 나가고 말았다.

그는 과연 알까? 이미 파초선에 대한 분석은 연우가 오래전에 끝내 둔 상태였기 때문에 오히려 그것이 독으로 작용해 버렸다는 것을.

"이, 이런!"

"안 돼!"

다른 의형제들이 뒤늦게 연우를 발견해서 어떻게든 그를 제재하려 했지만.

"감히 나를 두고 등을 돌려?"

"마, 막내야!"

"제발 좀 그만할……!"

손오공이 사악하게 웃으면서 가한 난타에 그대로 휩쓸려 나가고 말았다.

결국 그사이 연우는 붕마왕이 있는 곳까지 다다를 수 있었으니.

붕마왕이 어떻게 손을 쓸 새도 없었다. 이미 그녀의 그림 자가 주인의 의지를 거스르고 전신을 속박하고선 목젖에다 날카로운 날까지 갖다 대고 있었으니까.

그리고 그 위에다 연우도 검결지를 짚은 자신의 손끝을 가져다 댔으니.

여차하면 목을 꿰뚫어 버릴 것 같은 위협적인 자세에 붕 마왕의 눈빛이 살짝 떨렸다.

"……원하는 게 뭐야?"

"영혼석 내놔."

"이런다고 해서 네가 칠흑왕을 막을 수 있는 방법이 생기지는 않……!"

"내 일은 내가 알아서 한다. 그러니까 내놔."

"……."

붕마왕은 아주 잠깐 갈등했다.

그녀는 사실 이 자리에서 죽거나 소멸하는 것에 대해 크게 걱정하지는 않았다.

기회주의자인 교마왕이나 단순한 호전광인 사타왕과 다르게, 그녀는 우마왕의 계획을 진심으로 이해하고 찬동하여 가담하고 있는 중이었으니까.

막내와 천마를 구할 방법은 그것뿐이다, 그렇게 굳게 믿고 있었다. 그것을 위해 죽는다고 해도 딱히 상관없었다.

하지만 그녀가 고민하는 것은 막내가 갖고 있는 생각이었다. 붕마왕이 알기로, 손오공은 막무가내처럼 보여도 절대 무의미한 행동은 하지 않았으니까.

그 사이.

쿵!

쿵!

"으어어……."

"저놈, 그새 더 세졌어……! 정말 사람 맞냐……!"

손오공에게 처맞을 대로 처맞은 둘이 힘없이 땅바닥으로 추락했다.

붕마왕은 손을 탁탁 털고 있는 손오공을 노려보면서 물었다.

"대체 무슨 생각이야?"

"살아남을 생각."

"······큰오빠가 하려는 방법으로는 안 된다고 생각하는 거야?"

"비슷해. 이 빌어먹을 우주를 처음부터 뜯어고치면 안 될 것 같아서."

"그러다 정말 다 죽어! 끝도 없다고!"

"이렇게 힘없이 또 '굴레'가 굴러가는 걸 지켜보느니, 차라리 다 망하더라도 바로잡으려는 것뿐이야. 애송이도 그걸 바랄 테고."

"······."

붕마왕은 손오공을 어떻게든 뜯어말리고 싶었지만, 그가 한번 마음을 먹으면 다른 말은 절대 들어 먹지 않는다는 것을 잘 알기 때문에 결국 신경질적으로 영혼석을 내놔야만 했다.

차라리 잘되었다 싶은 마음도 있었다. 태생적으로 절교 놈들과 계속 손을 잡고 있는 것도 그리 마음에 들지는 않았으니까.

[영혼석(친절의 돌)을 습득하였습니다!]

연우는 그것을 회수하자마자, 곧장 고개를 위로 들어 올렸다.

['밤(녹스)'이 만연하게 퍼지고 있습니다!]

[악마의 사회, '절교'가 큰 혼란에 잠겼습니다!]

['시의 바다'가 기습을 받아 궤멸의 위험에 처했습니다!]

[정체를 파악할 수 없는 짐승이 고통에 몸부림칩니다!]

[정체를 파악할 수 없는 짐승이 고통에 몸부림칩니다!]

......

['멸망을 노래하는 자'가 감히 아버지를 거스르려는 자들에게 멸망을 선고합니다!]

['검은 풍요의 요신'이 '밤(녹스)'의 지배를 거부하는 이들에게 저주를 선사하고자 합니다!]

['불결의 근원'이 옛 숙적들에게 전염병을 선물합니다!

['춤추는 녹색 불길'이 눈에 보이는 것들을 모두 불태워 정화시키고자 합니다!]

......

[디스 플루토가 죽음을 퍼뜨립니다!]

절교의 악마를 비롯해 이블케가 만약을 대비해 주둔시켰던 짐승들까지, 연우가 퍼뜨린 그림자에 붙들린 채로 거기서 솟아난 권속들에게 뜯어 먹히고 있었다.

악마들이 지르는 비명과 짐승들이 울부짖는 괴성으로 세계가 들썩였지만.

[확보한 인과율 중 상당수가 급속도로 소모됩니다.]

[남은 인과율: 41, 40, 39, 38%…….]

이미 연우가 전력을 개방하기로 마음먹은 순간부터, 그들이 연우를 거스를 수는 없었다.

그동안 연우가 그들에게 열세인 듯한 인상을 풍긴 건 어디까지나 '꿈'과 '굴레'의 존속을 위해서였을 뿐.

하지만 그것을 내던진 이상, 연우는 이미 이 우주와 세계가 가진 인과율(因果律)과 억지력(抑止力)의 의지나 다름없었다.

그것이 바로 칠흑왕이 가진 본질, 그 자체라 할 수 있었으니까.

끄어어어어!

그렇게.

연우는 곳곳에서 울부짖는 적들을 지나 어느 동굴 앞에 다다를 수 있었으니.

이블케와 우마왕, 그리고 통천교주의 흔적이 그쪽으로 이어지고 있었다. 그리고 현자의 돌 안에 박힌 죄악석의 마력도 그쪽으로 계속 꿈틀대고 있었으니.

이곳이 려의 무덤이 틀림없었다.

하지만 연우는 동굴 입구를 통과하려던 도중에 걸음을 멈춰야만 했다.

뚜벅.

뚜벅.

동굴 안쪽에서부터 누군가가 걸어 나오고 있었으니까.

그리고 그의 얼굴을 확인했을 때, 연우의 얼굴이 딱딱하게 굳었다.

"불청객이 올 거라 생각은 하였지만, 조카님이신지는 몰랐군. 이렇게 인사를 나누는 게 처음일 테지? 반가우이."

오케아노스가 가볍게 손을 흔들며 인사했다.

[용신안]
[화안금정]
[현자의 눈]

['천안통'이 상대가 가진 데이터를 파악 중에 있습니다!]

['천이통'이 상대의 프로세스를 분석 중에 있습니다!]

[상대는 현재 시스템이 보유한 프로그램으로 파악 및 분석이 불가능한 대상입니다. 데이터 해석이 불가능합니다.]

[시스템을 업데이트합니다.]

[해석이 실패하였습니다.]

[시스템을 업데이트합니다.]

[해석이 실패하였습니다.]

[시스템을 업데이트합니다.]

......

[시스템에 대한 대규모 업데이트가 이뤄졌습니다!]

[대상에 대한 파악 및 분석이 다시 이뤄집니다.]

연우는 가장 먼저 시스템을 활용해 오케아노스에 대해 분석하고자 했다.

상대는 비마질다라를 압도적인 무위로 꺾고, 지구에 강제로 억류시켰던 인물.

여태껏 비마질다라에게 이런저런 많은 도움을 받았던 연우에게는 반드시 그의 원수를 갚아야 한다는 의무감이 있었다.

초월을 이루고, 개변을 통해 '굴레'와 '꿈'을 뜯어고친다면 그 역시 다시 나타날 수 있을 테지만.

그것과는 별도로 원한은 원한이었다.

절대 그냥 지나칠 수가 없었다.

그리고.

[모든 분석이 끝났습니다.]
[결과를 출력합니다.]

"크게 다쳤군. 경계의 거주자와 싸우기라도 했나?"

아주 짧은 시간 동안, 연우는 오케아노스에 대한 거의 모든 정보를 파악할 수 있었다.

그를 둘러싼 여러 사념들을 분석하면 상당한 정보가 나오기 마련이었으니까.

그리고 거기서 오케아노스가 꽤나 큰 상처를 입은 상태임을 알 수 있었다.

겉보기엔 평상시와 다를 바가 없어 보였지만, 비마질다라의 사념에서 봤을 때보다 훨씬 신력의 양이 적었다.

게다가 영체는 온통 상처로 가득했으니.

하나하나에 경계 거주자의 손길이 묻어 있었다.

그와 한판 크게 겨뤘다는 뜻.

"승기는 잡지 못했던 것 같고."

오케아노스와 경계의 거주자 사이에 어떤 일이 있었는지 정확히는 모른다.

다만 저렇게 존재가 소멸할 위기를 겪었을 정도로 크게 다툰 걸 봐서는 진즉 서로가 서로를 알고 있었고, 도중에 일이 틀어진 것일 게 분명했다.

'아마도 비마질다라에게 했던 것과 똑같은 짓을 하려 했겠지.'

그것이 연우의 심기를 적잖이 언짢게 만들었다.

비록 경계의 거주자는 자신에 대한 충성을 미뤘지만, 어쨌거나 그가 품은 '밤'의 일원이었다. 언젠가 권속이 될 자에게 손을 뻗으려 했다는 사실이 기분 나쁠 수밖에 없었다.

"하하하! 이거 발가벗겨진 것처럼 다 들켜 버리니 조금 부끄러운데."

오케아노스는 민망했던지 검지로 콧잔등을 긁었다.

그러면서도 사람 좋은 미소를 짓는 것은 그가 원래 알려진 대로 자상한 성품을 지니고 있어서일까, 아니면 그것이 그만큼 오랫동안 세상으로부터 자신을 숨겨 온 가면이기 때문인 걸까?

"그런데 조카님이 이 백부에게 이리 관심이 있으실 거라고는 생각도 못 했군. 어떤가? 담소라도 잠깐 나누는 것은."

"관심 없어."

"조카님이 많이 바쁘시다는 것은 알고 있다네. 이 백부에게 불만이 아주 많다는 것도. 하지만 아주 잠깐이면 될……!"

"그러니까 말했잖나. 그럴 필요 없다고."

연우가 피식 웃으면서 입꼬리를 차갑게 말아 올렸다.

"어차피 연옥로에다 처박아 버리면 알아서 술술 불 텐데 귀찮게 왜?"

「흐! 역시 우리 주인님. 상대의 말 따위는 귓등으로도 듣지 않는 인성이 참 대단하쥬?」

간만에 샤논이 히죽대는 소리가 들렸지만, 연우는 전혀 개의치 않고 움직였다.

파아앗!

['축지' 를 전개하였습니다!]

연우가 한 발을 내딛는 순간, 그는 어느새 오케아노스의 뒤편을 점하면서 검결지를 크게 휘두르고 있었다.

한데 모은 검지와 중지에서부터 삐죽 솟은 그림자는 아주 날카로웠다.

그동안 연우가 크로노스와 합일을 이루면서 분석했던 스퀴테의 데이터를 바탕으로 임시로 만든 칼이었지만.

칠흑을 토대로 만들고, 연우의 권능이 상당수 부여된 만큼 실제 스퀴테와 비교해도 크게 뒤지지 않을 정도로 단단하고 날카로운 절삭력을 자랑했다.

까아앙!

하지만 오케아노스는 비마질다라와의 싸움에서 승리한 것이 절대 운이 아니었다는 것을 증명이라도 하듯, 아주 쉽게 몸을 측면으로 틀면서 검을 휘둘렀다.

검과 검이 부딪치면서 파동이 삽시간에 사방으로 뻗쳐 나갔고.

[인스턴스 던전, '망망대해(茫茫大海)'에 입장하

였습니다!]

오케아노스가 구축한 심상 세계가 활짝 열리면서 주변 배경이 뒤집혔다.

육지라곤 찾아볼 수 없는, 끝도 없이 푸른 물결이 이어지는 바다가 나타났다.

오케아노스가 원래 갖고 있는 신위는 '바다'. 정확하게는 '원시(原始)의 바다'였다. 모든 신적인 존재와 피조물들의 근원이 잠들어 있는 바다.

"이런. 아무리 내가 싫다고 해도 두어 마디 정도는 들어줄 수 있을 텐데. 너무 각박한 것 아닌가?"

"말했지?"

연우는 검결지를 안쪽으로 잡아당겼다.

"하고 싶은 말 있으면 연옥로에 처박히고 난 뒤에 하라고."

[검붉은 구비타라]

연우는 잇달아 공세를 퍼부었다. 검결지를 휘두를 때마다 검뢰가 연거푸 떨어졌다.

원래대로라면 팔극(八極)에서 끝났어야 할 검뢰는 그 뒤로도 계속 이어지면서 곱절로 늘어나는 중이었다.

구극(九極), 십극(十極), 십일극(十一極)…….

십극만 하더라도 기존 검뢰의 1,024배나 되는 어마어마한 위력을 지녔는데도 불구하고.

연우는 눈 하나 깜빡하지 않고 검뢰를 그어 댔다.

웬만한 은하 따윈 그냥 송두리째 잡아먹을 힘은 심상 세계를 이루고 있던 바닷물을 금세 말려 버리는 것으로도 모자라, 아예 결계의 내벽이며 외벽까지 송두리째 뒤흔들어놓고 있었다.

뇌기가 튀어 오르면서 그을음을 남기고, 균열을 따라 충격파가 더해지면서 더 크게 벌어졌다.

그만큼 폭압적인 힘을 연거푸 전개하는 건, 폴리모프를 유지해야 하는 연우로서도 상당히 부담될 수밖에 없을 테지만.

그는 그런 것을 신경도 쓰지 않는 얼굴이었다.

[집행자로서의 운명이 가속화되고 있습니다!]
[세계의 종말이 빨라집니다!]
[아마겟돈이 예정되었던 시기보다 훨씬 앞서 전개됩니다!]
……

['굴레'가 빨리 감깁니다!]

['꿈'이 빨리 저물어 갑니다!]

그만큼 인과율을 소모해 버리면 그만이었으니.

더군다나 비마질다라에게서 검붉은 구비타라를 선물받으면서 검뢰는 이전보다 훨씬 효율적으로 변했고, 육체도 칠흑왕의 대체 자아가 되면서 격이 한껏 높아져 이 정도는 괜찮았다.

물론, 과부하까지 사라지는 건 아니었지만, 연우는 전혀 개의치 않았다.

어차피 이놈을 물리치지 않으면 아무것도 남지 않게 될 테니까.

콰쾅! 콰콰콰—

쿠르르릉!

퍼퍼퍼펑—

그리고 검뢰가 번뜩일 때마다, 오케아노스는 자꾸만 뒤로 밀려났다.

"이런 건…… 생각도 못 했는데……. 훨씬 강하군…… 이럼 큰일인데……?"

그때마다 오케아노스는 기가 차서 헛웃음을 흘려야만 했다.

이건, 단순히 경계의 거주자와의 싸움에서 입은 상처가 다 낫질 않아서 어쩔 수가 없었다는 식의 변명이 절대 통하지 않을 만큼 압도적인 힘의 차이였다.

그 역시 강하다고 자부했고, 이블케가 아니라면 누구에게도 절대 지지 않을 거란 자부심이 있었건만.

이건 차이가 심해도 너무 심하지 않은가?

물론, 그런 오케아노스의 허탈함을 이해할 연우가 아니었고.

콰르르릉!

결국 오케아노스는 한계치까지 내몰리고 말았다.

[인스턴스 던전, '망망대해'의 내구도가 한계에 다다랐습니다!]

['오케아노스'라 명명된 대상의 격이 흔들립니다!]

[신화가 부서집니다.]

[파편이 쏟아집니다.]

심상 세계가 무너지는 만큼, 결국 오케아노스의 존재를 이루고 있던 신화도 조금씩 부서지면서 허공으로 튀어 올랐다.

[천안통이 신화의 파편을 회수합니다.]
[천이통이 신화의 파편을 분석합니다.]

연우는 그 속에서 오케아노스가 품은 과거를 어느 정도 읽어 들일 수 있었다.

* * *

어느 파편에서.

오케아노스는 어린아이였다.

"우리 첫째는 참 아이답지 않군. 맏이라 그런가? 욕심도 없고, 떼를 쓰지도 않고."

"얼마나 의젓한지 몰라요."

오케아노스는 보통 아이들과는 달랐다.

여느 아이들처럼 울지도 않고, 싸우지도 않았다. 마치 세상사를 초월이라도 한 듯한 모습에 다들 애늙은이가 따로 없다고 말했지만, 그러면서도 차기 올림포스를 이끌 진정한 왕재(王才)라며 칭찬했다.

하지만 오케아노스에게는 남들에게 말하지 못할 비밀이 있었다.

'전생(前生)을 기억하는 건가?'

정확하게는 이전 '꿈'에 대한 기억이라고 봐야 했다.

지금은 완전히 없던 사실이 되어 버린 지난 '꿈'에서 살던 오케아노스라는 존재의 기억이, 어린 오케아노스에게 남아 있었다.

때문에 그는 한동안 정체성에 큰 혼란을 겪어야만 했다.

연우가 만났던 다른 '꿈'의 토르가 이번 '꿈'의 토르와는 본질적으로 전혀 다른 존재였듯이, 이전 '꿈'의 오케아노스도 현재의 오케아노스와는 이름만 같을 뿐 완전히 별개의 인물이었으니까.

그 때문에 오케아노스는 새롭게 태어나고 난 뒤에도 아주 오랫동안 정신을 차리지 못했다.

주변 사람들이 의젓하다고 말하던 모습도, 사실 이 세계에 별다른 정을 주지 못해서였다.

그가 기억하고 있는 세계와는 전혀 다른 세계가 눈앞에 있으니, 마음이 갈 턱이 있을까. 그가 기억하는 사실은 전부 없는 것이 되어 버렸고, 기억하고 있는 인물들조차 전혀 다른 얼굴과 성품을 갖고 있었다.

그것이 어린 오케아노스는 못내 괴롭기만 했다.

하지만 오케아노스의 괴로움은 거기서 그치지 않았다.

나이를 먹을수록.

점차 자랄수록, 그의 무의식 한편에서부터 새로운 기억들이 떠올랐다.

역시나 오케아노스라는 이름을 지니고 있지만, 실은 각각 별개의 인물이었던 자들.

어떤 오케아노스는 말도 못 할 만큼 악당이었지만, 또 어떤 오케아노스는 대적자의 운명을 살기도 했었다. '꿈'의 종말을 직접 봤던 오케아노스도 있었고, '꿈'과 '굴레'에 대한 기본적인 개념도 갖고 있지 않은 오케아노스도 있었다.

문제는 그런 모든 오케아노스의 기억이 어린 오케아노스에게 깃들었다는 점이었고, 이들은 저마다 다른 정체성을 확연하게 드러내면서 자신을 따르라고 소리를 질러 댔다.

어린 오케아노스가 나이에 걸맞지 않게 철이 들고 빠르게 강해졌으면서도, 은둔적인 성격을 띤 것이 전부 그 때문이었다.

그리고. 언제부턴가 어린 오케아노스는 스스로에게 물었다.

"나는 왜 이런 일을 겪고 있는 걸까? 분명히 전부 사라진 사실들인데…… 왜 그 기억이 고스란히 남아서 나에게 전해진 거지?"

영혼이라도 같다면 또 모를까, 다른 오케아노스와 그는 영혼도 전혀 달랐다. 별개의 인격이며 존재란 뜻이었다.

그러다 한 가지 생각에 미치게 되었다.

"이 지긋지긋한 '꿈'을 그만 꾸게 해 달라는…… 그런 뜻일까?"

따지자면 운명론에 가까웠지만.

오케아노스는 더 이상 허망하게 '꿈'이 사라지지 않게 하는 것이 자신에게 주어진 숙명이라고 보았다.

그리고 그때부터 도망치지 않고, 여전히 머릿속에 잠들어 있는 다른 오케아노스들과 '대화'를 하기 시작했다.

그들이 겪었던 삶을 직접 들어 보고, 그들의 생각을 공유하고자 했다.

무수히 많은 선택지들이 있으니, 그것들을 잘 조합해 본다면 어떻게든 길이 보이겠단 생각이 들었기 때문이었다.

그러다 오케아노스는 '꿈'의 종말을 막기 위해서는 반드시 두 가지 조건이 갖춰져야 한다는 것을 깨달았다.

하나는 집행자를 찾아야 한다는 것.

그리고 다른 하나는 칠흑왕의 눈을 가려야만 한다는 것.

하지만 종말이라는 것은 언제 시작될지 모르는 것이기 때문에 타이밍을 잡기가 너무 어려웠다.

어떤 '꿈'은 제대로 된 문명이 태동하기도 전에 사라졌을 만큼 너무 빨리 끝났고, 또 어떤 '꿈'은 우주가 모든 법칙을 잃고 쇠락했을 때 즈음에야 겨우 끝나기도 했었으니까.

차라리 다른 사람에게 이 모든 사실을 말하고 의견을 구해 볼까 하는 생각도 했다. 올림포스가 '낮'의 진영에서 가장 선두에 서 있단 것을 알고 있었으니까.

그리고 아버지 우라노스에게라도 상담을 해 볼까 하는 고민 끝에 결국 그러자고 마음을 먹었을 때, 만나게 되었다.

"네 새로운 동생이다. 인사 나누려무나."

아주 어린 크로노스를.

그리고 그 순간, 직감적으로 알아차릴 수 있었다.

저 아이가 종말의 신호탄이라는 것을.

오케아노스는 이미 대적자로서의 기억도 갖고 있었기 때문에 크로노스에게서 짙은 '칠흑의 냄새'를 맡을 수 있었다.

그래서 처음에 많은 고민을 해야만 했다.

죽여야 하나?

아니면 그냥 지켜봐야 하나?

크로노스는 칠흑왕의 냄새가 짙게 묻어날지언정 절대 집행자는 아니었다.

아니, 정확하게는 '아직' 집행자가 아니었다.

원래 집행자라는 것은 여러 후보를 두고 보다가, 갑자기 쥐여 주는 운명과도 같은 것이었으니까.

그러니 가장 편한 것은 후보가 될 만한 이들을 보이는 족족 미리 제거해 두는 것이었지만.

그렇다고 해서 진짜 종말을 완전히 막아 낼 수 있는 건 아니었다.

천마는 '굴레'라고 부르는 이 세계의 법칙은 아무리 제동을 걸려고 해도 계속 굴러가고 있었으니까.

더군다나.

"······형?"

자신을 보면서 고개를 갸웃거리는 모습이 너무 귀여웠기에.

오케아노스는 차마 그런 눈망울을 보면서 못된 짓을 저지를 수가 없었다.

그리고.

"만약 칠흑의 냄새가 풍긴다고 해서 그냥 다 죽여 버리면······ 내가 집행자와 다를 게 뭐가 있는 거지?"

그런 고민도 있었다.

크로노스는 아직 잘못된 길로 들어선 게 아니다. 정확한 것은 아직 아무것도 없으니 일단 지켜보자.

오케아노스는 그렇게 생각하면서 그때부터 멀리서 크로노스를 가만히 살펴보기 시작했다.

아버지 우라노스에게 하려던 사정 설명은 일단 잠시 접어둔 상태였다. 그가 어떻게 반응할지 알 수가 없었으니까.

최대한 조용하게 진행할 생각이었다.

문제는 크로노스가 전혀 조용하질 못하다는 점이었지만.

"아하하하!"

"와, 왕자님! 제발 그만하십시오! 그러시면 정말 위험합니다아아!"

어렸을 때부터 사고뭉치였던 크로노스는 점차 자라면서 더 큰 사고뭉치가 되고 말았다.

얼마나 심했던지, 오죽하면 오케아노스가 '저거 혹시 사고 치다가 종말을 앞당기는 건 아닐까?' 하는 말도 안 되는 생각이 들 정도였을까.

하지만 그러면서도 한편으로는 알게 되었다.

자신에게 이런 특별한 능력이 주어진 것은, 사실 저런 아이들도 웃고 떠들 수 있는 맘 편한 세계를 만들라는 뜻이 아닐까 하는…….

그리고 여러 우주를 전전하면서 칠흑의 냄새를 풍기는 수많은 후보들을 만나 보았고, 그들과 크고 작은 일들을 겪으면서 그런 생각은 더더욱 커지게 되었다.

집행자가 되는 것은 세상을 종말로, 혹은 파멸로 이끌 만큼 커다란 한을 품었을 때이니.

그 한을 풀어 줄 수만 있다면 근본적으로 종말이 찾아올 일은 없지 않을까?

거기서 오케아노스는 오랫동안 품었던 의문에 대한 해답을 찾은 것만 같았다. 마치 계시라도 내려온 것처럼, 자신이 해야 할 일이 무엇인지 확신이 생긴 듯한 기분이었다.

하지만.

"오효효효! 그 한을 만약 대적자가 품게 되었을 때는 어떻게 되는 걸까요?"

그때 만나게 되었다.

이블케를.

*   *   *

"……이런 식으로 내 이야기를 해 주고 싶은 생각은 없었는데 말이지."

오케아노스는 자신의 눈앞에서 흩어지는 신화들을 보면서 헛웃음을 흘리고 말았다.

부서진 신화 대부분이 자신의 기억 속에 있는 '다른' 오케아노스의 것들이긴 했지만, 연우는 유독 그중에서도 그의 영혼을 구성하는 신화들을 읽은 것 같았다.

하지만 연우는 여전히 아무 반응이 없었다.

오히려 냉소적인 쪽에 더 가까웠다.

"결국 도망쳤다는 말을 잘도 돌려서 말하는군."

"······뭐?"

"예전부터 느꼈던 거지만. 이블케가 만들려고 한다는 피안인지 뭔지, 결국 세상에서 낙오된 찐따 새끼들이 자기들이 도망칠 만한 토끼 굴을 만드는 것과 크게 다를 바가 없지 않나?"

"그게 무슨!"

"내게 이런 이야기들을 늘어놓으면 공감하고, 함께 손이라도 거들어 줄 줄 알았나 보지? 그건 좀 기분 나쁜데?"

연우는 코웃음을 쳤다.

"나도 너희들처럼 똑같은 찐따라고 생각했다는 것 아닌가?"

「와우! 우리 주인님, 독설 아주 심해지셨네. 그만해. 그렇게 후드려 패다가 진짜 찐따 새끼 울겠다.」

샤논이 낄낄대는 소리가 여기까지 들렸다.

말리는 듯하지만 오히려 오케아노스를 놀리는 웃음소리.

오케아노스의 얼굴이 시뻘겋게 달아올랐다.

"너희들이 무슨 사연을 품었고, 어떤 사정이 있고 따위는 내게 중요하지 않아. 하지만 이것만큼은 잘 알겠어."

연우는 자신이 엿보았던 신화의 뒤 내용이 무엇인지 얼추 짐작하고 있었다.

구구절절한 자기 사연을 늘어놓으면서 이 '꿈'의 종말을 막는 데는 한계가 있다. 차라리 그런 수고를 덜어서 새로운 피안을 만드는 것이 어떻겠나. 거기서는 신과 악마도, 천마와 칠흑왕도 없으니 더 이상 종말 걱정 없이 살아도 된다. 뭐, 그딴 말들을 하지 않았을까?

오케아노스는 혹했을 테고.

만약 당시에 거절했더라도, 결국 자신이 하려는 일에 한계를 느끼고서 가담했을 테고.

저들이 '형제'라고 부르는 집단은 결국 그런 식으로 이블케가 여기저기서 끌어모은 '찐따' 어벤저스와 다를 바가 없었다.

"뭘…… 알겠다는 거냐?"

"너희들에게 자격 따윈 없다는 것."

연우는 검결지를 아래로 내렸다.

방금 전까지 금방이라도 심상 세계를 터뜨릴 것처럼 굴던 검뢰가 감쪽같이 사라졌다.

"비마질다라도 불쌍하군. 이런 말도 안 되는 놈에게 당하고 만 거였으니까. 차라리 영혼까지 사라진 게 다행이라고 해야 하나?"

만약 저승에서 이딴 몰골을 보았더라면 흑역사라고 땅바닥을 치며 부끄러워했을 테니.

"비마질다라와의 약속 때문에 여태 참았지만. 이제는 손을 섞는다는 것 자체가 불쾌하군. 그래도 오랫동안 자취를 감추고 있길래 좀 그럴듯한 뭔가가 있을 줄 알았더니. 쯧!"

"넌……!"

오케아노스는 여태껏 자신이 고민하고 판단 내렸던 모든 것들이 단번에 부정당하자, 도저히 분노를 참을 수 없었다.

「저 마음, 다 이해하지. 아무리 해탈한 성인군자라도 우리 주인님하고 두어 마디 대화 나누다 보면 꼭지가 돌아 버릴 때가 한두 번이 아니었으니까.」

오케아노스의 육체가 당장이라도 부서질 듯이 시뻘겋게 달아올랐다. 죽더라도 연우에게 발악이라도 하고 싶은 생각에 손을 펼쳐 권능을 풀어냈다.

하지만.

"케르눈노스."

콰르르릉!

　[‘케르눈노스’가 강림합니다!]

　[심상 세계, ‘망망대해’와 외부 간에 균열이 발생
하였습니다!]

그런 오케아노스 앞으로 벼락이 내려치더니, 그대로 그
의 권능을 아무렇지 않게 옆으로 튕겨 냈다.

더벅머리로 얼굴을 반쯤 가리고 있어 눈은 잘 보이지 않
았지만.

전체적으로 깡마른 체구에 날카로운 기질이 강하게 드러
나는 신이었다.

　[케르눈노스가 ‘오케아노스’라 명명된 대상에게
살기를 피웁니다!]

"아까 전부터 여기에 들어오고 싶어 죽으려 했지? 난 더
이상 손 섞기 싫으니까 그쪽이 알아서 해."

[케르눈노스가 '오케아노스'라 명명된 대상에게
선전 포고를 합니다!]
[공세가 이어집니다!]

케르눈노스는 연우에게 별다른 대답도 하지 않고 곧장
몸을 날렸다.

케르눈노스는 오랫동안 비마질다라와 인연을 맺어 왔던
존재. 연우에게 공통적으로 관심을 가지면서 서로 간에 우
정을 느끼기도 했다.

그러던 중에 비마질다라가 오케아노스에게 인형처럼 부
려지다 죽은 것에 분노하고 있었고.

연우가 녀석과 만나게 되었을 때, 자신도 같이 참전하고
자 몇 번이나 연우에게 시그널을 보내기도 했다.

하지만 연우는 원체 자신이 점찍은 먹잇감을 남들에게
나눠 주는 사람이 아니었기에 이를 계속 무시하고 있었는
데.

이제 녀석과 손을 섞기도 싫어질 만큼 짜증이 나, 그제야
케르눈노스를 부른 것이다.

「다른 신들이었으면 자길 무시하냐고 길길이 날뛸 것을,
저 신은 별말 없이 오히려 고맙다고만 하네. 그동안 차갑다
고만 생각했는데 아주 좋은 호구였잖어?」

샤논은 그림자 위로 머리를 빼꼼 내밀면서 실실 웃어 댔다.

연우는 어처구니가 없다는 투로 녀석을 내려다봐야만 했다.

"여기 있어도 되나?"

밖에서 다른 권속들과 같이 안 싸우냐는 질문이었지만.

「다른 놈들도 많은데, 뭐. 나 하나 빠진다고 해서 크게 달라질 거 있겠어? 오히려 나 같은 충신이 자리를 지켜야 우리 주인님 마지막 가시는 길 외롭지 않게 배웅해 드릴 수 있지.」

"누가 들으면 죽으러 가는 줄 알겠군."

「흐흐. 크게 다르진 않잖아?」

연우는 피식 웃음을 흘리고 말았다.

「그래도 원래 주인님으로 돌아온 것 같아서 다행이야. 그동안 너무 진지하고 우울해 보여서 답답할 때가 한두 번이 아니었거든.」

연우는 더 이상 별다른 말을 하지 않았다.

저렇게 유들유들하게 말하는 샤논의 목소리에 담긴 걱정과 안도를 읽을 수 있었으니까.

어차피 오케아노스는 케르눈노스가 제거할 테니, 그는 마저 가던 길을 갈 셈이었다.

그런 연우를 보면서 샤논이 외쳤다.

「인성이! 인성이 다시 폭발하러 간다!」

*　　　*　　　*

['낮(에로스)'의 태양이 내려옵니다!]

차정우가 녹턴 등과 함께 려의 무덤 앞에서 모습을 드러
냈을 때 보게 된 것은 '밤'에 의해 잠식되어 허우적대고 있
는 절교와 짐승들이었다.

"우리 형, 아주 단단히 깽판을 쳐 놨네."

[집행자의 운명이 빠르게 진행되고 있습니다!]

연우가 더 이상 인과율을 아끼지 않고 사용하기 시작한
것을 보고 부랴부랴 넘어온 것이긴 한데.

아무래도 상황은 그가 생각했던 것보다 훨씬 심각하게
돌아가고 있는 모양이었다.

실제로 대지에서는 칠흑이 아지랑이처럼 너풀너풀 피어
오르면서 한창 새로운 먹잇감을 찾고 있었으니까.

"……왔군."

그때, 이랑진군은 차정우를 뒤늦게 발견하고 쓴웃음을
지었다.

그를 비롯한 천교의 신들은 행여 저기에 휘말렸다간 같
이 '밤'에 잠식될지 모른다는 위기감에 모두 전장에서 멀
찍이 떨어진 채로 있었다.

차정우는 이랑진군을 보자마자 다른 말 없이 스퀴테를
겨누었다.

"한판 붙으실?"

"……너희 형제들은 일단 사람을 만나면 협박부터 하고
보는 게 특징인가?"

이랑진군은 어처구니없다는 표정이 되고 말았다.

차정우가 한쪽 입꼬리를 말아 올렸다.

"정확하게는 적일지 모르는 사람이 대상이지. 그쪽한테
서 형 냄새가 아주 강하게 풍기는데. 당연한 거 아냐?"

"하! 정말이지…… 신왕 크로노스의 성격을 그대로 물려
받았어."

이랑진군의 한숨 소리에 크로노스가 재빨리 모습을 비치
면서 버럭 소리를 질렀다.

『야! 거기서 내 이야기가 왜 나와!』

"그럼 아니란 말인가?"

『당연하지! 내가 소싯적에 좀 많이 활동적이긴 했어도,

이 정도는 아녔……!』

"썰을 풀자면 오늘 하루 가지고도 부족할 것 같은데. 괜찮소?"

『……윽!』

크로노스가 한순간 아무 답변도 하지 못하고 주춤 물러섰다.

"대체 다들 무슨 말들을 하는 겁니까. 꼰대들처럼 옛날이야기는 그만하시고."

"……꼰대라니. 그건 좀 불쾌한데."

『야! 이 아버지가 그래도 저기 있는 놈보단 어리거든? 싸잡아서 취급하지 마라.』

"우릴 막을 건가? 그것부터 확실하게 말해."

차정우는 반발하는 아버지의 외침을 그냥 무시하고, 이랑진군을 가만히 노려보았다.

이랑진군은 양손을 높이 들었다.

"그럴 리가. 가족 다툼에 굳이 끼어들 생각은 없다. 그동안 사왕과 관계를 맺긴 했지만, 애당초 따지자면 우리 사회는 '낮'에 속하는 편이고."

"뒤통수치면, 알지?"

"……알았으니까, 협박 좀 그만했으면 하는데."

이랑진군은 차정우가 일부러 자신의 속을 살살 긁어 대

도 절대 덤빌 생각 따윈 하지 않았다.

연우가 적들에게 하고 다니던 패악질을 이때껏 옆에서 보고 다녔는데, 굳이 그들의 적이 되어서 그 꼴을 자처할 필요는 없잖은가?

차정우도 그럼 되었다는 듯 그냥 천교를 지나쳤다. 한순간, 녹턴과 이랑진군의 시선이 마주쳤지만, 둘은 서로 간에 아무 대화도 나누지 않았다.

탁!

그렇게 려의 무덤 앞에 착지했을 때.

차정우는 새로운 인물들을 볼 수 있었다.

"네가 차정우란 놈이냐? 쌍둥이라더니 확실히 생김새는 똑같군. 아주 둘 다 못생겼어."

차정우는 그들에 대해서 잘 모르지만, 용마안을 통해 두 사람이 손오공과 케르눈노스라는 사실을 알 수 있었다.

유들유들하게 웃는 쪽이 손오공. 말없이 앉아 있는 쪽이 케르눈노스.

순간 크로노스가 케르눈노스를 보면서 살짝 눈가를 파르르 떨었으나, 차정우는 미처 그것을 파악하지 못하고 그들에게 물었다.

"그래도 제가 형보단 잘생겼죠."

"쌍둥이가 무슨 차이가 있어?"

"있죠. 같은 영혼을 공유하고도 손오공보다 천마가 더 잘생겼던데요."

[천마가 옳은 소리를 한다면서 흡족하게 고개를 끄덕입니다.]

순간, 손오공의 눈썹이 꿈틀거렸다.
"네가 그걸 어떻게 알아? 본 적도 없잖아?"
"안 봐도 척하면 척이죠."

[천마가 동의한다는 듯이 고개를 두 번 끄덕입니다.]

"이 새끼들이……."
손오공은 연우와 똑같은 짓을 벌이는 차정우와 이쪽을 가만히 보면서 히죽대고 있을 천마의 시선을 보면서 짜증을 내다가, 가볍게 한숨을 내쉬었다.
"그래. 네가 더 잘생긴 걸로 하자."
"'하자'가 아니라 그게 사실이긴 합니다만…… 뭐, 일단 넘어가도록 하죠."
"그래그래. 네 똥 굵다."

"두 분은 형과 같이 있었던 것 같은데. 저희를 막을 생각이십니까?"

"아니."

"그럼요?"

손오공은 피식 웃으면서 옆으로 물러나 려의 무덤으로 향하는 길을 열어 주었다.

"안내해 주려고. 네 형이 안에서 기다리고 있다."

〈다음 권에 계속〉

『마법군주』발렌 작가의 신작!

『정령의 펜던트』

"정령사는 말이지, 되고 싶다고 해서 되는 게 아니야.
그냥 그렇게 태어나는 거지.
날 때부터 정해진 운명 같은 거라고."

dream
books
드림북스

환생왕

요도/김남재 신무협 장편소설

ORIENTAL FANTASY STORY & ADVENTURE

정체를 알 수 없는 세력들에 의해
비참한 최후를 맞이한
천룡성(天龍城)의 후계자 천무진.
그런 그에게 찾아온 또 한 번의 삶.
그리고 그를 돕기 위해 나타난 여인 백아린.

"이번엔…… 당하지 않는다."

이젠 되돌려 줄 차례다.
새로운 용이 강호를 뒤흔든다!

dream
books
드림북스

『제왕록』, 『무림에 가다』 시리즈의 작가 박정수
그가 거침없는 현대 판타지로 돌아왔다!

『신화의 전장』

주먹을 믿지 마라.
우리가 살아가는 이 땅에 인간을 벗어난 자들이 존재한다.

★
dream
books
드림북스

E의 탄 ETAN

ORIGINAL FANTASY STORY & ADVENTURE

쥬논 판타지 장편소설

〈흡혈왕 바하문트〉, 〈샤피로〉, 〈하라간〉을 잇는
쥬논의 사대신수 시리즈, 그 마지막 이야기!

혹독한 훈련을 받고 가문을 위한 희생양으로서
다른 차원으로 보내진 이탄.
듀라한으로 다시 태어난 그는 신관이 되어
본래 세계로 돌아갈 방법을 찾기 시작한다.

★
dream
books
드림북스